MISSISSIPPI

HILLARY JORDAN

MISSISSIPPI

Traduit de l'américain
par Michèle Albaret-Maatsch

belfond
12, avenue d'Italie
75013 Paris

Titre original :
MUDBOUND
publié par Algonquin Books of Chapel Hill,
a division of Workman Publishing Company Inc.,
New York

Ce livre est une œuvre de fiction. Bien que, comme dans toutes les fictions, les perceptions et les connaissances littéraires soient basées sur l'expérience, tous les noms, personnages, lieux et événements sont le fruit de l'imagination de l'auteur ou utilisés fictivement.

Si vous souhaitez recevoir notre catalogue
et être tenu au courant de nos publications,
vous pouvez consulter notre site internet :
www.belfond.fr
ou envoyer vos nom et adresse, en citant ce livre,
aux Éditions Belfond,
12, avenue d'Italie, 75013 Paris.
Et, pour le Canada,
à Interforum Canada Inc.,
1055, bd René-Lévesque-Est,
Bureau 1100,
Montréal, Québec, H2L 4S5.

ISBN 978-2-7144-4503-2

À maman, Gay et Nana,
pour leurs histoires

« Si je le pouvais, à ce point, je n'écrirais rien du tout. Il y aurait des photographies ; pour le reste, des morceaux d'étoffe, des déchets de coton, des grumelons de terre, des paroles rapportées, des bouts de bois, des pièces de fer, des fioles d'odeurs, des assiettées de nourriture et d'excrément...

Un fragment du corps déchiqueté par les racines serait peut-être plus pertinent. »

James AGEE,
Louons maintenant les grands hommes,
traduction de Jean Queval, Plon

I

Jamie

Henry et moi, on a creusé jusqu'à deux bons mètres de profondeur. Un peu moins et le cadavre aurait risqué de remonter à la prochaine grosse crue : *Salut les gars ! Vous me remettez ?* Cette éventualité nous avait poussés à nous escrimer même après que les ampoules sur nos paumes avaient crevé, s'étaient reformées et avaient recrevé. Chaque pelletée avait été une torture – ultime revanche du vieux. Pourtant, j'avais apprécié la souffrance. Elle avait balayé pensées et souvenirs.

Quand le trou s'est révélé trop profond pour nos pelles, je suis descendu dedans pour continuer tandis qu'Henry faisait les cent pas en surveillant le ciel. Le sol était tellement détrempé par ce déluge que j'avais l'impression de m'attaquer à de la viande crue. Je retirais à la main la terre collée sur le fer en maudissant ces contretemps. C'était le premier répit que la pluie nous offrait depuis trois jours et on n'aurait peut-être pas de sitôt une autre occasion d'enterrer le corps.

« Vaut mieux se dépêcher », a grommelé Henry.

J'ai regardé le ciel. Les nuages étaient couleur de cendres, mais au nord ils formaient un large front noir qui avançait sur nous. Rapidement.

« On va pas y arriver, ai-je dit.

— Si. »

Ça, c'était typique d'Henry : toujours sûr et certain que tout se passerait comme il le voulait. Le corps serait enseveli avant que l'orage éclate. La pluie se calmerait à temps pour qu'on puisse ressemer le coton. L'année prochaine serait meilleure. Son petit frère ne le trahirait jamais.

J'ai creusé plus vite en grimaçant à chaque pelletée. Je savais que je pouvais m'arrêter quand je voulais, qu'Henry me relaierait sans protester – même s'il frisait la cinquantaine alors que je n'avais que vingt-neuf ans. Par fierté ou par entêtement ou les deux, j'ai pas lâché. Quand il a fini par dire « Bon, à mon tour », j'avais les muscles en feu et soufflais autant qu'une machine en bout de course. Quand il m'a tiré du trou, j'ai serré les dents pour pas hurler. Vu les gnons et les coups de pied que j'avais encaissés, j'étais encore drôlement endolori en bien des endroits, mais Henry en savait rien.

Henry en saurait jamais rien.

Je me suis agenouillé auprès de la fosse et l'ai regardé s'activer. Il avait une telle croûte de boue sur la figure et les mains qu'un passant aurait pu le prendre pour un Noir. Bien sûr, j'étais tout aussi crotté, mais, moi, mes cheveux roux m'auraient trahi. Les cheveux de mon père, cuivrés et si fins que les femmes avaient toujours une furieuse envie de glisser les doigts dedans. Moi, je les avais toujours détestés. C'était comme si j'avais sur le crâne un bûcher pour proclamer au monde entier qu'il m'habitait. Pour me le proclamer chaque fois que je me plantais devant une glace.

À environ un mètre vingt, le fer d'Henry a heurté un truc dur.

« C'est quoi ? ai-je demandé.

— Une pierre, je crois. »

Mais c'était pas une pierre, c'était un os – un crâne humain, auquel il manquait un gros bout derrière.

« Nom de Dieu, a marmonné Henry en l'examinant de plus près.

— On fait quoi maintenant ?

— Je ne sais pas. »

On s'est tournés tous les deux vers le nord. Le noir prenait de l'ampleur, dévorait le ciel.

« On peut pas en refaire un autre, ai-je décrété. Ça risque de pleuvoir encore plusieurs jours.

— Ça ne me plaît pas, a répliqué Henry. Ce n'est pas bien. »

Il a pourtant continué à creuser, à mains nues, et à me passer les os à mesure qu'il les déterrait : côtes, bras, pelvis. Quand il est parvenu aux jambes, il y a eu un cliquetis métallique. Il a brandi un tibia et j'ai vu le fer grossier et rouillé qui enserrait l'os. Avec une chaîne brisée qui pendouillait.

« Nom de Dieu ! s'est exclamé Henry. C'est une tombe d'esclave.

— T'en sais rien. »

Il a repris le crâne brisé.

« Tu as vu ça ? On lui a tiré une balle dans le ciboulot. Ce devait être un marron, a-t-il ajouté en faisant non de la tête. Voilà qui règle le problème.

— Qui règle quoi ?

— On peut pas enterrer notre père dans une tombe de nègre. On pourrait pas lui faire pire. Maintenant, aide-moi à sortir de là. »

Il m'a tendu une main crasseuse.

« Peut-être que c'était un forçat en fuite, ai-je suggéré. Un Blanc. »

C'était possible, mais j'aurais parié que non. Henry a hésité et j'ai ajouté :

« Le pénitencier est à quoi, dix ou douze kilomètres d'ici ?

— À quinze plutôt. »

Il a cependant laissé sa main retomber le long de son corps.

« Viens, ai-je poursuivi en tendant le bras vers lui. Fais une pause. Je vais te remplacer un peu. »

Lorsqu'il m'a tiré de la fosse, j'ai dû réprimer un sourire. Henry avait raison : on ne pouvait pas faire pire à notre père.

Henry avait repris la pelle quand j'ai vu Laura, un seau à chaque main, qui venait sur nous en avançant tant bien que mal à travers les champs inondés. J'ai récupéré mon mouchoir dans ma poche et me suis décrotté un peu la figure. La vanité : encore un truc que j'ai hérité de mon père.

« Laura arrive, ai-je annoncé.

— Remonte-moi. »

J'ai attrapé Henry par les mains et l'ai hissé jusqu'au rebord de la fosse en grognant sous l'effort. Il s'est relevé avec peine, haletant. Il a incliné la tête et son chapeau a basculé, révélant un large morceau de peau rose sur le haut du crâne. À cette vue, mon cœur s'est serré brutalement. *Il vieillit*, me suis-je dit. *Il ne sera pas toujours là pour moi.*

Il a cherché Laura du regard. Quand il l'a vue, des sentiments si intimes ont éclairé ses yeux que j'en ai été gêné : désir, espoir, pointe d'inquiétude.

« J'aimerais mieux continuer », ai-je déclaré en me détournant pour attraper la pelle.

Moitié en sautant moitié en glissant, je suis descendu dans la fosse maintenant suffisamment profonde pour m'interdire de rien voir en dehors. C'était aussi bien.

« Comment ça avance ? » a demandé Laura.

Comme toujours, sa voix m'a traversé à la façon d'une eau claire et glacée. C'était vraiment une voix qui appartenait à une créature éthérée, à une sirène ou à un ange, pas à l'épouse vieillissante d'un fermier du Mississippi.

« On a presque fini, a répondu Henry. Encore une bonne trentaine de centimètres et on y sera.

— J'ai apporté à manger et de l'eau.

— De l'eau ! a fait Henry avec un rire amer. Encore de l'eau, c'est bien ce qu'il nous faut. »

J'ai entendu la louche racler le seau, Henry boire bruyamment, puis la tête de Laura est apparue au-dessus de la fosse. Elle m'a tendu la louche.

« Tiens, désaltère-toi. »

J'ai bu à grandes lampées en regrettant que ce ne soit pas du whisky. Il y avait trois jours que j'étais à sec, juste un peu avant que le pont ne soit submergé et nous coupés de la ville. A priori, la rivière avait désormais suffisamment baissé pour que je puisse passer – sauf que j'étais coincé dans ce foutu trou.

Je l'ai remerciée et lui ai rendu la louche, mais elle ne me regardait pas. Elle avait les yeux rivés sur l'endroit où on avait déposé les ossements, de l'autre côté de la fosse.

« Dieu du ciel, ce sont des restes humains ?

— Pas moyen de faire autrement, a expliqué Henry. On était déjà à plus de un mètre vingt quand on est tombés dessus. »

J'ai vu les lèvres de Laura se contracter lorsque son regard s'est posé sur les fers et les chaînes. Elle s'est couvert la bouche d'une main, puis s'est tournée vers Henry.

« Veille à les enlever, que les enfants ne les voient pas », a-t-elle dit.

Quand le sommet de mon crâne s'est trouvé à trente bons centimètres du haut de la tombe, j'ai arrêté de creuser.

« Viens voir ! ai-je crié. Je crois que c'est assez profond. »

Le visage d'Henry est apparu au-dessus de moi. Il a acquiescé.

« Ouais. Ça devrait aller. »

Je lui ai tendu la pelle, mais quand il a essayé de me remonter, impossible. Le trou était trop profond et nos mains et la paroi de la fosse trop glissantes.

« Je vais chercher l'échelle, m'a-t-il dit.

— Dépêche-toi. »

J'ai attendu. Autour de moi, c'était de la boue, nauséabonde et suintante. Au-dessus, un rectangle gris de plus en plus sombre. Tête basse et l'oreille à l'affût du chuintement de bottes qui annoncerait son retour, je suis resté là à me demander pourquoi Henry tardait tant. *S'il leur arrivait quelque chose, à lui et à Laura,* me suis-je dit, *personne ne saurait que je suis ici.* J'ai agrippé le bord de la fosse et essayé de m'extraire de là, mais mes doigts n'ont fait que griffer la boue.

Puis les premières gouttes m'ont picoté le visage.

« Henry ! » ai-je braillé.

La pluie tombait légèrement à présent, mais d'ici peu ce serait un déluge. L'eau emplirait le trou. Je la sentirais monter de mes jambes à mes cuisses. À mon torse. À mon cou.

« Henry ! Laura ! »

Je me suis jeté contre les parois de la tombe à la manière d'un ours déchaîné. Une partie de moi-même me regardait avec détachement et hochait la tête devant ma propre sottise, mais l'homme était dans l'incapacité d'aider l'ours. Ce n'était pas la sensation d'enfermement : j'avais passé sans problème des centaines d'heures dans des cockpits. C'était l'eau. Pendant la guerre, j'avais évité chaque fois que possible de survoler l'océan, même si ça signifiait devoir affronter les tirs de DCA au sol. C'est comme ça que j'avais récolté autant de médailles pour actes de bravoure : j'avais tellement peur de toute cette avide immensité bleue que je fonçais droit au cœur du feu antiaérien allemand.

Je beuglais si fort que je n'ai entendu Henry qu'au moment où il s'est dressé au-dessus de moi.

« Je suis là, Jamie ! Je suis là ! »

Il a abaissé l'échelle dans le trou et je suis remonté comme une flèche. Il a essayé de m'attraper par le bras, mais je l'ai repoussé. Je me suis plié en deux, mains sur les genoux, pour tenter d'apaiser mon cœur affolé.

« Ça va ? » m'a-t-il demandé.

Je ne l'ai pas regardé, c'était inutile. Je savais qu'il aurait le front plissé et la bouche pincée… l'air qu'il prenait devant son « loufoque de frère ».

« Je me disais que tu avais peut-être décidé de m'abandonner là-dedans, ai-je lancé avec un rire forcé.

— Pourquoi j'aurais fait ça ?

— Je blague, Henry, c'est tout. »

J'ai récupéré l'échelle, me la suis collée sous le bras.

« Allez, viens, finissons-en. »

On a traversé les champs en vitesse, on s'est arrêtés à la pompe pour se laver les mains et la figure, puis on a mis le cap sur la grange et le cercueil – une vilaine affaire –, bricolé à partir de planches de bois différents, mais c'était ce qu'on avait pu faire de mieux, compte tenu des matériaux à notre disposition. Henry a froncé les sourcils en attrapant une des extrémités.

« Bon sang, qu'est-ce que je regrette de pas avoir été fichu de descendre en ville, a-t-il soupiré.

— Moi aussi », ai-je répondu en songeant au whisky.

On a porté le cercueil jusqu'au porche. Quand on est passés devant la fenêtre ouverte, Laura nous a crié :

« Vous ne voulez pas boire un café chaud et vous changer avant qu'on l'enterre ?

— Non, lui a lancé Henry. On a pas le temps. L'orage arrive. »

On a continué jusqu'à l'appentis et on a déposé la bière sur le sol en planches grossières. Henry a soulevé le drap pour regarder le visage de notre père une dernière fois. Pappy avait l'air tranquille du vieil homme parvenu au terme de sa vie. Rien ne laissait penser que sa mort ait pu ne pas être naturelle.

J'ai soulevé les pieds et Henry a pris le haut.

« Doucement, voyons, m'a-t-il ordonné.

— T'as raison, on veut pas lui faire de mal.

— Ce n'est pas la question, a répliqué sèchement Henry.

— Désolé, vieux frère. Je suis juste fatigué. »

On a installé le corps dans le cercueil avec des précautions ridicules. Henry s'est saisi du couvercle.

« Je vais fermer ici, m'a-t-il annoncé. Va t'assurer que Laura et les filles sont prêtes.

— D'accord. »

J'entrais dans la maison quand le marteau s'est abattu sur le premier clou en un bruit délicieusement irrévocable qui a fait sursauter les enfants.

« C'est quoi ça, maman ? a demandé Amanda Leigh.

— C'est ton papa qui ferme le cercueil de Pappy.

— Il va se fâcher ? » a murmuré Bella, effrayée.

Laura m'a jeté un petit coup d'œil farouche.

« Non, ma chérie, a-t-elle répondu. Pappy est mort. Il ne se fâchera plus jamais. Maintenant, mettez votre manteau et vos bottes. Il est temps de porter votre grand-père en terre. »

Heureusement qu'Henry n'était pas là pour entendre la satisfaction dans sa voix.

Laura

Quand je pense à la ferme, je pense à la boue. Elle bordait les ongles de mon mari et encroûtait les genoux et les cheveux des enfants ; s'accrochait à mes pieds avec le même bruit de succion qu'un nourrisson affamé au sein ; déployait des empreintes de bottes sur le plancher de la maison. Avec elle, impossible d'avoir le dessus. Elle recouvrait tout. Je rêvais en marron.

Lorsqu'il pleuvait, ce qui était fréquent, la cour se transformait en une épaisse purée de gombos sur laquelle la maison flottait à la façon d'un cracker mou. Quand il y avait des pluies diluviennes, la rivière enflait et submergeait le pont qui représentait notre seule possibilité de traverser. Le monde, le monde des ampoules électriques, des chemins asphaltés et des chemises qui restaient blanches, se trouvait de l'autre côté de ce fameux pont. Quand la rivière enflait, nous étions coupés du monde et lui de nous.

Les jours se succédaient avec monotonie. Mes mains faisaient leur ouvrage : elles pompaient, barattaient, décapaient, récuraient. Et elles cuisinaient, cuisinaient sans relâche. Elles équeutaient les haricots verts et tordaient le cou des poulets. Elles pétrissaient la pâte, égrenaient le maïs et ôtaient les yeux des pommes de terre. Le petit déjeuner n'était pas plus tôt terminé et la vaisselle lavée et rangée qu'il fallait s'attaquer au déjeuner. Après le déjeuner venait le dîner, puis de nouveau le petit déjeuner.

Se lever au point du jour. Aller au cabinet. Faire son affaire en grelottant l'hiver, en transpirant l'été, en respirant par la bouche d'un bout à l'autre de l'année. Subtiliser les œufs sous les poules. Récupérer des bûches au tas de bois et allumer la cuisinière. Préparer les petits pains, trancher le bacon pour le faire frire avec les œufs et le gruau de maïs. Réveiller les filles, leur brosser les dents, glisser leurs bras dans leurs manches et leurs pieds dans leurs chaussettes et leurs bottes. Emmener la plus petite sur le porche et la soulever pour qu'elle puisse sonner la cloche qui ramènera mon mari des champs et tirera du sommeil son abominable père qui loge dans l'appentis à côté. Leur donner à manger, à eux tous, et manger moi aussi. Frotter jour après jour le poêlon en fonte, le visage des enfants, la boue collée sur les planchers tandis que le vieux, assis sur son derrière, n'en perd pas une miette. Il ne me lâche jamais : « Tu ferais bien de touiller tes légumes verts, ma fille. Tu ferais bien de balayer ton sol à présent. Tu ferais bien d'apprendre les bonnes manières à ces sales mioches. De laver le linge. De donner à manger aux poules. Apporte-moi ma canne. » Sa voix, éraillée par la cigarette. Ses yeux pâles et sournois, et leurs pupilles noires et dures, rivées sur moi.

Il effrayait les enfants, ma benjamine surtout, qui était un peu boulotte.

« Viens ici, petit cochon », marmonnait-il.

Elle l'observait, cachée derrière mes jambes. Lui et ses longues dents jaunâtres ; ses doigts osseux et jaunis avec leurs ongles épais et recourbés pareils à de la vieille corne.

« Viens t'asseoir sur mes genoux. »

Il n'avait aucune envie de la câliner, ni elle ni aucun autre enfant, il aimait juste savoir qu'elle avait peur de lui. Quand elle refusait d'approcher, il lui disait que de toute façon elle était trop grosse pour se mettre sur ses genoux, qu'elle risquait de lui briser les os. Elle fondait en larmes et moi j'imaginais le vieux dans son cercueil. Je voyais le couvercle se refermer sur sa sale tête, la caisse descendre dans le trou. J'entendais la terre s'écraser contre le bois.

« Pappy, lui proposais-je avec un doux sourire, ça vous tenterait une bonne tasse de café ? »

Mais il faut que je commence par le début, si je le trouve. Les débuts sont insaisissables. Juste au moment où vous croyez en tenir un, vous jetez un coup d'œil en arrière et vous en apercevez un autre, antérieur, et un autre antérieur au précédent. Même en commençant par « Chapitre Un : Ma naissance », vous avez un problème d'antécédents, de causes et d'effets. Pourquoi le jeune David n'a-t-il pas de père ? Parce que, d'après Dickens, son père était d'une constitution délicate et qu'il en est mort. Oui, mais d'où lui venait cette fragilité fatale ? Dickens ne le disant pas, nous en sommes réduits à spéculer. Un défaut congénital, peut-être, hérité de sa mère, dont la propre mère avait fait une mésalliance afin de contrarier son cruel papa qui, dans l'enfance, avait été battu par une bonne d'enfants contrainte de se placer après que son époux volage l'avait abandonnée pour une femme rencontrée par hasard quand la roue de son coche s'était brisée devant la modiste chez laquelle elle était allée faire embellir son chapeau. Si nous démarrons là, le jeune David n'a pas de père parce que le chapeau de la future maîtresse du mari de la bonne d'enfants de son arrière-arrière-grand-père manquait de fanfreluches.

En vertu de la même logique, mon beau-père a été tué parce que je ne suis pas une beauté. Voilà un début possible. Il y en a d'autres : parce qu'en 1927 Henry a sauvé Jamie de la noyade durant la grande crue du Mississippi. Parce que Pappy a vendu les terres qui auraient dû revenir à Henry. Parce que Jamie a effectué trop de raids aériens durant la guerre. Parce qu'un Noir nommé Ronsel Jackson était un individu trop brillant. Parce qu'un homme a négligé sa femme, qu'un père a trahi son fils et qu'une mère a exercé sa vengeance. Je présume qu'un début dépend de celui qui raconte. Il est certain que les autres commenceraient à un autre moment, et n'empêche qu'au final ils se retrouveraient au même point.

Il est tentant de croire que ce qui s'est passé à la ferme était inévitable ; que tous les événements de notre vie sont aussi prédéterminés que les coups d'une partie de morpion : commencez par la case du milieu, personne ne gagne. Commencez à un coin, vous avez gagné. Et si vous préférez laisser votre adversaire commencer ? Vous perdez, c'est aussi simple que ça.

La vérité n'est pas si simple. Il se peut que la mort soit inévitable, pas l'amour. Pour l'amour, il faut choisir.

Je vais commencer par ça. Par l'amour.

La Bible parle beaucoup d'attaches et d'attachements. Les hommes et les femmes doivent s'attacher à Dieu.

Les maris à leurs femmes. Les os à la peau. L'attachement, à ce qu'on nous donne à entendre, est une bonne chose. Les vertueux ont des attachements ; les méchants n'en ont pas.

Le jour de mon mariage, ma mère – cherchant vaguement à me préparer aux indignités du lit conjugal – m'a conseillé de montrer mon attachement à Henry, quoi qu'il arrive. « Ça fera mal au début, m'expliqua-t-elle en arrangeant son collier de perles autour de mon cou. Mais, avec le temps, ce sera plus facile. »

Maman n'avait pas tout à fait raison.

J'étais une vierge de trente et un ans, une vieille fille en voie de pétrification, quand j'ai rencontré Henry McAllan au printemps 1939. J'évoluais dans un petit univers que je connaissais comme ma poche. Je vivais avec mes parents dans la maison où j'étais née. Je dormais dans la chambre que j'avais partagée avec mes sœurs et que j'occupais désormais seule. J'enseignais l'anglais dans une école privée pour garçons, j'appartenais au chœur de l'église épiscopale du Calvaire, je gardais mes nièces et neveux quand leurs parents sortaient. Les lundis soir, je jouais au bridge avec mes amies mariées.

Je n'ai jamais eu la beauté de mes sœurs. Fanny et Etta ont le ravissant physique de blonde fragile des Fairbairn, la famille de ma mère, mais, moi, je suis une vraie Chappell : petite, brune avec des traits basanés accusés et une silhouette ronde qui se prête mal aux robes de garçonne et à la minceur en vogue dans ma jeunesse. Quand les amies de ma mère venaient à la maison, elles s'extasiaient sur mes jolies mains, mes cheveux bouclés, mon caractère enjoué ; voilà la jeune femme que j'étais. Et puis un jour – subitement, m'a-t-il semblé –, j'ai cessé d'être jeune. La nuit de mon trentième anniversaire, une fois la vaisselle de la fête de famille lavée et rangée et mes frères et sœurs, leurs conjoints et les enfants partis se coucher chez eux, après m'avoir embrassée, maman a pleuré. Le bruit de ses sanglots, étouffés par un oreiller ou l'épaule de mon père, a traversé le couloir pour arriver jusqu'à ma chambre où j'écoutais, allongée, les conversations qu'échangeaient engoulevents bois-pourri, cigales, grenouilles et autres. *Je suis ! Je suis !* semblaient-ils proclamer.

« Je suis », ai-je murmuré.

Ces mots m'ont paru creux, aussi futiles que les efforts frénétiques du grillon qui se frotte les ailes à l'intérieur d'une boîte d'allumettes. Il m'a fallu des heures pour m'endormir.

Mais, en me réveillant le lendemain, j'ai éprouvé une sorte de soulagement. Je n'étais plus seulement pas mariée, j'étais devenue officiellement immariable. Ils pouvaient tous oublier leurs espoirs et porter leur pesante attention ailleurs, vers d'autres projets plus nobles, et me laisser vivre ma vie. J'étais une enseignante respectée, une fille, une sœur, une nièce et une tante aimées. J'allais m'en contenter.

M'en serais-je vraiment contentée ? Je me le demande. Aurais-je trouvé le bonheur dans les étroites marges blanches qui constituent l'habitat des vieilles tantes célibataires et des institutrices sans enfants ? Je ne peux le dire, puisqu'un peu plus d'un an après Henry est entré dans ma vie et m'a collée d'autorité au centre de la page, là où la feuille est couverte d'encre.

Mon frère Teddy l'a amené déjeuner chez nous un dimanche. Teddy, un civil, évaluait des terres pour le génie militaire et Henry était son nouveau patron. C'était une créature rare et merveilleuse : un célibataire de quarante et un ans. Il faisait son âge, principalement à cause de ses cheveux tout blancs. Il n'était pas particulièrement gros, mais il avait de l'épaisseur. Il boitait nettement, car il avait été blessé à la guerre, je l'ai appris par la suite ; cependant, ça ne diminuait en rien l'assurance qu'il affichait. Il avait des mouvements lents et réfléchis, comme s'il avait des membres lestés et qu'il lui fallait faire très attention à bien les placer. Ses mains, admirablement dessinées et dont les ongles auraient eu besoin d'être coupés, paraissaient puissantes. Leur immobilité, la manière dont elles restaient calmement jointes sur ses genoux ou posées de part et d'autre de son assiette, même lorsqu'il parlait politique, me frappaient. Il avait le délicieux accent du Delta – on aurait dit que sa bouche était pleine d'un riche et succulent dessert. La plupart de ses remarques s'adressaient à Teddy et à mes parents ; pourtant, durant tout le déjeuner, j'ai senti que ses yeux gris se posaient sur mon visage et s'éclairaient, puis s'éloignaient, puis revenaient encore. Je me rappelle que, sous mes vêtements, la peau me picotait à cause de la chaleur et de l'humidité, que ma main tremblait légèrement quand je prenais mon verre d'eau.

Au fil de la conversation, ma mère, qui avait l'art de flairer l'intérêt d'un mâle, a commencé à égrener mes vertus féminines avec une fréquence pénible. « Oh, vous avez donc fait des études universitaires, monsieur McAllan ? Laura a été à l'université, vous savez. Elle a son diplôme d'enseignante du Tennessee de l'Ouest. Oui, monsieur McAllan, nous jouons tous du piano, mais Laura est la meilleure musicienne de la famille, et de loin. Elle chante superbement aussi, n'est-ce pas, Teddy ? Et vous devriez goûter son *chess-pie* à la pêche. »

Et ainsi de suite. J'ai passé la majeure partie du repas à contempler mon assiette. Chaque fois que, sous un prétexte ou un autre, je tentais de me réfugier à la cuisine, maman insistait pour y aller elle-même ou bien elle envoyait Eliza, la femme de Teddy, qui obéissait en me décochant des coups d'œil compatissants. Les yeux de Teddy pétillaient ; la fin du déjeuner venue, il réprimait son envie de rire alors que j'étais prête à les étrangler tous les deux, maman et lui.

Quand Henry a pris congé de nous, maman l'a invité à revenir le dimanche suivant. Il m'a jaugée du regard avant d'accepter, regard auquel je me suis efforcée de réagir par un sourire poli.

Au cours de la semaine suivante, c'est à peine si ma mère a pu parler d'autre chose que de ce charmant M. McAllan : quelle douce voix il avait ! C'était un homme vraiment distingué et – suprême compliment dans sa bouche – il ne buvait pas de vin à table. Papa aussi l'avait apprécié, ce qui n'était guère surprenant puisque Henry avait fréquenté l'université. Pour mon père, professeur d'histoire à la retraite, seules des études universitaires prouvaient la valeur d'un individu. Le fils de Dieu Lui-même, revenant en majesté mais sans diplôme, n'aurait pas trouvé grâce auprès de papa.

Les espoirs de mes parents m'irritaient. Ils menaçaient d'attiser les miens, ce que je ne pouvais accepter. Je me répétais qu'Henry McAllan, avec ses manières de gentleman et d'universitaire, n'en avait rien à faire de moi. Il venait d'arriver à Memphis et ne connaissait personne ; c'était pour ça qu'il avait accepté l'invitation de maman.

Que mes défenses étaient pitoyables et bien minces ! Elles ont cédé sans mal quand, le dimanche, Henry s'est présenté avec deux bouquets de lys, un pour ma mère et un pour moi. Après le repas, il a proposé une promenade. Je l'ai emmené au parc Overton. Les cornouillers étaient en fleur et, pendant que nous avancions sous leurs frondaisons, le vent nous a déversé des cascades de pétales blancs sur la tête. On aurait juré une scène de film où j'aurais eu le rôle de l'improbable héroïne. Henry a retiré un pétale pris dans mes cheveux et ses doigts m'ont légèrement effleuré la joue.

« Jolis, non ? a-t-il dit.

— Oui, mais tristes.

— Pourquoi donc ?

— Parce qu'ils nous rappellent les souffrances du Christ. »

Henry a froncé les sourcils, ce qui lui a creusé une grande ride verticale. Je me suis rendu compte qu'il était extrêmement contrarié de ne pas savoir de quoi il s'agissait, et j'ai apprécié qu'il admette son ignorance plutôt que de faire semblant, comme tant d'autres hommes à sa place. Je lui ai montré, sur chacun des quatre pétales, les marques pareilles à des plaies causées par des clous.

« Ah », a-t-il fait en me prenant la main.

Il l'a gardée jusqu'à la maison et, une fois arrivés, il m'a invitée à assister le samedi suivant à une représentation du *Soldat de chocolat* au théâtre en plein air de Memphis. Du coup, les femmes de ma famille se sont mobilisées pour me mettre en beauté. Maman m'a emmenée au grand magasin Lowenstein, et m'a acheté une robe neuve avec un col blanc vaporeux et des manches bouffantes. Le samedi matin, mes sœurs ont débarqué avec des pots de couleur pour mes joues et mes yeux ainsi que des rouges à lèvres de toutes les nuances de rouge et de rose possibles, et les ont essayés sur moi avec l'autorité vive et tyrannique d'un grand chef choisissant les assaisonnements pour sa sauce. Une fois satisfaites de la manière dont elles m'avaient épilée, maquillée et poudrée, elles m'ont collé un miroir sous le nez et présenté mon propre reflet comme un cadeau. Je ne me suis pas reconnue et le leur ai dit.

« Attends donc qu'Henry te voie », a répliqué Fanny en riant.

Quand il est venu me chercher, Henry m'a seulement dit que j'étais mignonne. Mais, plus tard, il m'a embrassée pour la première fois en prenant mon visage dans ses mains avec autant de naturel et d'intimité que si c'était son chapeau préféré ou un plat à barbe qui lui appartenait depuis des lustres. Jamais encore un homme ne m'avait embrassée avec autant d'assurance, et cette possessivité m'a transportée.

Henry avait tout l'aplomb qui me manquait. Il était certain d'un nombre de choses stupéfiant : les Packard étaient les meilleures voitures américaines. Il ne faut pas manger la viande crue. Il aurait fallu que le « God Bless America » d'Irving Berlin devienne l'hymne national à la place de « The Star-Spangled Banner », trop difficile à chanter. Les Yankees allaient remporter les tournois de base-ball des World Series. Il allait y avoir une autre grande guerre en Europe et les États-Unis avaient intérêt à ne pas s'en mêler. Ta couleur, c'est le bleu, Laura.

J'ai adopté le bleu. Peu à peu, au cours des mois qui ont suivi, j'ai dévidé ma vie pour lui. Je lui ai parlé de mes élèves préférés, de mon emploi d'animatrice de camp de vacances l'été à Myrtle Beach et de ma famille jusqu'à mes cousins et petits-cousins. Je lui ai raconté mes deux années à l'université, mon amour pour Dickens et les sœurs Brontë, ma haine de Melville et des mathématiques. Henry écoutait gravement tout ce que je choisissais de partager avec lui, hochait la tête de temps à autre en signe d'approbation. Bientôt, je me suis surprise à rechercher ces hochements de tête, à noter mentalement quand ils m'étaient octroyés, quand ils m'étaient refusés, et lui ai présenté – forcément – la version de ma personne me semblant la plus à même de les obtenir. Il ne s'agissait pas d'une rouerie féminine délibérée de ma part. Je n'étais pas habituée à l'admiration masculine, je savais seulement que j'en voulais plus, ainsi que tout ce qui allait avec.

Et il y avait tant de choses qui allaient avec. Avoir un bon ami – expression que ma mère utilisait chaque fois qu'elle en avait la possibilité – me donnait auprès de mes amis et relations un cachet que je n'avais encore jamais eu. J'étais devenue plus jolie et plus intéressante, digne, allez savoir pourquoi, de tout ce qu'il y avait de bien.

« *Que tu es ravissante aujourd'hui, ma chérie !* s'exclamaient-ils. Et *Franchement, tu rayonnes littéralement !* Et *Viens t'asseoir à côté de moi, Laura, et dis-moi tout sur ton M. McAllan.* »

Je n'étais pas du tout sûre qu'il soit mon M. McAllan, mais quand le printemps a cédé la place à l'été sans que la cour d'Henry ait paru devoir faiblir, j'ai commencé à m'autoriser à espérer qu'il pouvait l'être. Il m'invitait au restaurant et au cinéma, m'emmenait me promener à pied le long du Mississippi ou faire une excursion d'une journée dans la campagne environnante, où il me signalait telles particularités des terres et des fermes devant lesquelles nous passions. Il connaissait une foule de choses sur les cultures, le bétail et cetera. Quand je lui en ai fait la remarque, il m'a confié qu'il avait grandi dans une ferme.

« Tes parents vivent toujours là-bas ? lui ai-je demandé.

— Non, ils ont vendu après la crue de 27. »

J'ai entendu le regret dans sa voix, mais l'ai mis sur le compte de la nostalgie. Je n'ai pas songé à lui demander s'il envisageait d'avoir sa propre exploitation un jour. Henry avait été à l'université, c'était un ingénieur qui réussissait dans un job lui permettant de vivre à Memphis – le centre de la civilisation. Pourquoi aurait-il voulu devenir fermier et en baver pour assurer sa subsistance ?

« Mon frère va monter d'Oxford ce week-end, m'a annoncé Henry un jour de juillet. J'aimerais qu'il fasse ta connaissance. »

Qu'*il* fasse *ma* connaissance. Mon cœur a palpité. Jamie était celui de ses frères et sœurs qu'Henry préférait. Il parlait de lui souvent, avec un mélange d'affection et d'exaspération qui me faisait sourire. Jamie étudiait les beaux-arts (« un sujet qui ne sert absolument à rien ») à Ole Miss, l'université du Mississippi, et travaillait en plus comme mannequin (« une activité indigne d'un homme »). Il voulait devenir acteur (« ce n'est pas comme ça qu'on entretient une famille ») et consacrait tout son temps libre à des productions théâtrales (« il aime les feux de la rampe, voilà tout »). Pourtant, en dépit de ces critiques, il était évident qu'Henry adorait son cadet. Une légère flamme éclairait ses yeux chaque fois qu'il parlait de Jamie, et ses mains, d'ordinaire si calmes, se mettaient à décrire de grands mouvements brutaux dans l'air. S'il voulait que Jamie fasse ma connaissance, c'était sûrement qu'il envisageait un lien plus permanent entre nous. Fidèle à moi-même, je me suis efforcée de refouler cette idée, mais elle est demeurée obstinément vivace dans mon esprit. Ce soir-là, en pelant les pommes de terre du dîner, j'ai imaginé la demande d'Henry, que je me suis représenté dans le salon, à genoux devant moi, le visage solennel, un peu inquiet – et si je le refusais ? En refaisant mon petit lit le lendemain matin, je me suis vue en train de lisser le jeté en chenille de coton blanc d'un lit à deux places garni de deux oreillers portant les empreintes de deux têtes. En classe, le jour d'après, pendant que j'interrogeais mes élèves sur les groupes prépositionnels, j'ai vu un enfant, doté des yeux gris d'Henry, qui me regardait du fond d'un berceau en osier. Telles des fleurs exotiques, somptueuses et colorées comme des pierres précieuses, ces visions s'épanouissaient dans mon cerveau et balayaient des années d'élagages intensifs de désirs.

Le samedi où je devais rencontrer Jamie, je me suis habillée avec un soin particulier : j'ai enfilé le tailleur en lin marine que je savais plaire à Henry et suis restée sagement assise pendant que ma mère torturait mes cheveux indisciplinés pour les relever en un chignon digne d'une publicité de magazine. Henry est venu me chercher en voiture et nous sommes allés attendre le train de son frère à la gare. Devant le flot de passagers qui descendaient, j'ai scruté la foule à la recherche d'une version juvénile d'Henry. Mais le jeune homme qui est arrivé sur nous d'un pas bondissant ne lui ressemblait pas du tout. J'ai étudié les deux hommes pendant qu'ils s'étreignaient : l'un était tanné et solide ; l'autre grand, dégingandé, le teint clair et la chevelure couleur d'une piécette en cuivre toute neuve. Au bout d'une minute, ils se sont donné des bourrades dans le dos, comme font les hommes pour rompre l'intimité de ce genre de moments, puis ils se sont écartés pour mieux se regarder.

« T'as bonne mine, frangin, a déclaré Jamie. On dirait que l'air du Tennessee te convient. Ou bien c'est autre chose ? »

Il s'est alors tourné vers moi en affichant un grand sourire. Il était gracieux ; le terme s'imposait pour lui. Il avait des traits fins, anguleux, et une peau si transparente que j'apercevais les vaisseaux sur ses tempes. Ses yeux avaient le vert pâle du béryl et paraissaient éclairés de l'intérieur. Il n'avait que vingt-deux ans à l'époque, soit neuf ans de moins que moi et dix-neuf de moins qu'Henry.

« Je te présente Mlle Chappell, a déclaré Henry. Mon frère, Jamie.

— Enchantée de faire votre connaissance, ai-je réussi à balbutier.

— Tout le plaisir est pour moi », a-t-il répliqué en embrassant avec une galanterie exagérée la main que je lui tendais.

Henry a levé les yeux au ciel.

« Mon frère se prend pour un des personnages qu'il interprète au théâtre.

— Ah, mais lequel ? a riposté Jamie en levant un index. Hamlet ? Faust ? Le prince Hal ? Qu'en pensez-vous, mademoiselle Chappell ? »

J'ai bredouillé le premier truc qui m'est venu à l'esprit.

« En fait, je pense que vous êtes plus proche d'un Puck. »

Un sourire éblouissant m'a remercié.

« Gente dame, vous devinez juste, je suis ce voyageur folâtre de la nuit.

— Qui est Puck ? » s'est écrié Henry.

Feignant le désespoir, Jamie a secoué la tête.

« Seigneur, que ces mortels sont fous ! » a-t-il déclamé.

J'ai vu Henry pincer les lèvres. J'ai éprouvé un brusque élan de compassion à voir combien son frère lui faisait de l'ombre.

« Puck est une sorte de lutin espiègle, lui ai-je expliqué. Un fauteur de troubles.

— Un croque-mitaine, a ajouté Jamie d'un ton contrit. Pardonne-moi, frangin, j'essaie d'impressionner Laura, c'est tout. »

Henry a passé le bras autour de mon épaule.

« Laura n'est pas du genre impressionnable.

— Bravo ! s'est exclamé Jamie. Et si vous me montriez votre belle ville, maintenant ? »

On l'a emmené au Peabody Hotel, qui s'enorgueillissait du meilleur restaurant de Memphis et d'un orchestre de jazz swing le week-end. Sur l'insistance de Jamie, on a commandé une bouteille de champagne. Je n'y avais encore goûté qu'une seule fois, à l'occasion du mariage de mon frère Pearce, et la tête m'a tourné aussitôt après le premier verre. Quand l'orchestre a démarré, Jamie a demandé à Henry s'il pouvait avoir une danse avec moi (à cause de son infirmité, Henry ne dansait pas, ni ce soir-là ni jamais). Nous, on a tourné infatigablement sur des airs de Duke Ellington, Benny Goodman et Tommy Dorsey, musiques que j'avais entendues à la radio et sur lesquelles j'avais dansé dans le salon avec mes frères et mes jeunes neveux. Mais là, quelle différence, quelle griserie ! J'avais conscience du regard d'Henry qui nous suivait, et d'autres aussi – regards de femmes qui m'observaient avec envie. C'était une sensation neuve pour moi et je n'ai pu qu'y prendre plaisir. Après plusieurs morceaux, Jamie m'a raccompagnée à notre table et s'est éclipsé. Je me suis assise, cramoisie et hors d'haleine.

« Tu es particulièrement jolie ce soir, a remarqué Henry.

— Merci.

— C'est l'effet que Jamie produit sur les femmes. En sa présence, elles rayonnent. »

Il avait l'air affable et s'exprimait d'un ton normal. S'il était jaloux de son frère, je ne m'en suis pas aperçue.

« À ce que je vois, il t'aime bien, a-t-il poursuivi.

— Je suis sûre qu'il ne déteste personne.

— En tout cas personne en jupon, a répliqué Henry avec un sourire ironique. Regarde. »

Il a esquissé un geste en direction de la piste et j'ai vu Jamie qui enlaçait une brunette mince et élancée. Elle portait une robe en satin profondément échancrée dans le dos et la paume de Jamie reposait sur sa peau nue. En la voyant le suivre sans effort dans une série de tours et de passes compliqués, j'ai réalisé combien j'avais été une partenaire empotée. J'ai eu envie d'enfouir mon visage dans mes mains ; j'avais bien conscience qu'Henry décryptait tous mes sentiments. Ma jalousie et mon embarras. Mon désir aberrant.

Je me suis levée. J'ignore ce que j'aurais pu lui répondre, car au même moment il s'est mis sur pied et m'a pris le bras.

« Il est tard, a-t-il déclaré, et je sais que tu as l'église demain matin. Allez, je vais te raccompagner. »

Il était si gentil, si bienveillant. J'ai ressenti une bouffée de honte. Mais plus tard, dans mon lit, je me suis dit que ce que j'avais montré si ouvertement à Henry n'était pas nouveau pour lui. Il avait déjà dû en être témoin, il avait vraisemblablement éprouvé ça des centaines de fois en présence de Jamie : ce désir d'un éclat qu'il ne posséderait jamais.

Jamie est reparti à Oxford et je l'ai rayé de mes pensées. Je n'étais pas stupide ; je savais qu'un homme comme lui ne pourrait jamais désirer une femme comme moi. C'était déjà bien assez merveilleux qu'Henry me désire. Je ne peux pas dire si j'étais vraiment amoureuse de lui à l'époque ; je me sentais tellement redevable envers lui que ce sentiment éclipsait tout le reste. Il me sauvait d'une vie dans les marges, de la pitié, du mépris et de cette gentillesse grincheuse qui sont le lot des vieilles filles. Mais je devrais peut-être utiliser le conditionnel. Je n'étais absolument pas sûre de lui, et avec raison.

Une nuit à la chorale, pendant qu'on répétait, j'ai levé la tête de mon livre de cantiques et l'ai vu, sur l'un des bancs du fond, le visage grave tellement il m'observait avec attention. *Ça y est,* me suis-je dit. *Il va me demander en mariage.* Allez savoir comment, j'ai réussi à aller jusqu'au bout de la répétition, même s'il a fallu que le chef de chœur me réprimande à deux reprises parce que j'avais raté mon entrée. Après, dans le vestiaire, pendant que je déboutonnais ma tunique maladroitement, j'ai eu une soudaine vision des mains d'Henry en train de défaire les boutons de ma chemise de nuit lors de notre nuit de noces. Je me suis demandé quel effet ça ferait de m'étendre auprès de lui, de le laisser caresser mon corps aussi intimement que sa propre chair. Ma sœur Etta, une infirmière diplômée, m'avait expliqué l'acte sexuel à l'époque de mes vingt et un ans. Son explication était restée purement factuelle : pas une fois elle n'avait parlé de ses relations avec son mari, Jack, mais j'avais déduit de son sourire singulier que le lit conjugal n'était pas un lieu totalement déplaisant.

Henry m'attendait à la sortie de l'église, appuyé contre sa voiture et vêtu d'une chemise blanche, d'un pantalon gris et d'un feutre de la même couleur. Il s'habillait toujours ainsi. Il n'attachait aucune importance à ses vêtements, qui souvent lui allaient mal – son pantalon bâillait à la taille, ses ourlets traînaient dans la boue, ses manches étaient soit trop longues soit trop courtes. Je ris aujourd'hui quand je repense aux sentiments que sa garde-robe suscitait chez moi. J'avais tellement envie de lui confectionner quelque chose que j'en vibrais presque.

« Bonjour, ma chère amie, a-t-il lancé, puis : Je suis venu te dire adieu. »

Adieu. Le terme s'est dilaté dans l'espace qui nous séparait, puis m'est retombé dessus en doux plis noirs.

« Ils construisent un nouveau terrain d'aviation dans l'Alabama et ils veulent que je supervise le projet. Je serai parti plusieurs mois, peut-être davantage.

— Je vois. »

J'ai attendu qu'il ajoute quelque chose. Que j'allais lui manquer. Qu'il m'écrirait. Qu'il espérait que je serais là à son retour. Mais il n'a rien dit et, devant son silence prolongé, le dégoût et la haine de moi m'ont envahie. Je n'étais pas faite pour le mariage, les enfants et tout ce qui allait avec. Ces choses-là n'étaient pas pour moi, ne l'avaient jamais été. J'avais été stupide de croire le contraire.

J'ai senti que je m'éloignais de lui, et de moi aussi, que les visions de nous deux se rapetissaient dans mon imagination. Je l'ai entendu me proposer de me raccompagner en voiture. Me suis entendue refuser poliment, lui expliquer que j'avais besoin d'air frais, puis lui souhaiter un bon séjour en Alabama. L'ai vu se pencher vers moi. Me suis vue tourner la tête afin que son baiser se pose sur ma joue et non sur mes lèvres. Me suis regardée me distancer de lui, le dos aussi droit que ma fierté me le permettait.

Maman s'est précipitée sur moi dès l'instant où j'ai franchi la porte.

« Henry est passé. Il t'a trouvée à l'église ? »

J'ai acquiescé.

« Il semblait très désireux de te parler. »

Ça a été dur d'affronter son visage, de voir l'espoir trembloter juste derrière son sourire éclatant.

« Henry s'en va. Il ne sait pas pour combien de temps.

— C'est... tout ce qu'il a dit ?

— Oui, c'est tout. »

J'ai commencé à gravir les marches menant à ma chambre.

« Il reviendra, m'a-t-elle crié. Je le sais. »

Je me suis tournée et j'ai baissé les yeux vers elle, tellement charmante dans sa détresse. Une main pâle et fine reposait sur la rampe. L'autre, crispée, froissait le tissu de sa jupe.

« Oh, Laura, a-t-elle murmuré dans un chevrotement éloquent.

— Maman, ne t'avise pas de pleurer. »

Elle n'a pas pleuré. Ça lui a sans doute demandé un effort herculéen. Ma mère pleure sur tout : papillons morts, sauce ratée.

« Je suis vraiment désolée, ma chérie », a-t-elle bredouillé.

Subitement, mes jambes se sont dérobées sous moi. Je me suis effondrée sur la dernière marche et j'ai appuyé ma tête contre mes genoux. J'ai entendu le craquement de ses pas et elle s'est assise à côté de moi. Elle m'a prise dans ses bras et ses lèvres ont effleuré mes cheveux.

« Nous ne parlerons pas de lui, a-t-elle déclaré. Nous ne prononcerons plus jamais son nom. »

Elle a tenu promesse et sans doute avait-elle passé le mot au reste de la famille, parce que personne n'a dit quoi que ce soit sur Henry, pas même mes sœurs. Ils se sont juste montrés excessivement gentils, tous, me complimentant plus souvent que je ne le méritais et concoctant une foule de choses pour me tenir occupée. J'ai bénéficié de nombreuses invitations à dîner, à jouer au bridge ou à faire des courses. En apparence, j'étais joyeuse et, au bout d'un moment, croyant que j'avais surmonté le choc, ils ont recommencé à me traiter normalement. Je n'avais rien surmonté du tout. J'étais furieuse – contre moi-même, contre Henry. Contre l'ordre cruel de la nature qui faisait que les hommes ne me désiraient pas et que sans homme je me sentais incomplète. J'avais compris que mon contentement antérieur reposait sur un mensonge. Or ce vide béant que la fureur couvrait mal constituait la réalité fondamentale de mon existence. Il était là depuis toujours. Henry était celui qui me l'avait révélé, voilà tout.

Je n'ai pas eu de nouvelles de lui pendant près de deux mois. Puis un jour, en rentrant à la maison, j'ai trouvé maman qui m'attendait anxieusement dans le vestibule.

« Henry McAllan est revenu, m'a-t-elle annoncé. Il est au salon. Tiens, tu as les cheveux en bataille, laisse-moi te recoiffer.

— Je le verrai comme je suis », ai-je riposté en levant le menton.

À peine avais-je posé les yeux sur lui que j'ai regretté ce petit geste de défi. Bronzé et en forme, Henry paraissait plus séduisant que jamais. Pourquoi n'avais-je pas mis de rouge à lèvres au moins ? Non – c'était une sottise. Cet homme m'avait menée en bateau, puis abandonnée. Je n'avais même pas reçu une carte de lui durant toutes ces semaines. Pourquoi me soucier d'avoir l'air jolie pour lui ?

« Laura, c'est bon de te voir. Comment vas-tu ?

— Très bien. Et toi ?

— Tu m'as manqué. »

J'ai gardé le silence. Henry s'est approché et a pris mes mains dans la sienne. Elle était fraîche et sèche. Moi, j'avais les paumes moites.

« Il fallait que je sois certain de mes sentiments, a-t-il poursuivi. Maintenant, je le suis. Je t'aime et je veux que tu sois ma femme. Veux-tu m'épouser. »

Et voilà qu'elle m'était arrivée, juste comme ça : la demande, la question que j'avais cru ne jamais entendre. Certes, la scène ne se déroulait pas tout à fait comme je l'avais imaginée. Henry n'était pas à genoux et, à dire vrai, la question s'apparentait davantage à une affirmation. S'il éprouvait une quelconque inquiétude quant à ma réponse, il le cachait bien. C'était un peu vexant. Comment osait-il être si sûr de lui après une aussi longue absence ? Est-ce qu'il pensait pouvoir simplement revenir et me récupérer comme un manteau oublié ? Pourtant, par rapport à ce que représentait son désir de m'épouser, ma colère paraissait dérisoire. Si Henry était aussi sûr de moi, me suis-je dit, c'était parce qu'il était fabriqué comme ça. *Il ne faut pas manger la viande crue. Ta couleur, c'est le bleu. Veux-tu m'épouser.*

En regardant ses yeux gris et sincères, une image de Jamie souriant et me faisant danser dans la salle de bal du Peabody m'est tombée dessus à l'improviste. Henry n'était ni fringant ni romantique ; comme moi, il était fait d'un matériau plus solide, plus simple. Mais il m'aimait et je savais qu'il subviendrait à mes besoins, qu'il me serait fidèle et qu'il me donnerait des enfants forts et intelligents. Et pour toutes ces raisons, je pourrais certainement l'aimer en retour.

« Oui, Henry, je le veux. »

Il a opiné une fois, puis m'a embrassée en m'ouvrant la bouche avec son pouce et en me fourrant sa langue à l'intérieur. J'ai refermé solidement les mâchoires, plus par surprise qu'autre chose ; il y avait des années qu'on ne m'avait pas embrassée ainsi et sa grosse langue m'avait dérangée et fait bizarre. Henry a émis un petit grognement et je me suis rendu compte que je l'avais mordu.

« Je suis désolée, ai-je balbutié, je ne savais pas que tu allais faire ça. »

Il n'a rien dit. Il s'est contenté de rouvrir ma bouche et m'a embrassée exactement comme avant. Cette fois, j'ai accepté cette invasion sans protester et cela a paru le satisfaire, parce que, après quelques minutes, il m'a laissée pour aller parler à papa.

On s'est mariés six semaines plus tard au cours d'une simple cérémonie épiscopalienne. Jamie était notre témoin. Lorsque Henry l'a amené à la maison, il m'a serrée très fort dans ses bras et m'a offert une douzaine de roses roses.

« Adorable Laura ! s'est-il écrié. Je suis si heureux qu'Henry ait fini par revenir à la raison. Je lui avais bien dit qu'il serait idiot de ne pas t'épouser. »

J'avais été gâtée de faire la connaissance de Jamie avant les autres McAllan, que j'ai rencontrés pour la première fois deux jours avant le mariage. Dès leur arrivée, il a été clair qu'ils se sentaient supérieurs à nous autres, les Chappell, qui (il faut le dire) avions du sang français par mon père et comptions un général de l'Union du côté de ma mère. Je n'ai guère vu le père d'Henry ce week-end-là – Pappy et les autres hommes étaient partis faire ce que les hommes peuvent faire quand il y a une noce –, mais j'ai passé suffisamment de temps avec les femmes McAllan pour comprendre que nous ne serions jamais proches, à l'inverse de ce que j'avais naïvement espéré. La mère d'Henry était froide, hautaine et avait un avis, généralement négatif, sur tout et tout le monde. Ses deux sœurs, Eboline et Thalia, deux ex-Reines du coton de Greenville qui avaient fait de riches mariages, veillaient à ce que chacun le sache. La veille de la cérémonie, ma mère a organisé un déjeuner pour les femmes des deux familles et Fanny leur a demandé si elles étaient allées à l'université.

Thalia a haussé ses sourcils parfaitement épilés et s'est écriée :

« À quoi sert l'université pour une femme ? J'avoue que je n'en vois pas la nécessité.

— Sauf si on est pauvre ou laide, bien sûr », a ajouté Eboline.

Elle a émis un petit rire et Thalia a gloussé de concert. Dans le doute, ma sœur et moi nous sommes regardées. Henry ne leur avait-il pas dit que nous avions fait des études supérieures ? Elles ne devaient pas le savoir, m'a glissé Fanny plus tard ; l'affront ne devait pas être volontaire. Mais je n'étais pas dupe.

Pourtant, même les proches d'Henry – pour aussi détestables qu'ils aient été – n'ont pas réussi à doucher le bonheur que j'ai éprouvé le jour de mes noces. Nous avons célébré notre lune de miel à Charleston, puis nous avons regagné la maisonnette qu'Henry avait louée pour nous sur Evergreen Street, pas loin de la maison de mes parents. Et c'est là que j'ai commencé à tisser mes attaches. J'adorais la modicité de la vie de famille, le sentiment d'appartenance qu'elle me valait. J'appartenais à Henry désormais. C'était pour prendre soin de lui – préparer les plats qu'il aimait, laver et repasser ses chemises, attendre tous les jours qu'il rentre me retrouver à la maison – que j'étais venue au monde. Puis Amanda Leigh est née en novembre 1940, suivie deux ans plus tard par Isabelle, et je leur ai appartenu encore plus que je n'appartenais à leur père.

Il allait s'écouler six années avant que je prenne conscience qu'attaches et liens pouvaient se détendre et finir par se rompre.

Jamie

Dans le rêve, je suis tout seul sur le toit de l'ancienne maison d'Eboline à Greenville, je surveille la montée des eaux. En général, j'ai dix ans, mais parfois je suis adulte et une fois j'ai été un vieillard. Je suis à califourchon sur le faîte du toit, les jambes dans le vide. Des objets me foncent dessus, puis m'évitent et s'éloignent en tournoyant dans le courant. Un margousier. Un chandelier en cristal. Une vache crevée. Je dois deviner de quel côté de la maison l'eau les poussera. Le lit à baldaquin avec sa moustiquaire qui lui sert de traîne ira à gauche. Les latrines à droite, de même que la Stutz Bearcat de M. Wilhoit. L'enjeu est sérieux : à chaque erreur, la crue gagne trente centimètres de mieux. Quand elle m'arrive aux chevilles, je replie les genoux autant que je peux sans perdre l'équilibre. Je guide la maison, je la mène au nord à la rencontre du flux tandis que l'eau m'encourage de sa terrible voix. Je ne parle pas sa langue, mais ce qu'elle dit est clair : elle me veut. Non parce que j'ai une importance quelconque, mais parce qu'elle veut tout. Qui suis-je, moi, gamin maigrelet en culottes trouées, pour lui refuser ça ?

Quand la rivière me prend, je n'essaie pas de nager, je n'essaie pas de flotter. J'ouvre les yeux et la bouche et laisse l'eau m'emplir. Je sens le spasme de mes poumons, mais n'éprouve aucune souffrance, et j'oublie ma peur. Le courant m'emporte. Je suis du bois flotté et comprends que je n'ai jamais été que cela.

Quelque chose luit dans l'obscurité devant moi, devient de plus en plus brillant à mesure que je m'en approche. La lumière me blesse les yeux. *Une étoile est-elle tombée dans la rivière ? La rivière a-t-elle tout avalé, même le ciel ?* Cinq rayons émanent du centre de l'étoile. Ils se déploient et se rétractent, on dirait qu'ils cherchent quelque chose. En passant devant eux, je m'aperçois que ce sont des doigts et que ce que j'avais pris pour une étoile est une grande main blanche. Je ne veux pas qu'elle me trouve. Je fais partie de la rivière, désormais.

Et puis non. Je sens une vive douleur à la tête et me retrouve brutalement tiré et ramené sur le toit ou embarqué dans un bateau – le rêve varie. Mais la main est toujours celle d'Henry et elle tient toujours une mèche sanguinolente de mes cheveux.

Plus d'un millier de personnes ont péri dans cette inondation. J'ai survécu grâce à Henry. Je n'étais pas seul sur le toit d'Eboline, mes parents étaient avec moi, et elle aussi ainsi que son mari, Virgil, et leur bonne, Dessie. L'eau ne m'a pas emporté, je suis tombé dedans. Je suis tombé dedans parce que je m'étais mis debout. Je m'étais mis debout à cause d'Henry que j'avais aperçu venant à notre secours à bord du bateau.

À cause d'Henry. Dans l'ensemble, c'est à cause d'Henry que je suis ce que je suis et que j'ai fait ce que j'ai fait. Mon plus vieux souvenir remonte au jour où j'ai fait sa connaissance. Ma mère me tenait dans ses bras, elle me berçait, puis elle m'a confié à un grand inconnu aux cheveux blancs. J'ai eu peur, puis plus rien… c'est tout ce que je me rappelle. À en croire maman, j'ai commencé par piquer une crise, mais quand Henry m'a levé en l'air devant lui en disant : « Salut, petit frère », j'ai arrêté de brailler et lui ai fourré les doigts dans la bouche. Moi qui hurlais comme un Peau-Rouge quand mon père ou n'importe quel autre homme tentait de me prendre dans ses bras, je me suis fait doux comme un agneau entre les mains de mon frère. J'avais un an et demi. Il en avait vingt et un et revenait de la Grande Guerre.

À cause d'Henry, j'ai grandi dans la haine des Boches. Les Boches avaient essayé de le zigouiller dans une forêt quelque part en France. C'est à eux qu'il devait sa boiterie et ses cheveux blancs. En plus, ils lui avaient pris des trucs – je ne savais pas quoi précisément, mais je devinais ces manques chez lui. Il ne parlait jamais de la guerre. Pappy le tarabustait sans arrêt, il voulait savoir combien d'hommes Henry avait tués et comment.

« Plus de dix ? Plus de cinquante ? il demandait. T'en as embroché avec ta baïonnette ou tu les as tous descendus de loin ? »

Mais Henry refusait de répondre. Je ne l'ai entendu évoquer la guerre qu'à une occasion : le jour de mon huitième anniversaire. Il était venu à la maison pour le week-end et m'avait emmené chasser le cerf. C'était la première fois que j'avais une arme, une vraie (si on peut dire que la carabine Daisy 25 BB à air comprimé soit vraiment une arme), et j'étais bouffi d'orgueil. Je n'ai pas été fichu d'atteindre quoi que ce soit, à part quelques arbres, mais Henry a tiré un huit-cors. Ça n'a pas été un boulot propre. En approchant de l'endroit où l'animal s'était effondré, on s'est aperçus qu'il était encore vivant et qu'il luttait pour se relever. En vain. Un fragment d'os pointait de sa cuisse blessée. Il avait les yeux fous et pleins d'incompréhension.

Henry s'est passé la main sur la figure, puis m'a agrippé rudement par l'épaule.

« Si un jour tu dois devenir soldat, m'a-t-il dit, promets-moi d'essayer d'intégrer les airs. Il paraît que la bataille est beaucoup plus propre là-haut. »

J'ai promis. Alors, il s'est agenouillé et a tranché la gorge du cerf.

De ce moment-là, chaque fois que les avions d'épandage survolaient notre ferme, je jouais au pilote. Seulement, c'était pas des charançons du cotonnier que j'éliminais, c'était des Boches. Assis sur les plus hautes branches du liquidambar derrière chez nous, j'ai dû abattre des centaines de chasseurs allemands, en imagination.

Mais si Henry a déclenché mon désir de voler, c'est Lindbergh qui l'a enflammé avec sa traversée de l'Atlantique en solitaire. Elle eut lieu moins d'un mois après la crue. Greenville et notre ferme étaient encore sous trois mètres d'eau, de sorte qu'on habitait à Carthage chez mon oncle et ma tante. La maison était pleine et j'étais piégé au grenier, obligé de partager un lit d'un mètre vingt avec mes cousins Albin et Avery, de robustes brutes à la figure boutonneuse et aux dents de lapin. Coincé entre eux deux, je rêvais de la crue : le jeu des devinettes, la voix de l'eau, la grande main blanche. Mes gémissements les réveillaient et ils me tiraient du sommeil à coups de poing et de pied en me traitant de lopette et de petit garçon à sa maman. Pourtant, même leurs menaces – m'étouffer avec l'oreiller, me balancer par la fenêtre, m'attacher au-dessus d'une fourmilière et me coller de la mélasse dans les yeux – ne pouvaient empêcher l'eau de venir me prendre dans mon sommeil. Elle revenait toutes les nuits ou presque, et chaque fois je lui cédais. C'était la phase que je redoutais : la phase où je laissais l'eau m'emporter. Ça me paraissait être une faiblesse honteuse, à laquelle mon frère n'aurait jamais cédé, même en rêve. Henry se serait battu avec tout ce dont il aurait disposé, et même s'il n'avait plus eu une once de force il se serait encore battu – ce que, moi, je n'avais pas fait. Du moins, j'en étais pratiquement sûr. C'était ce qui me tourmentait, je n'avais aucun souvenir de ce qui s'était passé entre l'instant où j'étais tombé à l'eau et celui où Henry m'avait rattrapé. Tout ce que j'avais, c'était le rêve, et il semblait conforter mes pires appréhensions à mon sujet. Comme les jours passaient et qu'il continuait à me revenir, je me suis renforcé dans la conviction qu'il était vrai. Je m'étais abandonné à l'eau sans résister et le referais à l'occasion.

J'ai commencé par refuser de prendre des bains. Albin et Avery ont ajouté le terme de petit cochon à la liste de mots doux dont ils m'encensaient et Pappy m'a fessé au sang avec une baguette en beuglant qu'il ne voulait pas d'un fils qui pue comme un nègre. Finalement, ma mère a menacé de me laver elle-même si je m'entêtais. L'idée que maman me voie nu a suffi à m'expédier tout droit vers la baignoire, même si je ne l'ai jamais remplie que de quelques centimètres.

C'est à cette époque que la presse et la radio se sont mises à rapporter des histoires sur Lindbergh. Il allait tenter de décrocher les vingt-cinq mille dollars du prix Orteig, qu'un Français du nom de Raymond Orteig offrait au premier aviateur qui rallierait sans escale New York à Paris ou vice versa. Plusieurs pilotes avaient déjà essayé de remporter cette récompense proposée dès 1919. Tous avaient échoué, et six avaient trouvé la mort dans l'aventure.

Lindbergh serait celui qui réussirait, j'en étais convaincu. Quelle importance s'il était plus jeune et moins expérimenté que les aviateurs qui l'avaient précédé ? C'était une idole – intrépide, immortelle. Il ne pouvait pas échouer. Les journaux locaux qui l'avaient surnommé « Le fou volant » parce qu'il partait sans copilote ne partageaient pas ma confiance. Je me répétais que c'était eux les fous.

Au jour dit, notre famille au grand complet se réunit autour du poste de radio pour écouter les reportages relatant la traversée de Lindbergh. L'avion fut aperçu au-dessus de la Nouvelle-Angleterre, puis de Terre-Neuve. Ensuite de quoi, il disparut durant les seize plus longues heures de ma vie.

« Il est mort, a lancé Albin, railleur. Il s'est endormi et son avion s'est abîmé en mer.

— Non ! Lindy s'endormirait pas en plein vol.

— Peut-être qu'il s'est perdu, a suggéré Avery.

— Ouais, a renchéri Albin, il est peut-être trop bête pour retrouver son chemin. »

C'était une allusion au fait que quelques jours auparavant je m'étais égaré. Censés m'emmener à la pêche, Avery et Albin m'avaient fait tourner en rond, puis s'étaient sauvés dans les bois en ricanant. Ne connaissant pas la campagne autour de Carthage, il m'avait fallu trois heures pour rentrer à la maison, trois heures durant lesquelles ma mère s'était rongée d'inquiétude. Les deux garçons avaient reçu une correction, mais ça ne m'avait pas soulagé. Ils auraient encore le dessus un autre jour.

Pas cette fois pourtant. Lindbergh leur en remontrerait. Il gagnerait pour nous deux.

Ce qu'il a fait, bien sûr. « Le fou volant » est devenu « L'aigle solitaire » et le triomphe de Lindy le mien. Même mes cousins l'ont acclamé quand il s'est posé sur le champ d'aviation du Bourget. Il était impossible de ne pas se sentir fier de ce qu'il avait accompli. Impossible de ne pas vouloir lui ressembler.

Cette nuit-là, après le dîner, je suis sorti et me suis allongé dans l'herbe mouillée pour contempler le ciel. C'était le crépuscule – cette incroyable nuance de bleu violacé qui ne dure que quelques minutes avant de se muer en une banale obscurité. J'ai eu envie de plonger dans ce bleu et de m'y perdre. Je me rappelle avoir pensé qu'il n'y avait rien de mauvais là-haut. Pas de boue ni de puanteur, ni d'eau brune et meurtrière. Pas de laideur ni de haine. Rien que du bleu, du gris et dix mille nuances entre, toutes belles.

Je deviendrais pilote comme Lindbergh. Je vivrais de grandes aventures, j'accomplirais des actes héroïques, je défendrais ma patrie et ce serait sensationnel. Et je deviendrais une idole.

Quinze ans plus tard, l'armée a exaucé mon vœu. Ça n'a pas été sensationnel. Et je ne suis pas devenu une idole.

Ronsel

Ils nous appelaient les « nègres d'Eleanor Roosevelt ». Ils disaient qu'on se battrait pas, qu'on se sauverait comme des lapins dès l'instant qu'on serait vraiment au combat. Ils disaient qu'on n'avait pas la discipline nécessaire pour faire de bons soldats ; qu'on n'était pas assez intelligents pour servir un char ; que notre nature nous portait à toutes sortes de turpitudes – mensonge, vol, viol de Blanches. Ils disaient que, la nuit, on voyait mieux que les soldats blancs parce qu'on était plus proches des bêtes. On était à Wimbourne quand une jeune Anglaise, une parfaite inconnue, est venue me tâter le cul. Je lui ai demandé ce qu'elle faisait et elle m'a répondu :

« Je regardais si t'avais une queue.

— Pourquoi tu crois ça ? »

Elle m'a expliqué que les soldats blancs avaient été raconter à toutes les Anglaises que les Noirs étaient plus singes qu'humains.

On dormait dans des casernes à part, on mangeait dans des cantines à part, on chiait dans des latrines à part. On nous fournissait même du sang à part – à Dieu ne plaise que des blessés blancs se retrouvent avec du sang nègre dans les veines.

On nous filait tous les rebuts, officiers compris. Nos lieutenants étaient pour la plupart des sudistes qui avaient raté leur précédente affectation. Des ivrognes, des froussards, des petits Blancs fanatiques et bons à rien qui auraient pas été fichus d'évacuer leurs hommes d'une cabane, même en plein jour. Leur confier le commandement de troupes noires, c'était leur punition. Ils n'avaient que du mépris pour nous et nous le faisaient bien sentir. Au club des officiers, ils aimaient chanter « Je rêve d'un bataillon blanc » sur l'air de « White Christmas ». On l'avait appris par le personnel noir tenu de servir ces médiocres Blanchettes pendant qu'ils poussaient la chansonnette.

S'ils avaient tous été coulés dans le même moule, j'aurais probablement fini par fertiliser le champ d'un fermier de France ou de Belgique, en compagnie de la moitié des mecs de mon unité. Par chance, on a eu quelques bons officiers blancs. Ceux de West Point étaient pour la plupart justes et corrects, et notre commandant nous a toujours traités avec respect.

« On dit que vous n'êtes pas aussi propres que d'autres, nous avait-il lancé. La riposte est facile : veillez à être plus propres que tous les gens que vous avez croisés dans votre vie, en particulier tous les salopards blancs. Débrouillez-vous pour que votre uniforme soit plus net que les leurs. Débrouillez-vous pour que vos bottes brillent davantage. »

Et c'est ce qu'on a fait. On aspirait à faire du 761e le meilleur régiment de chars de toute l'armée.

On a reçu un sévère entraînement, d'abord au camp Claiborne, puis au camp Hood. Il y avait cinq hommes par tank, chacun avait sa tâche, mais chacun avait dû aussi apprendre la tâche des autres. Moi, je conduisais, j'avais saisi le truc dès le premier jour. Marrant, le nombre de petits fermiers comme nous qui ont atterri sur le siège du conducteur. J'ai idée que si on est capable de mener un mulet là où on veut qu'il aille, on peut manœuvrer un Sherman.

On a passé un paquet de temps sur le champ de tir, à s'entraîner avec toutes sortes d'armes – colts 45, mitrailleuses, canons. On est descendus en manœuvres dans la forêt nationale de Kisatchie où on a procédé à des simulations de combat à balles réelles. On savait qu'ils testaient notre courage et on a réussi brillamment. Pétard, la plupart d'entre nous avaient plus la trouille de se faire mordre par un serpent que de se choper une balle. Là-bas, ils ont des mocassins d'eau qui peuvent mesurer trois mètres de long, sans mentir.

En juillet 42, on a eu nos premiers lieutenants noirs. Ils n'étaient que trois, mais, du coup, on a tous marché la tête un peu plus haute, du moins sur la base. À l'extérieur, dans les villes où on allait en perm, on se montrait très prudent. À Killeen, au bout de la rue principale, ils avaient installé un grand panneau à notre intention : LES NÈGRES DOIVENT AVOIR VIDÉ LES LIEUX AVANT 21 HEURES. La peinture était rouge sang au cas où on aurait pas bien compris. Killeen n'avait pas de quartier noir, comme la moitié de ces bourgades. Celui d'Alexandria, près du camp Claiborne, ressemblait à tous les autres – à part un cinéma qui tombait en ruine et deux dancings miteux, il n'y avait rien. On pouvait rien acheter ni s'asseoir nulle part pour manger quelque chose. Le reste de la ville nous était interdit. Si la police militaire ou les représentants de l'ordre locaux nous topaient dans la section blanche, ils nous passaient à tabac.

Les citoyens blancs de ces patelins se foutaient complètement de notre uniforme. Personnellement, je ne m'étais pas bercé d'illusions, mais mes potes du Nord et de l'Ouest ont été stupéfiés de la façon dont on nous traitait. C'est une chose de lire un article sur les préjugés raciaux et une autre que de se retrouver devant un chauffeur de bus, un civil, qui vous agite un flingue sous le nez et vous ordonne de dégager votre couenne de moricaud pour faire de la place à un gros fermier blanc. Vous pouviez le leur expliquer tant que ça vous chantait, ils pigeaient pas. Si on ne voulait pas finir dans la caisse, il fallait encaisser, on leur répétait, il fallait écraser et se la fermer quand on était avec des Blancs, mais beaucoup d'entre eux y arrivaient pas. Tenez, ce soldat yankee de Fort Knox – c'était là que la plupart des mecs du régiment avaient reçu leur instruction de base : il s'est engueulé avec un commerçant blanc qui refusait de lui vendre un paquet de clopes, et il a terminé au bout d'une corde attachée au pare-chocs d'une bagnole qui te l'a traîné à travers les rues tant qu'elle a pu. Ça, c'est un meurtre, mais il y en a eu des dizaines d'autres.

Plus je passais de temps avec des mecs originaires d'autres coins du pays, plus ma rage montait. Dire qu'on s'apprêtait à risquer notre vie pour des gens qui nous détestaient autant qu'ils détestaient les Boches ou les Japs, et peut-être même plus. L'armée faisait rien pour nous protéger des types du cru. Quand les flics locaux nous étrillaient, nous, les soldats noirs, l'armée regardait de l'autre côté. Quand on découvrait des cadavres de soldats noirs à l'entrée du camp, la police militaire ne cherchait même pas à trouver le ou les coupables. Pas besoin d'être une lumière pour comprendre pourquoi. Les corrections, la bouffe dégueulasse et tout le tremblement, les officiers tocards... tout ça n'avait qu'un objectif : l'armée ne voulait pas qu'on réussisse.

On s'est entraînés pendant deux longues années. À l'été 44, on a commencé à désespérer qu'on nous laisse jamais nous battre. D'après le *Courier*, on était plus de cent mille à servir à l'étranger, pourtant il n'y avait qu'une unité noire combattante. Le reste épluchait des patates, creusait des tranchées et nettoyait les latrines.

Là-dessus, en août, les autorités nous ont annoncé que le général Patton nous demandait. Il nous avait vus en manœuvres à Kisatchie et nous voulait pour combattre à la tête de la Troisième Armée. Putain qu'on était fiers ! On avait là l'occasion de montrer au monde entier quelque chose que personne n'avait encore jamais vu. Le bon Dieu et le pays, c'était bien beau, mais nous, on allait se battre pour les nôtres et pour notre dignité.

On a quitté le camp Hood fin août. Je n'ai jamais été aussi heureux de me tirer de quelque part. La seule chose que j'allais regretter dans ce trou à rats, c'était Mallie Simpson, une institutrice de Killeen que je fréquentais. Mallie était beaucoup plus vieille que moi. Elle frisait peut-être même les trente ans, je ne lui avais jamais posé la question et je m'en fichais. C'était un minuscule brin de fille avec un rire tonitruant. Elle connaissait des trucs dont les jeunes filles de mon coin n'avaient même pas idée, des trucs qui relevaient de ce que mon père appelle les « affaires de la Nature ». Certains week-ends, on ne sortait quasiment pas de son lit, sauf pour aller au magasin de vins et de spiritueux. Mallie aimait bien son gin. Elle le buvait sans rien, dans un petit verre, cul sec. Elle affirmait qu'un verre de gin à moitié vide était une incitation au vice. À mon avis, c'était le vidage de verres qui allait dans le sens du vice, mais je ne me plaignais pas. Ça m'a vraiment fait de la peine de lui dire adieu. Je pensais que j'allais passer un sacré bout de temps sans femme – d'après ce qu'on m'avait raconté, il n'y avait que des Blancs en Europe.

Mais je me trompais. Il y avait des tas de Blancs là-bas, c'est certain, mais ils ne ressemblaient pas à ceux de chez nous. Ils avaient pas la haine. En Angleterre, où on a stationné le premier mois, il y avait des gens qui n'avaient encore jamais vu de Noir, mais ils étaient plus curieux qu'autre chose. Dès l'instant où ils ont vu qu'on était comme tout le monde, ils nous ont traités pareil. Les filles aussi. La première fois qu'une fille blanche m'a invité à danser, j'ai failli en tomber à la renverse.

« Vas-y, m'a chuchoté mon pote Jimmy, un gars de Los Angeles.

— Jimmy, t'as un grain ou quoi ?

— Si tu te déballonnes, moi, j'y vais. »

Alors, j'y suis allé et j'ai dansé avec elle. Je ne peux pas dire que j'ai beaucoup apprécié, en tout cas pas cette première fois. Je transpirais tellement qu'on aurait cru que je taillais le coton. Je l'ai à peine regardée, j'étais trop occupé à surveiller les Blancs. En attendant, j'avais la main sur sa taille et elle la main autour de mon cou en sueur. Je tenais les bras aussi raides que possible, mais il y avait du monde sur la piste et son corps n'arrêtait pas de me tamponner.

« Qu'est-ce qui ne va pas ? m'a-t-elle demandé au bout d'un moment. Je te plais pas ? »

Ses yeux reflétaient une grande perplexité. C'est là que j'ai pigé : ça lui était égal que je sois noir. Pour elle, je n'étais qu'un homme qui se comportait en crétin. Je l'ai attirée contre moi.

« Sûr que tu me plais ! Je trouve que t'es la plus jolie fille que j'ai jamais vue ou quasiment. »

On n'est pas restés longtemps dans leur pays, mais je serai éternellement reconnaissant à ces Anglais de nous avoir accueillis comme ça. La première fois dans ma vie que je me suis senti plus homme que Noir.

En octobre, ils nous ont finalement envoyés sur les zones de combat, en France. On a traversé le Channel et débarqué à Omaha Beach. On a été stupéfiés par la pagaille qu'on a découverte là. Bateaux coulés, chars, jeeps, planeurs et camions démolis. Pas de cadavres, mais dans notre tête on les a vus pareil, gisant partout sur le sable. Jusqu'alors on s'était crus invincibles, notre pays et nous. Sur cette fichue plage, on a été confrontés au fait qu'on ne l'était pas, et ça nous a tous méchamment secoués.

Durant les six cent cinquante kilomètres qui nous séparaient du front à l'est, les images du Débarquement ne nous ont pas lâchés. Il nous a fallu six jours pour arriver sur place, dans cette petite ville appelée Saint-Nicolas-de-Port. On entendait la canonnade quelques kilomètres plus loin, mais on ne nous a pas envoyés plus avant. On a attendu encore trois jours, énervés comme une bande de chats. Puis, un après-midi, on a reçu l'ordre de servir tous les canons. Des types de la police militaire se sont amenés dans des jeeps équipées de mitrailleuses et se sont garés autour de nos chars. Ensuite, une jeep a déboulé dans des crissements de pneus. Un général trois étoiles en est sorti d'un bond et a grimpé sur le capot d'un véhicule à chenilles. Quand j'ai vu ses pistolets avec leur crosse en ivoire, j'ai compris que j'étais en face du Vieux Sang et Tripes en personne.

« Les gars, a-t-il beuglé, vous êtes les premiers tankistes noirs à combattre dans l'armée américaine. Je ne vous aurais jamais réclamés si vous n'étiez pas les meilleurs. Moi, je n'ai que les meilleurs dans mon armée. Tant que vous me flinguez ces fils de pute de Boches, je me fous de votre couleur. »

Ça m'a choqué d'entendre sa voix : elle était aussi haut perchée que celle d'une bonne femme. Je crois que c'est pour ça qu'il jurait autant – il voulait pas qu'on le prenne pour une lopette.

« Tout le monde a les yeux fixés sur vous et attend de grandes choses de votre part, a-t-il poursuivi. Et surtout, votre race compte sur vous. Ne les décevez pas et ne me décevez pas, moi, bordel ! Il paraît que c'est patriotique de mourir pour son pays. Eh bien, voyons combien de patriotes on peut tirer de ces salopards d'Allemands. »

Naturellement, on avait tous entendu les ragots sur Patton. Il avait piqué une crise et frappé un soldat malade dans un hôpital en Italie. Il était fou à lier et, en prime, il détestait les Noirs. Je me contrefiche de ce que les gens peuvent dire, cet homme-là était un vrai soldat, et il nous a pris alors que tous les autres étaient persuadés qu'on valait pas tripette. Moi, je me serais fait damner pour lui et je pense que c'était pareil pour chaque Panthère. C'est comme ça qu'on s'était baptisés : le 761e bataillon blindé de la Panthère Noire. Notre devise était « Sus à l'ennemi ». Ce jour-là, à Saint-Nicolas-de-Port, ce n'était que des mots sur un drapeau, mais on n'allait pas tarder à comprendre ce qu'ils signifiaient vraiment.

L'équipage d'un tank ressemble à une petite famille. À cinq là-dedans jour après jour, on ne peut être que proches, on n'a pas le choix. Au bout d'un moment, on fonctionne comme les cinq doigts d'une main. Un mec a à peine dit « Fais ça » que c'est fait.

On ne se lavait pas, pas le temps et en plus il faisait un froid de canard, alors je vous garantis qu'à l'intérieur ça cocotait. Une fois, on était en plein combat et le servant de canon, un grand lourdaud d'Oklahoma qui s'appelait Warren Weeks, a eu la chiasse. Le voilà accroupi au-dessus de son casque retourné en train de grogner et de canarder les Panzers allemands. Ça puait tellement là-dedans que j'ai failli dégobiller mon petit déjeuner.

Le sergent Cleve a beuglé : « Putain, Weeks ! On devrait te charger dans le canon et te balancer sur les Fridolins, ils se rendraient en cinq sec. »

On a failli crever de rire. Le lendemain, un obus perforant a fait sauter la majeure partie du crâne à Warren. Son sang et sa cervelle nous ont dégouliné dessus, à moi et aux autres gars, et partout sur les parois blanches. Pourquoi l'armée avait-elle choisi du blanc pour les parois, j'ai jamais compris. Ce jour-là, elles étaient rouges, mais on a continué à se battre, couverts de débris de Warren, jusqu'à ce que le soleil se couche et que les armes se taisent. Je ne me rappelle pas quelle bataille il s'agissait, c'était quelque part en Belgique... à Bastogne peut-être, ou à Tillet. J'en étais arrivé à un point où je ne savais plus ni l'heure ni le jour. Il n'y avait que le combat, sans arrêt les coups de fusil, le tac-tac-tac des mitrailleuses, les tirs de bazooka, les obus et les mines qui explosaient, les hommes qui hurlaient, gémissaient et mouraient. Tout en sachant que le lendemain ça pourrait bien être votre tour, que ce serait peut-être votre sang à vous qui saucerait vos potes de la tête aux pieds.

Des fois, les bombardements étaient si violents que des mecs à pied nous suppliaient de monter dans le char avec nous. Des fois, on les prenait, ça dépendait. Un jour, on était stationnés sur un monticule et voilà qu'un soldat blanc sans casque a accouru vers nous. Pour un fantassin au combat, il n'y a rien de pire que de perdre son casque.

« Hé, les gars, zavez de la place pour un de plus ? » nous a-t-il crié.

Le sergent Cleve a crié en retour :

« T'es d'où, mec ?

— De Baton Rouge, Louisiane ! »

On s'est tous mis à le huer et à rigoler. On avait pigé ce que ça voulait dire.

« Désolé, Blanchette, a répondu Sarge, on est complet aujourd'hui.

— J'ai de la gnôle que j'ai récupérée sur un Boche mort », a braillé le soldat.

Il a brandi une flasque en argent de belle taille qu'il venait de tirer de sa veste.

« Ce truc vous décaperait la peinture d'une grange, vous le garantis. Je vous la file si vous me laissez monter. »

Sarge a haussé un sourcil et nous a tous consultés du regard.

« Moi, je suis baptiste, ai-je expliqué.

— Moi aussi, a dit Sam.

— Tu veux qu'on aille tous rôtir en enfer, mec ? a beuglé Sarge.

— Bien sûr que non, sergent !

— Tu sais que boire, c'est un péché. »

On avait tous pas mal de raisons de détester les petits Blancs, mais Sarge les détestait plus que nous tous réunis. On racontait qu'il avait une sœur qui s'était fait violer par une bande de jeunes Blancs à Tuscaloosa – c'est de là qu'il venait.

« Je t'en prie ! l'a supplié le soldat. Laisse-moi monter !

— Va te faire foutre, Blanchette ! »

J'imagine que ce soldat est mort ce jour-là. J'imagine que j'aurais dû avoir des remords, mais non. J'étais tellement vanné qu'il était difficile de ressentir beaucoup de choses.

Je ne racontais rien de tout ça quand j'écrivais à ma famille. Quand bien même les censeurs auraient laissé passer les infos, je ne voulais pas tracasser maman et papa. À la place, je leur décrivais la neige et la gentillesse avec laquelle les gens du coin nous traitaient (je leur épargnais certains détails sur les Françaises). Je leur parlais des drôles de trucs qu'ils mangeaient par ici, et de la robe scintillante que portait Lena Horne quand elle était venue chanter pour nous à l'USO. Papa me répondait en me donnant des nouvelles de chez nous : les moustiques étaient mauvais cette année ; Ruel et Marlon avaient grandi de cinq bons centimètres ; Lilly May avait chanté en solo à l'église ; le mulet s'était encore fourré dans les lampourdes.

Le Mississippi me semblait loin, très loin.

Laura

Le 7 décembre 1941 a tout changé pour nous tous. À peine quelques jours après l'attaque sur Pearl Harbor, Jamie et mes deux frères s'étaient engagés. Teddy a continué dans le génie, Pearce a intégré les marines, et Jamie a signé avec l'armée de l'air afin de pouvoir voler. Il voulait devenir chasseur, mais l'armée avait d'autres projets pour lui. Elle a fait de lui un pilote de bombardier, lui a appris à piloter les énormes B-24 surnommés *Liberators*. Il a suivi deux années d'entraînement avant de partir pour l'Angleterre. Mes frères étaient déjà à l'étranger, Teddy en France et Pearce dans le Pacifique.

Restée à Memphis, je me rongeais les sangs pour eux, tandis qu'Henry sillonnait le Sud, où il construisait des bases et des terrains d'aviation pour l'armée. Il était demeuré civil ; en tant qu'ancien combattant blessé de la Grande Guerre, il avait été exempté de conscription, ce qui m'avait soulagée. Ses absences, une fois que j'y ai été habituée, ne m'ont pas dérangée. J'ai vite compris que, du coup, il me trouvait plus intéressante quand il rentrait. En plus, j'avais Amanda Leigh pour me tenir compagnie, et après j'ai eu Isabelle en février 1943.

Toutes les deux étaient aussi différentes que possible. Amanda était la fille d'Henry : silencieuse, grave, réservée. Isabelle était à l'opposé. Du jour où elle est née, elle a exigé d'être tout le temps portée et pleurait dès que je la reposais dans son berceau. Sa nature exigeante exaspérait Henry, mais je trouvais que sa douceur compensait largement.

J'étais captivée par elles deux et par la beauté de la vie ordinaire, qui suivait son cours en dépit de la guerre, laquelle la rendait d'autant plus précieuse. Lorsque je n'étais pas occupée à changer des couches ou à désherber mon potager, je roulais des bandages et faisais de la couture pour la Croix-Rouge. Mes sœurs, mes cousines et moi organisions des collectes de métaux, de soie et de bas de nylon que l'armée transformait en sacs à poudre. C'était une époque effrayante et triste, mais exaltante aussi. Pour la première fois de notre existence, nous avions à œuvrer pour une cause qui allait bien au-delà de notre petite personne.

Notre famille a eu plus de chance que beaucoup. J'ai perdu deux cousins et un oncle, mais mes frères ont survécu. Pearce a été blessé à la cuisse et renvoyé dans ses foyers avant que les combats dans le Pacifique ne deviennent féroces, et Teddy est revenu sain et sauf à l'automne 1945. Jamie a eu un doigt de gelé, mais sinon il s'en est tiré indemne. Il n'est pas rentré aux États-Unis après avoir été dégagé de ses obligations militaires, mais est resté en Europe – histoire de voyager, a-t-il déclaré, et de voir les lieux d'en bas pour changer. Sa décision a déconcerté Henry, qui en a déduit que quelque chose clochait chez lui, quelque chose qu'il nous cachait. Les lettres de Jamie étaient désinvoltes et insouciantes, elles fourmillaient de descriptions spirituelles sur les endroits qu'il avait vus et les gens qu'il avait rencontrés. Henry trouvait qu'elles avaient un côté forcé, mais moi non. Il me semblait normal qu'il veuille profiter de sa liberté après quatre années passées à se plier aux ordres.

Les mois qui ont suivi la guerre ont été des moments de jubilation pour nous et pour l'ensemble du pays. Nous avions serré les rangs et triomphé. Nos hommes étaient rentrés et nous avions de nouveau du sucre, du café et de l'essence. Henry passait davantage de temps à Memphis et j'espérais retomber enceinte. J'avais trente-sept ans ; j'avais envie de lui donner un fils pendant que je le pouvais.

Je n'ai absolument pas vu venir le coup. Il m'est tombé dessus cette année-là pendant les fêtes. Comme d'habitude, nous devions passer le réveillon de Noël à Memphis avec ma famille, puis aller à Greenville le lendemain matin. Tous les ans, Eboline et son mari, Virgil, organisaient un grand repas dans leur somptueuse maison sur Washington Street. Que je détestais ces voyages ! Eboline ne manquait jamais de me faire sentir que j'étais terne et mal attifée, et ses enfants faisaient pleurer les miennes. Cette année s'annonçait pire que d'habitude, parce que Thalia et sa famille descendaient de Virginie. Ensemble, les deux sœurs avaient tout de Regan et de Goneril tandis que j'étais dans le rôle de la malheureuse Cordelia.

Quand notre voiture s'est arrêtée devant chez Eboline, le père d'Henry est venu au-devant de nous. Pappy habitait chez Eboline depuis la mort de maman McAllan à l'automne 1943. À sa mine lugubre, on a tout de suite compris que quelque chose n'allait pas.

« Eh ben, a-t-il lancé à Henry en guise de salut, le mari à ta sœur, ce crâneur, s'est foutu en l'air.

— Mon Dieu ! s'est exclamé Henry. Quand donc ?

— La nuit dernière, après qu'on était tous couchés. Eboline a trouvé le corps i a pas longtemps.

— Où ça ?

— Dans le grenier. I s'est pendu. Joyeux Noël.

— Il a laissé un mot pour expliquer son geste ? » me suis-je écriée.

Pappy a tiré une feuille de papier de sa poche et me l'a remise. Elle était adressée à « Mon épouse chérie ». À certains endroits, des larmes avaient fait couler l'encre. D'une main tremblante, Virgil avouait à Eboline qu'il avait perdu la majeure partie de leur fortune dans une escroquerie concernant une mine d'argent bolivienne et le reste sur un cheval nommé Barclay's Bravado. Il ajoutait qu'il se donnait la mort parce qu'il ne supportait pas la perspective de lui confesser le tout. (Plus tard, quand j'ai mieux connu mon beau-père, j'allais me demander si au fond ce n'était pas la perspective de passer une nuit supplémentaire sous le même toit que Pappy que Virgil ne supportait plus.)

Eboline refusant de quitter son lit, même pour rassurer ses enfants, c'est moi qui me suis chargée des petits ainsi que - pour la plus grande part - de la cuisine pour une pleine maisonnée ; Henry avait gardé la bonne jusque-là, mais il avait été obligé de donner congé au jardinier et au cuisinier. J'ai fait ce que j'ai pu. J'avais beau détester Eboline, je ne pouvais m'empêcher de la plaindre de tout mon cœur.

Après l'enterrement, les filles et moi sommes remontées en voiture à Memphis pendant qu'Henry restait aider sa sœur à mettre de l'ordre dans ses affaires.

Ça ne durerait que quelques jours, m'a-t-il affirmé. Mais ces quelques jours se sont transformés en une semaine, puis en deux. La situation était compliquée, m'expliquait-il au téléphone. Il lui fallait davantage de temps pour régler les choses.

Il est rentré par le train à la mi-janvier. Au lit cette nuit-là, il s'est montré gai, presque exubérant et étonnamment passionné. Après, il a glissé ses doigts entre les miens et s'est éclairci la gorge.

« Chérie, à propos. »

Je me suis armée de courage. Sortant de la bouche d'Henry, cette phrase particulière pouvait déboucher sur n'importe quoi, je ne savais jamais : *Chérie, à propos, on n'a plus de moutarde, tu pourrais en acheter à l'épicerie ? Chérie, à propos, j'ai eu un accident de voiture ce matin.*

Ou, dans ce cas :

« Chérie, à propos, j'ai acheté une ferme dans le Mississippi. On emménage dans deux semaines. »

La ferme, a-t-il poursuivi, se situait à une bonne soixantaine de kilomètres de Greenville, près d'une bourgade dont je n'avais jamais entendu parler, Marietta. C'est là qu'on habiterait, dans une maison qu'il avait louée pour nous, et il irait travailler à la ferme tous les jours en voiture.

« C'est à cause d'Eboline ? ai-je demandé quand j'ai pu m'exprimer calmement.

— En partie, m'a-t-il répondu en pressant ma main. La succession de Virgil est un casse-tête. Il va falloir des mois pour la démêler et j'ai besoin d'être à proximité. »

J'ai dû lui lancer un coup d'œil dubitatif.

« Eboline et les enfants n'ont plus personne maintenant, a-t-il ajouté en haussant un peu la voix. C'est mon devoir de les aider.

— Et ton père ? »

Sous-entendu : Ne peut-il les aider ?

« On ne peut pas compter qu'Eboline s'occupe de lui à présent. Il va falloir que Pappy vienne vivre avec nous. »

Henry s'est interrompu, puis a enchaîné :

« C'est lui qui conduira le pick-up la semaine prochaine.

— Quel pick-up ?

— Celui que j'ai acheté pour la ferme. Il nous servira pour transporter les meubles. On ne pourra pas tout prendre en une fois, mais quand on sera installés, j'aurai toujours la possibilité de faire un second voyage. »

Installés. Dans la campagne du Mississippi. Dans deux semaines.

« J'ai également acheté un tracteur. Un John Deere B. Une sacrée machine... Tu ne croiras pas à quelle vitesse il est capable de labourer un champ. Je vais pouvoir cultiver cinquante hectares tout seul. Imagine un peu ! »

Devant mon silence, Henry s'est redressé, en appui sur un coude, et a scruté mon visage.

« Tu es rudement silencieuse.

— Je suis rudement surprise. »

Il m'a regardée d'un air perplexe.

« Mais tu savais que j'ai toujours eu l'intention d'avoir ma propre exploitation un jour.

— Non, Henry. Je n'en avais pas idée.

— Je suis sûr que j'ai dû en parler.

— Non, pas du tout.

— Eh bien, maintenant, je te le dis. »

Juste comme ça, ma vie a changé du tout au tout. Henry ne m'a pas demandé ce que je ressentais à la perspective de quitter la ville où j'avais vécu durant trente-sept ans pour nous fixer avec son père acariâtre à la remorque dans un patelin du fin fond du Mississippi et je ne le lui ai pas expliqué. C'était son domaine, tandis que les enfants, la cuisine et l'église constituaient le mien, et chacun veillait soigneusement à ne pas empiéter sur le domaine de l'autre. Quand c'était absolument nécessaire, on menait une discrète incursion sur les frontières les plus reculées.

Maman a pleuré lorsque je lui ai annoncé que nous partions, mais ça n'a pas été les cris que j'avais escomptés, loin de là. Sa réaction m'a plutôt évoqué une légère averse d'été, vite passée, et ensuite maman m'a conseillée de me montrer courageuse et de m'accommoder au mieux de la situation. Papa s'est contenté de soupirer.

« Eh bien, je présume que nous t'avons gardée plus longtemps que nous avions le droit de l'espérer. »

À en juger par la tête qu'ils faisaient, c'était le sort des filles. Vous les éleviez et, si vous aviez de la chance, elles trouvaient un mari, lequel risquait alors de les embarquer absolument n'importe où, et c'était une éventualité à laquelle non seulement il fallait s'attendre, mais qu'il fallait supporter joyeusement.

J'ai essayé d'être joyeuse, mais j'ai eu du mal. Jour après jour, j'ai dit au revoir à une personne ou à une chose aimée. La balancelle sur la véranda de la maison de mes parents, où Billy Escue m'avait donné mon premier vrai baiser la nuit de mon dix-septième anniversaire. Ma maisonnette sur Evergreen Street avec ses rideaux de dentelle et son papier peint fleuri. Le rugissement des lions, dans le zoo voisin, qui m'avait gênée quand on avait emménagé mais qui rythmait désormais mes journées avec une ponctualité familière. La lumière, dans mon église, qui tombait en rais de couleur éclatante sur les visages levés de la congrégation.

Quant aux visages des membres de ma famille, c'est à peine si je supportais de les regarder. Ma mère et mes sœurs, avec leur grand front et leurs yeux bleus étonnés de Fairbairn ; mon père avec son large sourire bienveillant et son nez droit sur lequel ses lunettes ne cessaient de glisser.

« Ce sera une aventure », a dit papa.

« Ce n'est pas si loin », a dit Etta.

« Il y aura forcément des gens bien là-bas », a dit maman.

« Je suis sûre que vous avez raison », leur ai-je répondu.

Je n'en croyais pas un mot. Marietta était une ville du Delta ; sa population – laquelle atteignait le chiffre impressionnant de quatre cent douze âmes, ainsi que je l'ai appris par la suite – regroupait principalement des fermiers, des épouses de fermier et des enfants de fermier, dont la moitié serait sans doute des Noirs et la totalité des baptistes, sûr comme un et un font deux. Nous serions à des kilomètres du monde civilisé au milieu de rustres buvant du jus de raisin le dimanche à l'église et ne discutant que du temps et de leurs champs.

Et comme si un malheur ne suffisait pas, Pappy allait vivre avec nous. Je n'avais jamais passé beaucoup de temps en compagnie de mon beau-père – chance que je n'ai appréciée à sa juste valeur que durant notre dernière semaine à Memphis, quand j'ai dû le supporter seule, du matin au soir, sept jours de rang, pendant qu'Henry allait travailler. Pappy était revêche, tyrannique et vaniteux. Il fallait marquer le pli de ses pantalons, plier ses mouchoirs comme ci et pas comme ça, amidonner ses chemises. Il en changeait deux fois par jour : ce n'est pas qu'elles étaient sales, c'était juste qu'il mangeait salement ; et pour ce qui est des efforts, les seuls qu'il a fournis, ça a été de rouler ses cigarettes et de me donner des instructions sur la manière d'emballer les affaires. Espérant le distraire, j'ai déterré quelques bouquins susceptibles de lui plaire, il les a repoussés d'un geste méprisant. La lecture était une perte de temps, m'a-t-il expliqué, et la culture c'était pour les poseurs et les chochottes. Je me suis demandé comment il avait réussi à avoir deux fils comme Henry et Jamie, et j'ai prié pour qu'une fois à Marietta il passe ses journées à la ferme avec Henry en nous laissant la maison, aux filles et à moi.

La maison représentait le seul élément positif dans ce tableau déprimant. Henry l'avait louée à un couple qui avait perdu son fils à la guerre et partait s'installer dans l'Ouest. À l'entendre, c'était une habitation d'avant la guerre civile, à un étage, avec quatre chambres, un porche tout autour et, plus alléchant à mes yeux, un figuier. J'ai toujours été folle des figues. En emballant la vaisselle dans du papier journal et en mettant lampes, livres et linge en carton, je n'ai pas connu que des moments déplaisants car je me suis souvent imaginée en train de sortir par la porte de derrière, de cueillir des fruits mûrs sur les branches et de les manger pas lavés, en gamine gloutonne. Je voyais les tartes et tartelettes que je ferais, les confitures que je stockerais pour l'hiver. Je ne confiais rien de tout cela à Henry ; je n'étais pas disposée à lui donner cette satisfaction. Mais, tous les soirs au dîner, il ajoutait un détail agréable qu'il avait oublié de mentionner. M'avait-il dit que la maison disposait d'une cuisinière électrique moderne ? Est-ce que je savais qu'elle se trouvait à seulement trois pâtés de maisons de l'école primaire où Amanda Leigh entrerait en préparatoire l'année suivante ?

« C'est bien, Henry », disais-je sans me compromettre.

Le jour de notre départ, on s'est levés avant l'aube. Teddy et Pearce sont venus aider Henry à charger nos meubles dans le pick-up, dont mon bien le plus précieux – un piano droit Steiff de 1859 avec une caisse en bois de rose sculptée dans le style Eastlake. Il avait appartenu à ma grand-mère qui m'avait appris à jouer. J'avais commencé à donner des leçons à Amanda Leigh.

Papa est arrivé au moment où je faisais une dernière inspection de la maison. Ça m'a étonnée de le voir ; on s'était dit adieu la veille au soir. Il apportait des petits pains de maman et un pot de sa compote de pommes. Tous les huit, on a mangé les pains chauds debout dans le salon pratiquement vide en frissonnant de froid et en léchant nos doigts – poisseux – entre deux bouchées. Une fois qu'on a eu terminé, mon père et mes frères nous ont accompagnés à la voiture. Papa a serré la main de Pappy, puis celle d'Henry, puis il a embrassé les enfants. À la fin, il s'est tourné vers moi.

À mi-voix, pour que je sois seule à l'entendre, il m'a glissé :

« À un an, tu as attrapé la rubéole, le docteur a déclaré que tu allais sûrement en mourir ; qu'il ne pensait pas que tu vivrais au-delà des prochaines quarante-huit heures. Ta mère était aux cent coups, mais je lui ai dit que ce fichu médecin ne savait pas ce qu'il racontait. Notre Laura est une battante, ai-je dit à ta mère, et elle va s'en sortir. Je n'en ai jamais douté, ne serait-ce qu'une minute, ni à ce moment-là ni depuis. Mets ça dans ta poche et penses-y si nécessaire, d'accord ? »

Ravalant la boule que j'avais dans la gorge, j'ai acquiescé et l'ai serré dans mes bras. Puis j'ai embrassé mes frères une dernière fois.

« Bon, a déclaré Henry, l'heure tourne.

— Prends bien soin de mes trois filles, a dit papa.

— Bien sûr. Ce sont aussi les miennes. »

Les enfants et moi, on a chanté en quittant Memphis. Elles étaient assises à côté de moi sur le siège avant de la DeSoto. Henry, Pappy et toutes nos affaires se trouvaient dans le pick-up devant nous. Sur notre droite, le Mississippi formait une vaste présence liquide et indifférente.

« Il faut toujours voir le po-si-tif », on chantait, mais ces paroles me paraissaient aussi ridicules et creuses que moi.

Le crépuscule approchait quand on s'est engagés dans Tupelo Lane. C'était, je le savais, le nom de notre rue et, du coup, chaque fois que le pick-up ralentissait, j'éprouvais un petit frisson de nervosité. Henry a fini par lever le pied et s'arrêter et j'ai découvert la maison : une charmante vieille demeure correspondant beaucoup à sa description, et dotée de nombreux détails agréables qu'il avait omis de mentionner – sans doute parce que, fabriqué comme il l'était, il ne les avait pas remarqués. Un grand pacanier s'élevait dans le jardin devant et un des flancs de la maison disparaissait entièrement sous une glycine qui lui faisait une sorte de grossier manteau vert. Au printemps, quand elle fleurirait, son parfum nous accompagnerait tous les soirs jusque dans le sommeil et, l'été, le gazon serait piqueté de fleurs violettes. Deux baies vitrées avec, en dessous, deux massifs d'azalées adultes, flanquaient la porte d'entrée.

« Henry, tu ne m'avais pas dit qu'on avait des azalées, l'ai-je grondé après avoir habillé les filles et les avoir fait descendre.

— Eh bien, on en a », a-t-il déclaré en souriant.

J'ai vu qu'il était content de lui mais ne lui en ai pas tenu rigueur : la maison était vraiment ravissante.

Amanda Leigh a éternué. Elle s'appuyait lourdement contre ma jambe et sa sœur dormait à moitié dans mes bras. Toutes les deux avaient un rhume de cerveau.

« Les enfants sont épuisées, ai-je constaté. Entrons.

— La clé devrait être sous le paillasson », m'a-t-il répondu.

On remontait l'allée quand la lumière du porche s'est allumée et la porte d'entrée ouverte. Un homme est sorti. Il était immense, avec des épaules voûtées, comme un ours. Une petite bonne femme trottinait sur ses talons. Elle s'est penchée de côté pour mieux voir.

« Qui êtes-vous ? »

Le ton du bonhomme n'avait rien d'amical.

« Nous sommes les McAllan, a expliqué Henry. Les nouveaux locataires. Et vous, qui êtes-vous ? »

L'homme a écarté les jambes et croisé les bras sur son torse.

« Orris Stokes. Le nouveau propriétaire.

— Le nouveau propriétaire ? J'ai loué cette maison à George Suddeth il y a juste trois semaines.

— Eh bien, George Suddeth me l'a vendue la semaine dernière et m'a pas parlé de locataires.

— Ah oui ? On dirait qu'il va falloir que je lui rafraîchisse la mémoire.

— Vous le trouverez pas. Il a quitté la ville il y a trois jours.

— Je lui ai laissé une caution de cent dollars !

— Je suis pas du tout au courant, a riposté Orris Stokes.

— T'as un papier signé ? a demandé Pappy à Henry.

— Non. On a scellé le contrat par une poignée de main. »

Le vieil homme a craché dans la rue.

« Je comprendrai jamais comment mon fils a pu être aussi crétin. »

Au visage de mon mari, j'ai vu qu'il se rendait compte qu'il avait été dupé et, pire, qu'il n'y pouvait plus rien. Il s'est tourné vers moi.

« Je lui ai remis cent dollars en liquide, là, dans le salon de cette maison. Ensuite, j'ai dîné avec lui et sa femme. Je lui ai montré, à elle, des photos de toi et des filles.

— Vous feriez mieux d'y aller, nous a conseillé Orris Stokes. I a rien pour vous ici.

— Maman, j'ai envie de faire pipi, a gémi Amanda Leigh dans un bruyant murmure d'enfant.

— Tais-toi. »

Sur ce, la femme cachée derrière son mari s'est montrée. C'était une toute petite chose, grosse comme un moineau, avec plein de taches de rousseur et des menottes remuantes. *Elle n'est pas bien opiniâtre*, ai-je pensé avant de voir son menton. Très pointu et en forme de déplantoir, il racontait tout autre chose. Je me figurais volontiers qu'elle avait dû défier l'autorité d'Orris en plus d'une occasion.

« Alice Stokes, a-t-elle dit en guise de présentation. Pourquoi vous entrez pas manger une bricole avant de repartir ?

— Voyons, Alice », a marmonné son mari.

L'ignorant, elle s'est adressée à moi, comme si les trois hommes n'existaient pas.

« On a du ragoût et du pain de maïs. Rien d'extraordinaire, mais on serait contents de partager avec vous.

— Merci, ai-je répondu avant qu'Henry puisse refuser. Nous vous en serions très reconnaissants. »

La maison, chichement meublée, aurait mérité mieux. Les plafonds étaient hauts et les pièces spacieuses, avec de ravissants détails d'époque. Je n'ai pu m'empêcher d'imaginer mes affaires à la place de celles des Stokes : mon piano dans le salon, à côté de la baie vitrée ; ma causeuse victorienne devant le manteau sculpté de la cheminée du vestibule. En m'asseyant à la table en pin brut d'Alice, je me suis dit que ma propre salle à manger aurait été autrement plus en valeur sous le médaillon ouvragé du plafond.

Pendant le dîner, nous avons appris qu'Orris était le propriétaire du magasin d'aliments pour bétail de Marietta. Ça a un peu ragaillardi Henry. Les deux hommes ont parlé bestiaux un moment, discuté des mérites comparés de diverses races de porc – sujet qu'Henry connaissait étonnamment bien. Puis la conversation s'est orientée sur la main-d'œuvre agricole.

« Fichus moricauds, a grommelé Orris. I foutent le camp au Nord et, du coup, i a plus moyen de cultiver. Faudrait qui i ait une loi contre.

— De mon temps, on les laissait pas se barrer, a lâché Pappy. Et ceux qu'essayaient de se sauver en pleine nuit, i le regrettaient bien. »

Orris a approuvé de la tête.

« Mon frère a une ferme à Yazoo City. Eh ben, vous savez quoi ? En octobre dernier, son coton a pourri sur pied parce qui l'a pas pu trouver suffisamment de nègres pour la cueillette. Et ceux qui l'a fini par dénicher, i voulaient deux dollars cinquante les cent livres.

— Deux dollars cinquante les cent livres ! s'est exclamé Henry. À ce tarif-là, ils vont mettre tous les planteurs du Delta sur la paille. Et alors, qu'est-ce qu'ils feront, quand il n'y aura plus personne pour les embaucher et leur fournir un toit ?

— Si tu comptes qu'un nègre ait quelque chose dans le ciboulot, tu peux courir, a rétorqué Pappy.

— Moi, je vous garantis, a insisté Orris, maintenant que le gouvernement a aboli le contrôle des prix, i vont réclamer encore plus cette année.

— Foutus négros », a conclu Pappy.

Il était huit heures du soir lorsqu'on a terminé de dîner, et les enfants piquaient du nez dans leurs bols. Quand Alice nous a offert de passer la nuit chez eux, je me suis empressée d'accepter ; la maison d'Eboline à Greenville était à deux heures de là, et je n'avais aucune envie de nous risquer sur ces routes obscures et truffées de nids-de-poule avec nos pneus usés, datant de la guerre. Henry et Orris ont paru vouloir refuser, mais finalement ils n'ont pas bronché. Avec Pappy, ils sont sortis couvrir les meubles dans le pick-up afin de les protéger de la rosée pendant qu'Alice débarrassait et que je couchais les filles. Après les avoir bordées, j'ai aidé Alice à faire le lit qu'Henry et moi devions partager.

« Quelle grande maison, ai-je remarqué. Il n'y a que vous et M. Stokes ?

— Oui, m'a-t-elle répondu d'une voix sourde et triste. La diphtérie a emporté Orris junior à l'automne 42 et notre fille, Mary, est décédée l'an dernier d'une pneumonie. Vos filles dorment dans leurs lits.

— Je suis désolée. »

Ne sachant que dire, je me suis activée sur les taies d'oreiller.

« Je suis enceinte, m'a-t-elle confié timidement au bout d'un moment. J'en ai pas encore parlé à Orris. Je voulais être sûre que ça allait prendre.

— J'espère que vous aurez un beau bébé costaud, Alice.

— Moi aussi. Je prie pour ça tous les soirs. »

Là-dessus, elle m'a quittée en me souhaitant bonne nuit. Je me suis approchée de la fenêtre qui donnait sur le jardin de derrière. Je distinguais le figuier dont j'avais tant rêvé, ses branches dépouillées et néanmoins toujours gracieuses au clair de lune. *Si seulement il avait signé un contrat de location,* me suis-je dit. *Si seulement il était différent.* Henry n'était pas trop doué pour comprendre les autres. Depuis toujours, il présumait que tout le monde était comme lui : que les gens disaient ce qu'ils pensaient et faisaient ce qu'ils disaient.

Quand la porte s'est ouverte, je ne me suis pas retournée. Il s'est approché et a posé la main sur mon épaule. J'ai hésité, puis j'ai tendu le bras et l'ai effleurée. Il avait la peau douce et parcheminée. J'ai éprouvé un élan de tendresse pour lui, pour ses mains vieillissantes et son amour-propre blessé. Il a embrassé le sommet de mon crâne, j'ai soupiré et me suis laissée aller contre lui. Comment pouvais-je souhaiter qu'il soit différent ? Qu'il soit dur et soupçonneux, comme son père ? C'était impossible et j'ai eu honte d'avoir nourri de telles pensées.

« On trouvera une autre maison », ai-je murmuré.

Je l'ai senti faire non de la tête.

« C'était le seul logement de libre. Les soldats sont de retour et ils prennent tout. On va être obligé de loger à la ferme.

— Et pourquoi pas dans une ville voisine ?

— Je n'ai pas le temps de chercher ailleurs. Il faut retourner les champs. Je démarre déjà avec un mois de retard. »

Il s'est écarté et j'ai entendu le cliquetis sec de la valise.

« La ferme n'est pas terrible, mais je sais que tu en feras quelque chose de bien, a-t-il ajouté. Maintenant, je vais me laver les dents. Pourquoi ne pas te coucher ? »

Un bref silence a suivi, puis la porte s'est rouverte et refermée. Tandis que les pas d'Henry s'éloignaient dans le couloir, j'ai regardé le figuier et songé aux fruits qui mûriraient dessus l'été venu. Je me suis demandé si Alice Stokes aimait les figues ; si elle les ramasserait avec empressement ou si elle les laisserait tomber et pourrir sur le sol.

Au matin, on a dit au revoir aux Stokes et pris la direction de l'épicerie afin d'acheter des provisions de bouche, du pétrole, des seaux, des bougies et d'autres articles qui nous seraient utiles à la ferme. C'est là que j'ai appris qu'il n'y avait ni électricité ni eau courante dans la maison.

« Il y a une pompe dans la cour de devant, m'a expliqué Henry, et une sorte de cuisinière dans la cuisine.

— Une pompe ? Il n'y a pas d'eau courante ?

— Non.

— Et les cabinets ?

— Il n'y a pas de cabinets, m'a-t-il répondu avec une pointe d'impatience. Juste des latrines dehors. »

Chérie, à propos.

De derrière le comptoir, une robuste femme vêtue d'une chemise à carreaux et d'une salopette nous a lancé :

« Vous êtes les nouveaux propriétaires de la ferme Conley ?

— C'est exact, a dit Henry.

— Il vous faudra du bois pour la cuisinière. Je m'appelle Rose Tricklebank et, ça, c'est mon magasin, le mien et celui de mon mari, Bill. »

Elle a tendu la main et on la lui a tous serrée, l'un après l'autre. Elle avait une poigne solide et la paume calleuse ; j'ai vu Henry écarquiller les yeux quand la main de Rose s'est refermée sur la sienne. Pourtant, en dépit de ses manières viriles, Rose Tricklebank ressemblait en tous points – à partir du cou et en remontant vers le haut du crâne – à la fleur dont elle portait le nom. Elle avait une bouche dessinée en arc de Cupidon et un visage rond auréolé d'une crinière de cheveux auburn et bouclés. Une cigarette coincée derrière l'oreille gâchait un peu le tableau, mais à peine.

« Vous seriez bien avisés de faire de bonnes provisions aujourd'hui, a-t-elle poursuivi. On va avoir un gros orage ce soir, il risque de pleuvoir toute la semaine.

— Et alors ? a marmonné Pappy.

— Quand il pleut et que la rivière enfle là-bas, la ferme Conley peut rester coupée de tout plusieurs jours d'affilée.

— C'est la ferme McAllan maintenant », a rectifié Henry.

Quand on a eu payé, Rose a soulevé une de nos caisses et l'a portée jusqu'à la voiture, malgré les protestations d'Henry. Elle a sorti de sa poche deux bâtons de réglisse qu'elle a offerts à Amanda Leigh et à Isabelle.

« J'ai deux filles, et ma Ruth Ann a à peu près ton âge, a-t-elle expliqué à Amanda en lui ébouriffant les cheveux. Caroline et elle sont en classe maintenant, mais j'espère que tu reviendras nous voir bientôt. »

J'ai promis que oui en me disant que ce serait agréable d'avoir une amie en ville et des camarades de jeux pour les petites. Dès qu'elle a été suffisamment loin pour ne pas nous entendre, Henry a murmuré :

« Cette bonne femme se comporte comme si elle se prenait pour un homme.

— C'en est peut-être un et son mari s'en est pas encore aperçu », a renchéri Pappy.

Tous deux ont éclaté de rire, ce qui m'a irritée.

« Eh bien, moi, elle me plaît, ai-je décrété, et j'envisage de lui rendre visite dès qu'on sera installés. »

Henry a haussé les sourcils. Je me suis demandé s'il allait m'interdire de la voir et, en ce cas, ce que j'allais répondre. Mais il s'est contenté de remarquer :

« Tu auras beaucoup à faire à la ferme. »

La ferme était à une vingtaine de kilomètres de Marietta, mais ça nous a paru plus long parce qu'il y avait énormément d'ornières et que le paysage était très monotone. Le terrain était plat et dans l'ensemble banal, inévitable conséquence du travail des fermiers. Des Noirs occupés à labourer avec des charrues tirées par des mulets ponctuaient les champs. Sans le vert des cultures, la terre paraissait désolée, on se serait crus à la dérive dans un océan uniformément marron.

On a traversé un pont grinçant qui enjambait une petite rivière bordée de cyprès et de saules. Henry a pointé la tête à la fenêtre du pick-up et m'a crié :

« Nous y sommes, chérie ! Ça y est, nous sommes sur nos terres ! »

J'ai réussi à lui adresser un sourire et un salut. Je ne voyais aucune différence entre cette terre et celles qui avaient déjà défilé devant nos yeux. Il y avait des parcelles brunes et des bicoques en bois brut abritant des métayers, avec devant des cours boueuses. Des femmes, dont on ne pouvait dire si elles avaient trente ou soixante ans, accrochaient du linge à des fils détendus tandis que, plantés sur un porche, des hordes de gamins aux pieds nus et crasseux nous observaient, apathiques. Au bout d'un moment, nous sommes arrivés à une bicoque plus grande que les autres, mais pas moins décrépite. Elle semblait abandonnée. Le pick-up s'est arrêté devant, et Henry et son père sont descendus.

« Pourquoi on s'arrête ? ai-je crié.

— C'est là », m'a répondu Henry.

« C'est là » était une longue baraque délabrée avec un toit gauchi en tôle ondulée et des fenêtres munies de volets mais sans carreaux ni moustiquaires. « C'est là » était un porche qui courait sur toute la longueur de la maison et la rattachait à un petit appentis. « C'est là » était une cour boueuse avec une pompe à eau au milieu, ombragée par un grand chêne qui avait réussi à échapper à la campagne de défrichage des premiers habitants. « C'est là » était une grange, une pâture, une remise à coton, un séchoir à maïs, une bauge à cochons, un poulailler et des latrines.

Notre nouvelle maison.

Amanda Leigh et Isabelle sont descendues de la voiture en vitesse et ont fait le tour de la cour à toutes jambes, enchantées par tout ce qu'elles découvraient. Je les ai suivies, de la bouillasse jusqu'aux chevilles. Il allait me falloir plusieurs semaines pour apprendre que, dans une ferme, il vaut mieux regarder où on met les pieds, parce qu'on ne sait jamais ce sur ou dans quoi on va marcher : une mare de boue, un tas d'excréments, un serpent à sonnettes.

« On aura des poules, papa ? Et des cochons ? a demandé Amanda Leigh. On aura une vache ?

— Bien sûr, a répondu Henry. Et vous savez quoi ? »

Il a montré, derrière nous, l'alignement d'arbres qui délimitait le cours d'eau.

« Vous voyez la rivière qu'on a traversée ? Je parie qu'elle est pleine de poissons-chats et d'écrevisses. »

À plus d'un kilomètre de nous, une drôle de structure se dressait au bord de la rivière. Malgré la distance, je voyais bien qu'elle était nettement plus grande que notre maison.

« C'est quoi ce bâtiment ? ai-je demandé à Henry.

— Une vieille scierie, elle date d'avant la guerre civile. Ne vous en approchez pas, toi et les filles, elle peut s'écrouler d'un moment à l'autre.

— I a pas qu'elle, a lancé Pappy en désignant la maison. Le toit, il a besoin d'être réparé et les marches ont l'air pourries. En plus, i a des volets qui manquent, tu ferais mieux de les remplacer vite fait sinon on risque de crever de froid.

— On va tout arranger, a affirmé Henry. Il n'y aura pas de problèmes. Tu verras. »

Ce n'était pas à Pappy qu'il s'adressait, mais à moi. *Accommode-toi de ça au mieux,* me suppliait-il du regard.

Ne m'humilie pas devant mon père et les filles. J'ai éprouvé une pointe de colère. Bien sûr que j'allais m'en accommoder au mieux, ne serait-ce que pour les enfants.

Aidé d'un des métayers, un Noir causant, à la peau claire, du nom de Hap Jackson, Henry a déchargé le pick-up et rentré les meubles. J'ai tout de suite vu que nous ne pourrions pas apporter beaucoup plus de choses de Memphis. La maison n'avait que trois pièces : une grande qui englobait la cuisine et le séjour, et deux chambres où l'on pouvait à peine caser un lit et une commode. Il n'y avait pas de placards, juste des patères aux murs. Ces derniers, comme les sols, étaient en bois brut avec, entre les planches, des interstices par lesquels le vent et toutes sortes d'insectes entraient librement. Il y avait de la poussière partout. J'ai ressenti une nouvelle bouffée de colère. Comment Henry pouvait-il nous amener dans un endroit pareil ?

Je n'étais pas la seule à être mécontente de ce logement.

« Où est-ce que je vais dormir ? » a demandé Pappy.

Henry m'a regardée. J'ai haussé les épaules. Il s'était mis tout seul dans cette situation, à lui de s'en dépêtrer.

« Je suppose qu'on va devoir t'installer dans l'appentis, a-t-il répondu.

— Moi, je dors pas là-bas. I a même pas de plancher.

— Sinon je ne vois pas où te mettre. Il n'y a pas de place dans la maison.

— I en aurait, si tu te débarrassais de ce foutu piano », a suggéré Pappy.

Le piano tenait de justesse dans un angle de la pièce principale.

« Si tu te débarrassais de ce piano, a insisté Pappy, on pourrait coller un lit dans ce coin-là.

— On pourrait, a admis Henry.

— Non, ai-je riposté. On a besoin du piano. J'apprends aux filles à jouer, tu le sais. En plus, je n'ai pas envie d'avoir un lit au milieu de la salle de séjour.

— On pourrait accrocher un rideau autour, a poursuivi Pappy.

— C'est vrai », lui a concédé Henry.

Tous deux m'observaient : Henry d'un air malheureux, son père avec un sourire suffisant. Henry allait accepter. Je l'ai vu à sa tête, et Pappy aussi.

« Il faut que je te parle en privé », ai-je lancé en fixant Henry.

Je suis sortie sur le porche de devant. Henry m'a emboîté le pas et a refermé la porte derrière lui.

Sans hausser le ton, j'ai commencé :

« Quand tu m'as annoncé que tu m'amenais ici, loin de ma famille et de tout ce que j'avais toujours connu, je n'ai pas dit un mot. Quand tu m'as appris que ton père allait venir vivre avec nous, je n'ai pas pipé. Quand Orris Stokes s'est planté devant toi et t'a annoncé que tu t'étais fait escroquer par le type auquel tu avais loué la maison, je me suis tue. Mais maintenant je te préviens, Henry, on ne se débarrassera pas du piano. C'est le seul truc civilisé ici et je le veux, pour les filles et pour moi, et on va le garder. Donc, tu peux rentrer dire à ton père qu'il dormira dans l'appentis. Soit ça, soit il pourra partager le lit avec toi, parce que, moi, je ne resterai pas ici sans mon piano. »

Henry m'a fixée comme s'il venait de me pousser des bois sur le crâne. J'ai soutenu son regard en résistant à une vive envie de baisser les paupières.

« Tu es épuisée.

— Non, je vais bien. »

Mon cœur battait à tout rompre pendant que j'attendais la suite. Je n'avais jamais défié mon mari si ouvertement, ni qui que ce soit d'ailleurs. Ça me paraissait dangereux, grisant. J'ai entendu les filles se chamailler à l'intérieur. Isabelle s'est mise à pleurer, mais je n'ai pas quitté Henry des yeux.

« Tu ferais mieux d'aller les voir, a-t-il fini par déclarer.

— Et le piano ?

— Je vais poser un plancher dans l'appentis. Je ferai ça pour Pappy.

— Merci, chéri. »

Cette nuit-là, au lit, il m'a prise violemment par-derrière, sans aucun des préliminaires habituels. J'ai eu mal, mais je n'ai pas poussé un cri.

Henry

J'avais six ans quand mon grand-père m'a fait venir dans la chambre où il était en train de mourir. Je n'aimais pas entrer là-dedans – la pièce puait la maladie et le vieillard, et la silhouette squelettique de mon grand-père m'effrayait –, mais mon éducation m'avait appris à obéir et je me suis donc exécuté.

« Cours chercher une poignée de terre dehors, puis rapporte-la-moi, m'a-t-il ordonné.

— Pour quoi faire ?

— Fais ce que je te dis et ne discute pas, a-t-il répliqué en agitant une main noueuse. Maintenant, file.

— Oui, Grand-père. »

Je suis allé ramasser de la terre. Quand je suis revenu, il m'a demandé ce que je tenais.

« De la terre.

— C'est ça. Passe-la-moi. »

Il a mis ses mains en coupe. Elles avaient la tremblote. J'ai déversé la terre dedans en m'efforçant de ne pas en répandre sur les draps.

« Qu'est-ce que je tiens ?

— De la terre.

— Non.

— Pourquoi ?

— Non, mon garçon. Ça, ce sont mes terres. Tu sais pourquoi ? »

Il a haussé les sourcils. Ils étaient gris et broussailleux, entortillés comme du fil de fer.

Ne comprenant pas, j'ai fait non de la tête.

« Parce qu'elles m'appartiennent. Un jour, ce seront tes terres, ta ferme. Mais en attendant, pour toi et pour n'importe quelle autre personne à qui elles n'appartiennent pas, ce n'est que de la terre. Tiens, rapporte-la dehors avant que ta maman t'attrape. »

Il l'a reversée dans mes mains. Je tournais les talons quand il m'a retenu par la manche en me fixant de ses yeux chassieux.

« Rappelle-toi ceci, mon garçon : tu peux placer tes espoirs dans des tas de choses – Dieu, l'argent, d'autres gens –, mais il n'y en a qu'une dont tu peux être certain qu'elle sera là demain, c'est la terre. Il n'y a que ça qui soit vraiment à toi. »

Une semaine plus tard, il était mort et ses terres sont revenues à ma mère. C'est sur ces terres que je suis devenu un homme et, même si je les ai quittées à dix-neuf ans pour voir ce qu'il y avait au-delà de leurs limites, je savais que j'y reviendrais un jour. Pendant les semaines que j'ai passées en Europe, la gueule plaquée contre une boue étrangère saturée du sang de gens qui ne m'étaient rien, et durant les longs mois qui ont suivi, couché dans des hôpitaux militaires, sur le dos cette fois, alors que ma jambe – qui a finalement guéri – puait, m'élançait, me démangeait, cette certitude ne m'a pas lâché. Elle ne m'a pas lâché quand j'étais étudiant à Oxford, où la terre n'a rien de plat mais ondule comme l'océan. Elle ne m'a pas lâché quand je suis allé travailler pour le génie, profession qui m'a emmené vers des tas d'endroits nouveaux et d'autres qui, sans être ma région d'origine, y ressemblaient pas mal. Même quand la crue de 27 a envahi Greenville et anéanti notre maison et la récolte de coton de l'année, je n'ai jamais imaginé que mon père fasse autre chose que reconstruire et replanter. Il y avait près de cent ans que ces terrains étaient dans ma famille maternelle. Mon arrière-arrière-grand-père et ses esclaves les avaient essartés, en les arrachant hectare après hectare à la masse serrée de roseaux et de broussailles qui les recouvraient. Reconstruire et replanter : c'est le lot des fermiers dans le Delta.

Mon père n'a fait ni l'un ni l'autre. Il a bazardé la ferme en janvier 28, neuf mois après l'inondation. J'habitais à Vicksburg à l'époque et je voyageais énormément pour le boulot. Je ne l'ai su que trop tard.

« Ce fichu fleuve m'a foutu sur la paille, aimait à répéter Pappy après qu'il s'était installé en ville où il travaillait désormais pour les chemins de fer. Sinon j'aurais jamais vendu. »

C'était un mensonge, un des nombreux mensonges étayant le personnage qu'il présentait aux autres. La vérité était qu'il avait abandonné ces terres avec joie, parce que l'agriculture lui faisait peur et qu'il la détestait. Il avait peur du mauvais temps et des inondations, et il détestait le labeur, la sueur et les longues heures seul avec ses pensées. Déjà gamin, j'avais vu combien il se rapetissait quand il scrutait le ciel et combien il s'époussetait les mains à la fin de la journée comme si elles étaient couvertes de merde. La crue lui avait servi de prétexte pour vendre, c'est tout.

Il m'a fallu presque vingt ans pour économiser de quoi acheter mes propres terres. On avait eu la Grande Dépression à passer, puis la guerre. J'avais une femme et deux enfants à nourrir. Je mettais de côté ce que je pouvais et j'attendais.

Au 15 août 1945, le jour de la victoire sur le Japon, j'ai décidé que j'allais travailler une année de plus pour nous ménager une réserve financière et que je commencerais à chercher une propriété l'été d'après. Ça me donnerait largement le temps de mieux connaître les sols, d'acheter les graines et le matériel, de dénicher des métayers et je ne sais quoi avant les semailles en janvier. Ça me donnerait aussi le temps d'amadouer ma femme qui, je le savais, ne serait guère disposée à quitter Memphis.

Voilà comment c'était censé se dérouler, bien gentiment, et ça l'aurait été si le mari d'Eboline, ce bon à rien, n'était pas allé se pendre à la Noël. Je n'avais jamais eu confiance en mon beau-frère ni en aucun type qui fait de l'épate dans un costume. Virgil était un grand buveur, et un grand causeur par-dessus le marché, deux sacrés travers chez n'importe qui, mais quel homme faut-il être pour mettre fin à ses jours sans penser au déshonneur et au malheur que son geste fera retomber sur sa famille ? Il a laissé ma sœur dans la dèche et mon neveu et mes nièces orphelins. S'il n'avait pas été raide mort, je l'aurais tué.

Il fallait quelqu'un pour veiller sur Eboline et les enfants et, à part moi, personne ne pouvait s'en charger. Dès qu'on a eu enterré Virgil, je me suis mis à chercher. Il n'y avait rien d'intéressant à acheter autour de Greenville, mais j'ai entendu parler d'une ferme de quatre-vingts hectares à Marietta, à soixante-cinq kilomètres au sud-est de Greenville. Elle appartenait à une veuve nommée Conley dont le mari était mort à la bataille de Normandie. Elle n'avait pas de fils à qui transmettre ses biens et tenait vraiment à vendre.

Dès l'instant où j'ai eu posé le pied dans la propriété, j'ai eu un bon pressentiment. Les terres étaient entièrement défrichées, et une petite rivière coulait le long de la limite sud. Les sols étaient riches et noirs – Conley avait eu l'intelligence d'alterner ses cultures. La grange et la remise à coton paraissaient solides, et il y avait une baraque délabrée qui, sans être habitable pour Laura et les filles, me servirait de campement.

La ferme répondait à toutes mes attentes. Mme Conley en demandait neuf mille cinq cents – principalement, à mon avis, parce que j'avais déboulé au volant de la Cadillac d'Eboline. Je l'ai fait descendre à huit mille sept cents, plus cent cinquante par tête pour sa vache et ses deux mulets.

J'étais enfin propriétaire. Je brûlais d'envie de l'annoncer à ma femme.

Mais je devais d'abord m'occuper d'un certain nombre de choses. Il fallait que je nous déniche une maison à louer en ville. Il fallait que j'achète un tracteur – je ne voulais pas cultiver avec un mulet, comme mon père – et un pick-up. Et, pour ce qui était des locataires, il fallait que je décide qui je gardais et qui je renvoyais. Avec le tracteur, je pouvais retourner moi-même plus de la moitié des surfaces, je n'avais donc besoin que de trois des six locataires. Je les ai tous convoqués pour les questionner en comparant leurs propres comptes avec les livres de Conley, puis j'ai prié ceux qui avaient les plus modestes rendements à l'hectare et le plus de talent pour gonfler leurs résultats de s'en aller.

J'ai gardé les Atwood, les Cottrill et les Jackson. En dépit du fait qu'ils étaient noirs, les Jackson semblaient être les meilleurs du lot. Ils étaient cultivateurs à bail, pas métayers, et ne me remettaient donc qu'un quart de leur récolte, pas la moitié. On ne croise pas trop de cultivateurs à bail noirs. Il n'y en a pas beaucoup qui ont la discipline d'épargner pour acheter leur mulet et leur matériel. Mais Hap Jackson n'était pas le nègre classique. Déjà, il savait lire. La première fois où je l'ai vu, avant qu'il signe son contrat, il a demandé à voir sa page sur le livre de comptes de Conley.

« Bien sûr, lui ai-je dit, je vais te la montrer, mais comment tu sauras ce qui est écrit dessus ?

— Je lis ça va faire sept ans maintenant. Mon garçon Ronsel m'a étudié. J'étais pas trop bon au début, mais i m'a pas lâché tant que j'a pas pu déchiffrer la Genèse et l'Exode tout seul. M'a étudié mes nombres aussi. Oui, m'sieu, Ronsel est rudement malin. L'est sergent dans l'armée. L'a combattu sous les ordres du général Patton soi-même, s'est récolté une grosse moisson de médailles là-bas. Je pense qui va rentrer d'un jour à l'autre à présent, oui, m'sieu. »

Je lui ai confié le livre de comptes, plus pour lui clouer le bec qu'autre chose. Sous le nom de Hap, Conley avait noté : *Un nègre qui travaille dur et vous livre une balle bien propre.*

« M. Conley avait bonne opinion de toi apparemment », ai-je remarqué.

Hap n'a pas répondu. Il se concentrait sur les chiffres et son doigt glissait le long des colonnes. Il remuait les lèvres tout en lisant. Il s'est renfrogné et a hoché la tête.

« Ma femme l'avait raison, s'est-il exclamé. L'avait raison depuis le début.

— À quel propos ?

— Vous voyez là ousque c'est marqué vingt balles à côté de mon nom ? Misteur Conley m'a payé que pour dix-huit. M'a espliqué que c'était le prix rapport à la qualité à mon coton. Florence a dit qui nous escroquait, mais je voulais pas la croire.

— Tu n'avais encore jamais vu ce livre ?

— Non, m'sieu. Une fois, j'a demandé à misteur Conley à le regarder, c'était la première année ousquon était là et i m'a tellement crié après que c'était malheureux. M'a promis qui me renvoyerait si je remettais encore sa parole en question.

— Eh bien, je ne sais pas, Hap. Il est indiqué qu'il t'a payé pour vingt.

— Moi, je dis pas de mensonges », a-t-il insisté.

J'en étais sûr. Le Noir est un vrai petit enfant : quand il cherche à mentir, ça se voit sur sa figure, clair comme le jour. Le visage de Hap ne reflétait qu'une franche déception. En plus, je sais que c'est courant que les planteurs volent leurs locataires noirs. Moi, je ne suis pas d'accord avec ces pratiques. En dépit de tout ce que l'homme de couleur peut être, c'est un frère. Un jeune frère, bien sûr, indiscipliné et soumis à ses instincts, mais qui est aussi gentil, profondément malheureux et humble aux yeux de Dieu. Il a été confié à notre responsabilité, pour le meilleur ou pour le pire. Si nous ne prenons pas soin de lui ou si nous le maltraitons, si nous profitons de notre supériorité naturelle pour lui faire du mal, nous serons maudits, aussi sûrement que Caïn.

« Je vais te proposer un truc, Hap : reste à la ferme et je te laisserai consulter ce livre de comptes chaque fois que tu le souhaiteras. Tu pourras même m'accompagner à l'égrenage pour vérifier le grade de ta récolte. »

Il m'a jaugé du regard et j'ai vu que ses yeux, que j'avais crus noirs, étaient en réalité d'un vert opaque. Entre ça et sa peau claire, je me suis dit qu'il avait dû avoir deux grands-pères blancs. Ça expliquait pas mal de choses.

Il continuait à me regarder. J'ai haussé les sourcils et il a baissé la tête. Ça m'a soulagé. C'est bien d'être intelligent, mais je ne veux pas d'un nègre irrespectueux à mon service.

« Merci, misteur McAllan. Ça serait très bien.

— Bon, alors c'est réglé. Encore une chose : à ce que je comprends, ta femme et ta fille ne travaillent pas aux champs. C'est vrai ?

— Oui, m'sieu. Enfin, zaident au moment de la cueillette, mais elles font pas le labourage et la taille. C'est pas la peine : mes fils et moi, on se débrouille très bien sans elles. Florence, l'est sage-femme, comme ça elle rapporte un petit extra.

— Mais tu pourrais cultiver deux hectares de mieux si elles te donnaient un coup de main aux champs.

— Je veux pas que ma femme taille le coton, et Lilli May non plus. C'est pas un labeur pour des femmes. »

J'étais de cet avis aussi, mais je n'avais encore jamais entendu cette opinion dans la bouche d'un Noir. La plupart mènent leurs compagnes plus durement que leurs mulets. J'ai vu aux champs des femmes de couleur tellement près d'accoucher que c'était à peine si elles arrivaient à se pencher pour biner le coton. Mais c'est vrai qu'une femme de couleur est plus robuste qu'une femme blanche.

Laura n'aurait pas tenu une semaine aux champs, pourtant j'avais dans l'idée qu'elle ferait une bonne fermière une fois qu'elle s'y serait faite. C'est dire combien je me croyais malin.

Elle a été contre ce déménagement dès l'instant où je lui en ai parlé. Elle ne me l'a pas dit si clairement, mais c'était inutile. Je l'ai vu à la façon dont elle fredonnait quand j'entrais dans la pièce où elle était. Une femme a toujours sa façon à elle de manifester ses sentiments. La façon de Laura, c'est la musique : elle chante quand elle est contente, elle fredonne quand elle ne l'est pas, elle siffle faux quand elle réfléchit à quelque chose et se tâte pour savoir si elle va chanter ou fredonner.

La musique est devenue nettement moins plaisante dès l'instant où on s'est retrouvés à la ferme. Elle claquait les portes, cognait les casseroles, haussait le ton devant Pappy et moi. Elle me défiait. On aurait cru que quelqu'un avait kidnappé ma douce et docile épouse en pleine nuit et m'avait laissé une mégère à la place. Je pouvais dire ou faire ce que je voulais, j'avais tort. Je savais qu'elle me reprochait de ne pas avoir eu la fameuse maison en ville, mais est-ce que c'est ma faute si les filles sont tombées tellement malades ? Et l'orage… c'est ma faute aussi, je suppose ?

Il a éclaté juste la nuit de notre arrivée en faisant un raffut infernal contre le toit de tôle ondulée. La chambre des filles fuyait, on les a donc prises dans notre lit. Au matin, elles toussaient toutes les deux et brûlaient de fièvre. Elles avaient le nez enchifrené depuis quelques jours, mais je n'y avais pas prêté trop attention, les enfants sont toujours à attraper un truc ou un autre. La pluie a continué toute la journée et la suivante, elle tombait en épais rideaux. Tard ce deuxième après-midi, j'étais dans la grange à réparer un harnais quand Pappy est venu me chercher.

« Ta femme te réclame. Tes filles vont plus mal. »

Je me suis dépêché de rentrer. Amanda Leigh toussait, ça donnait des sons aigus qui claquaient comme des détonations de calibre 22. Dans le lit à côté d'elle, Isabelle produisait un sifflement terrible à chaque inspiration. Toutes les deux avaient les lèvres et les ongles bleus.

« C'est la coqueluche, m'a expliqué Laura. Va chercher le docteur immédiatement. Et demande à ton père de mettre une casserole d'eau à bouillir. »

J'ai voulu la réconforter, mais son regard m'en a empêché.

« Va. »

J'ai crié à Pappy de mettre de l'eau à chauffer et j'ai couru au pick-up. La route était une vilaine bouillasse. Allez savoir comment, j'ai réussi à atteindre le pont sans avoir versé dans le fossé. J'ai entendu la rivière avant de la voir : un rugissement de puissance à l'état pur. Le pont disparaissait sous cinquante bons centimètres d'eau. Planté sous la pluie qui me fouettait la figure, j'ai regardé le cours d'eau brune gonflé et maudit ce menteur de George Suddeth et l'imbécile crédule que j'étais. Pour commencer, je n'aurais jamais dû lui faire confiance, Pappy l'avait bien dit et, à mon avis, il avait raison. N'empêche, si on ne peut pas compter qu'un homme respecte sa parole alors qu'on s'est assis à sa table et qu'on a rompu le pain avec lui, c'est qu'on vit dans un triste monde.

C'est en repartant à la maison que j'ai pensé à Florence, la femme de Hap Jackson. Hap avait raconté qu'elle était sage-femme, peut-être qu'elle s'y connaissait en maladies d'enfant. Sinon, elle pourrait toujours aider à la cuisine et au ménage pendant que Laura soignerait les petites.

Quand j'ai frappé, c'est Florence elle-même qui m'a répondu. Je ne l'avais pas encore rencontrée et son physique m'a décontenancé. C'était une grande négresse drôlement charpentée, avec une peau noir-de-suie et de longs muscles d'homme – une Amazone dans son genre à elle. J'ai dû lever la tête pour lui parler. Elle faisait sûrement plus d'un mètre quatre-vingts.

« Vous désirez ?

— Je suis Henry McAllan. »

Elle a hoché la tête.

« Bonjour. Je suis Florence Jackson. Si vous cherchez Hap, l'est dans le hangar à s'occuper du mulet.

— En fait, c'est vous que je suis venu voir. Mes petites filles, elles ont trois et cinq ans, elles ont attrapé la coqueluche. Je ne peux pas descendre en ville parce que le pont est submergé et ma femme... »

Ma femme est capable de me tuer si je rentre sans docteur et sans rien.

« Quand c'est qui zont commencé le sifflement ?

— Cet après-midi. »

Elle a hoché de nouveau la tête.

« C'est jusse le début alors. J'peux vous donner des remèdes à leur porter, mais j'peux pas aller avec vous.

— Je vous paierai.

— J'pourrais pas rentrer pendant au moins trois quatre jours. Et qui qui s'occupera de ma famille et de mes mamans, alors ?

— Je vous le demande », ai-je insisté.

Quand je l'ai regardée droit dans les yeux, j'ai été frappé par sa force brute. Pour l'instant, cette force était canalisée, mais je la devinais sous-jacente, prête à jaillir si nécessaire. Ce n'était pas la vitalité noire ordinaire – cette énergie animale qu'ils dépensent de manière si insouciante dans la musique et la fornication. C'était une vigueur presque guerrière, si vous arrivez à imaginer le guerrier derrière l'épouse de fermier noire attifée d'une robe en toile de sac à farine.

Florence a bougé, et j'ai aperçu dans la pièce derrière elle une fillette de neuf ou dix ans peut-être qui pétrissait de la pâte, car elle avait les bras blancs jusqu'aux coudes. Ce devait être Lilly May. Elle nous observait en attendant comme moi la réponse de sa mère.

« Il faut que je voye avec Hap », a fini par marmonner Florence.

La fillette a baissé la tête et repris son pétrissage, et j'ai compris que Florence me mentait. C'était elle qui prendrait la décision, pas Hap, et d'ailleurs elle venait de la prendre.

« Je vous en prie, ai-je encore insisté. Ma femme a peur. »

Pendant qu'elle m'étudiait, j'ai senti mon visage s'embraser. Si elle refusait, je ne le lui redemanderais pas. Je ne m'abaisserais pas à implorer l'aide d'une négresse. Si elle refusait…

« Bon, a-t-elle lancé. Attendez donc que je prenne mes affaires.

— Je serai dans le pick-up. »

Quelques minutes plus tard, elle est sortie en trimbalant une vieille trousse en cuir abîmé, un ballot de vêtements et un sac en toile vide. Elle a ouvert la porte côté passager et a casé la trousse et les vêtements à l'intérieur.

« Vous avez des poules déjà ? m'a-t-elle demandé.

— Non. »

Elle a refermé la portière et s'est dirigée vers le poulailler sur le côté de la maison, sans se presser malgré la pluie torrentielle. Elle a enjambé la clôture en fil de fer et a glissé son sac sous son bras. Puis elle a plongé le bras dans le poulailler, en a tiré un volatile qui battait des ailes et lui a tordu le cou proprement et fermement entre ses mains costaudes. Elle l'a fourré dans le sac et est revenue au pick-up du même pas régulier, volontaire.

Elle a ouvert la porte.

« Vos filles, elles vont avoir besoin de bouillon », m'a-t-elle expliqué en grimpant dans le véhicule.

Elle ne m'a pas demandé la permission, elle est juste montée comme si elle avait parfaitement le droit de s'asseoir dans la cabine avec moi. En des circonstances normales, je me serais insurgé, mais je n'ai pas osé lui demander de monter à l'arrière.

Florence

La première fois que j'a vu Laura McAllan, l'était dans tous ses états tant l'avait le mouron de la maman. Quand le mouron de la maman attrape une femme, on peut pas compter qu'elle a du bon sens. Elle va faire ou dire n'importe quoi et le mieux à espérer, c'est de pas se trouver dans ses pattes. Ça, c'est l'œuvre au Seigneur. L'a fait les mères sur ce moule, parce que les enfants l'ont besoin d'ête protégés et que les hommes, la plupart du temps, i sont pas là. L'arrive un sale truc à l'enfant, tu peux ête sûr que le papa l'est parti ailleurs. C'est à la maman d'aider l'enfant. Mais Dieu jamais I nous donne une tâche sans nous donner les moyens de la mener à son terme. Le mouron de la maman, i vient droit de Lui, i fait qu'elle peut pas s'empêcher de veiller sur son petit. Des fois, on voit une mère qui l'a pas, qui s'occupe pas de son bébé sorti de son corps à elle. T'essaies di faire prendre ce bébé, di faire nourrir ce bébé, mais veut rien savoir. Elle regarde dans le vide, laisse le bébé crier dans son berceau, laisse d'autres gens le choyer. Et tu sais que ce pauvre gamin, i va grandir bien perturbé, si tant est qui grandit jamais.

Laura McAllan soignait les deux petites malades quand je suis entrée avec son mari. Une des deux était penchée sur une casserole d'eau bouillante, un drap sur la tête. L'autre était au lit et elle faisait ce sifflement épouvantable. Quand mam McAllan a relevé le nez et qu'elle nous a vus, ses yeux ont manqué nous fusiller.

« Qui c'est, Henry ? Où est le docteur ?

— Le pont est submergé. Je n'ai pas pu descendre en ville. C'est Florence Jackson, elle est sage-femme. J'ai pensé qu'elle pourrait peut-être se rendre utile.

— Tu vois quelqu'un en train d'accoucher ici ? Ces enfants ont besoin d'un médecin, pas d'une sage-femme avec un sac plein de potions. »

À ce moment-là, la petite a eu des haut-le-cœur comme i font quand leur toux est vraiment mauvaise. J'a été vers elle. Je l'a tournée sur le côté et j'i a tenu la tête au-dessus de la bassine, mais tout ce qui a sorti c'était un peu de bile jaune.

« J'a vu ça avec mes propres enfants, j'a dit à mam Laura. I faut leur faire avaler du liquide. Mais avant faut dégager un peu ces glaires. »

Elle m'a regardée d'un œil noir une minute, puis l'a dit :

« Comment ?

— On va leur faire boire une infusion de marrube et on va continuer avec la vapeur comme vous avez commencé. C'est très bien de leur avoir fait respirer cette vapeur. »

Misteur McAllan était planté là à mettre de l'eau partout sur le parterre. Chaque fois qu'une des petites toussait, on aurait dit que quelqu'un i portait un coup de couteau. À des moments pareils, i faut donner une tâche aux hommes. J'i a demandé de rajouter de l'eau à bouillir.

« C'est une infusion qui déloge les glaires là ousqui sont, j'a espliqué à mam McAllan. Puis quand elles respirront mieux, on leur fera du bouillon de poule et dedans on ajoutera un peu de poudre d'écorce de saule contre la fièvre.

— J'ai de l'aspirine quelque part, si j'arrive à la retrouver dans ce capharnaüm.

— Vous tracassez pas pour ça. L'aspirine vient de l'écorce de saule, les deux i font pareil.

— J'aurais dû les emmener chez le docteur hier, dès qu'elles ont commencé à tousser. S'il leur arrive quoi que ce soit…

— Écoutez-moi, vos filles, elles vont bien se rétablir. Jésus veille sur elles et moi aussi je suis là, et ni Lui ni moi on va s'en aller tant quelles seront pas mieux. Donnez-leur une semaine environ, elles seront comme un charme, vous verrez. »

Je lui a parlé exactement pareil comme je parle à une femme en travail. Les mères ont besoin d'entendre des paroles apaisantes. Ça compte autant que les médicaments, même plus des fois.

« Merci d'être venue, elle a marmonné au bout d'un moment.

— De rien. »

Après que les petites ont bu l'infusion et qu'elles se sont calmées un peu, j'a décidé de plumer la poule que j'avais apportée. J'avais pas mis les pieds dans la maison depuis le départ de la veuve Conley et c'était très sale, vu que l'endroit était resté vide. Enfin, pas complètement vide – des tas de créatures étaient passées par là. I avait des crottes de souris et des traces d'escargot sur le parterre, des enveloppes de cigale collées aux murs et de la poussière partout. Quand mam McAllan est revenue et qu'elle m'a surprise à regarder, j'a vu qu'elle avait honte.

« Je n'ai pas eu le temps de nettoyer, elle m'a avoué. Les enfants sont tombées malades dès notre arrivée ici.

— On va arranger ça, vous inquiétez pas. »

Tout le temps que j'a plumé la fameuse poule et coupé les oignons et les carottes pour le bouillon, le vieux bonhomme assis à la table, i m'a pas quittée de l'œil. Le père à misteur McAllan qui s'appelait Pappy. C'était un chauve qu'avait quasiment que la peau sur les os, mais encore toutes ses dents – l'en avait plein la bouche, longues et jaunes comme du maïs. Ses yeux étaient tellement délavés qui zavaient pratiquement pas de couleur. I zavaient quéque chose, ces yeux, qui me donnait les chocottes chaque fois qui se posaient sur moi.

Misteur McAllan est sorti et mam McAllan est repartie dans la chambre aux enfants, donc un moment i a eu que Pappy et moi.

« Dis donc, ma fille, j'ai soif, qui l'a dit. Pourquoi que tu cours pas à la pompe me chercher un peu d'eau ?

— I faut que je finisse mon bouillon pour les enfants.

— Ton bouillon peut se passer de toi cinq minutes. »

Je lui tournais le dos, j'a pas pipé mot. J'a lambiné, c'est tout, en touillant ma casserole.

« Tu m'as entendu, ma fille ? »

Bon, ma mère et mon père m'ont appris à respecter les vieilles gens et à leur prêter secours, mais je voulais pas aller chercher de l'eau pour ce vieux bonhomme, c'est sûr. On aurait dit que mon corps l'était devenu vraiment lourd d'un coup et qui refusait de bouger. Sans doute que je me serais forcée à obéir, mais mam McAllan l'est entrée et l'a dit :

« Pappy, il y a de l'eau potable juste là dans le seau à côté de l'évier. Vous devriez le savoir, c'est vous qui l'avez pompée ce matin. »

I m'a tendu sa tasse sans un mot. Sans un mot, je l'a prise et remplie au seau. N'empêche, avant de me retourner et di rendre j'a trempé mon doigt dedans.

Pour le dîner, j'a fait du jambon et des patates sautées, des petits pains et une sauce blanche. Après les avoir servis, je m'a préparé une assiette pour moi à manger sur le porche.

« Florence, tu peux rentrer chez toi, m'a lancé mam McAllan. Je suis sûre que tu dois t'occuper de ta famille.

— Oui, mam, mais je peux pas aller à la maison. C'est comme j'a dit à votre mari quand l'a venu me chercher : ça s'attrape, cette coqueluche, surtout au début comme là ousquelles en sont, vos filles. Elles vont rester contagieuses au moins jusquà la fin de la semaine. Si je rentre maintenant, je risque de la passer à mes enfants ou à un des bébés de mes mamans.

— Moi, je dors pas sous le même toit qu'une négresse, a décrété Pappy.

— Florence, pourquoi ne vas-tu pas jeter un coup d'œil sur les filles ? » m'a conseillé mam McAllan.

J'a quitté la pièce, mais c'était une petite maison et j'avais de bonnes zoreilles.

« Elle dort pas ici, a insisté Pappy.

— On ne peut pas la renvoyer chez elle contaminer sa famille, a riposté mam McAllan. Ce ne serait pas juste. »

Un long silence a suivi, puis misteur McAllan a déclaré :

« Non, ça ne serait pas juste.

— Ben alors, a enchaîné Pappy, elle peut très bien dormir dans la grange avec les autres bêtes.

— Comment pouvez-vous suggérer une chose pareille, par ce froid ? a protesté mam McAllan.

— Les nègres ont besoin de savoir où qu'est leur place, a décrété Pappy.

— Au cours de ces dernières heures, a repris mam McAllan, sa place a été au chevet de vos petites-filles, à faire l'impossible pour les aider à se rétablir. Je ne peux pas en dire autant de vous.

— Voyons, Laura ! s'est écrié misteur McAllan.

— On va lui installer une paillasse ici dans la pièce principale, a poursuivi mam McAllan. Ou bien vous pouvez dormir ici et Florence dans l'appentis.

— Et elle empestera ma chambre ?

— Très bien alors : nous la mettrons ici. »

J'a entendu un raclement de chaise.

« Où tu vas ? a demandé misteur McAllan.

— Aux toilettes. Si ça ne te dérange pas. »

La porte d'entrée s'est ouverte, puis l'a claqué.

« Je sais pas quelle mouche a piqué ta femme, a remarqué Pappy, mais tu ferais bien de lui serrer la vis vite fait. »

J'a prêté l'oreille, mais si misteur McAllan a dit quéque chose, j'a pas entendu.

Après avoir dormi quatre nuits dans cette maison, j'aurais parié de l'argent que des problèmes allaient pas tarder. Une femme de la ville habituée à son confort comme Laura McAllan l'est pas faite pour vivre dans le Delta. Une femme comme ça, le Delta va la prendre, et i sucera toute la sève jusquà ce qui i reste plus que les os et la rancœur contre celui qui l'a emmenée là et contre la terre qui le retient lui, et elle avec lui. Henry McAllan, i convoitait la terre autant que n'importe quel autre homme que j'a vu, et j'en a vu beaucoup, des Blancs comme des Noirs. Ça se voit dans leurs yeux, à la façon qui lorgnent la terre pareil que quand ça les démange pour une femme. Les Blancs i l'avaient déjà, i pensaient : *Tu m'appartiens maintenant, attends de voir ce que je va te faire.* Les Noirs, i l'ont pas et i l'auront jamais, mais i rêvent d'elle pareil à chaque avancée de la charrue et à chaque coup de binette. Blancs ou Noirs, aucun est assez malin pour comprendre que le maître c'est elle. Elle prend leur sueur, leur sang, la sueur et le sang de leurs femmes et de leurs enfants, puis quand elle leur a tout pris, elle prend leur corps aussi, et touille, touille jusquà ce qui font plus qu'un, eux et elle.

Je savais qu'elle nous prendrait un jour, Hap et moi, et Ruel et Marlon et Lilly May. Le seul qu'elle aura pas, c'est mon aîné, Ronsel. L'était pas comme son papa et ses frères, i savait que la ferme c'était pas un moyen de grimper dans le monde. L'avait qu'à nous regarder, Hap et moi, pour comprendre ça. On a passé notre vie à aller d'une ferme à l'autre, en espérant trouver une meilleure situation et un patron qui nous volerait pas. Le plus qu'on est jamais restés quéque part, c'est la ferme Conley ousquon était depuis presque sept ans. Misteur Conley i nous volait un peu, mais l'était mieux que la plupart. I nous avait permis d'avoir un petit potager à nous, et de temps en temps sa femme nous donnait des vêtements et des souliers qui mettaient plus. Alors, quand mam Conley nous a annoncé brusquement qu'elle allait vendre on a été rudement inquiets. On sait jamais ce qui va vous tomber dessus avec un nouveau propriétaire.

« Me demande si ce McAllan l'a jamais travaillé dans une ferme avant, a dit Hap qui se tracassait. I vient du coin de Memphis là-haut. Te parie qui l'est pas fichu de reconnaître le nez d'un mulet de son cul.

— C'est pas grave, j'a répondu. On se débrouillera comme toujours.

— I pourrait nous renvoyer.

— Non, pas si près de la saison des semailles. »

Mais l'aurait pu si l'avait voulu, c'était la vérité vraie. Les propriétaires i peuvent faire pratiquement tout ce qui veulent. J'en a vu qui renvoyaient des familles après que le coton était remisé, et que ces familles avaient travaillé tout le printemps et tout l'été à leur rapporter la récolte. Et si i décrètent que tu leur dois pour l'engrais, les outils, les graines ou va savoir, t'as rien pour ton labeur. I a personne pour les obliger à ête jusse avec toi. Même pas la peine d'aller trouver le shérif, chaque fois i prendra parti pour le patron.

« Même si i veut qu'on reste, a ajouté Hap, on sera peut-ête forcés de partir, ça dépend quel type d'homme c'est.

— I peut ête Satan en personne, je m'en moque, je pars pas si on est pas forcés. Ça m'a pris tellement de temps pour que la maison elle soye habitable et que le jardin i donne des tomates et des légumes verts. En plus, je peux pas lever le pied et laisser mes mamans en plan. »

J'avais quatre mamans qui devaient accoucher dans les deux mois à venir et une, la petite Renie Atwood, l'était qu'un bébé. Pas une qui avait de quoi payer un docteur et j'étais la seule sage-femme à des kilomètres à la ronde.

« Tu partiras si je le décide, a grommelé Hap. Car le mari est le chef de la femme, jusse comme le Christ est le chef de l'Église.

— Seulement tant qui l'est vivant, j'a répliqué. Parce que si le mari i meurt, la femme elle est dégagée de sa loi. C'est dit dans les Romains. »

Hap m'a lancé un regard perçant que j'i a retourné aussitôt. L'a jamais porté la main sur moi et j'i cause toujours librement. I a des hommes qui ont besoin de battre une femme pour l'obliger à faire ce qui veulent, mais Hap non. Tout ce qui l'a à faire, c'est vous parler. Vous pouvez ête d'un avis totalement opposé et i se met à parler et à parler encore, et pas longtemps après vous vous retrouvez à hocher la tête et à dire pareil que lui. C'est comme ça que j'a commencé à l'aimer, à travers les paroles qui disait. J'avais même pas connu le toucher de ses mains sur moi, ou son odeur dans le noir, que je posais ma tête sur son épaule et que je fermais mes yeux pour laisser ses paroles me porter pareil que l'eau.

Finalement, Henry McAllan l'était pas Satan, mais ça servait à rien de dire ça à mon mari.

« Tu sais ce qui fait cet homme ? Hap a dit. L'amène un de ces tracteurs d'enfer ! I va prendre une machine pour travailler sa terre au lieu des mains que le bon Dieu i a données et en plus i va renvoyer trois familles à cause de ça.

— Qui ?

— Les Fikes, les Byrd et les Stinnet. »

Ça m'a étonnée pour les Fikes et les Stinnet, à cause qui zétaient blancs. Le plus souvent, le propriétaire renvoye les familles de couleur en premier.

« Mais i nous garde, j'a remarqué.

— Oui.

— Eh ben, on peut remercier le Tout-Puissant pour ça. »

Hap a jusse hoché la tête.

« C'est une diablerie, c'est aussi simple que ça. »

Cette nuit-là, après le dîner, i nous a lu un bout de l'Apocalypse. Quand l'est arrivé au passage sur la Bête portant sept têtes et dix cornes, sur ses cornes dix diadèmes, et sur ses têtes des titres blasphématoires, j'a compris qui parlait du tracteur.

Le véritable démon, c'était le vieux bonhomme. Quand mam McAllan m'a demandé de tenir la maison pour elle comme j'avais fait pour mam Conley, j'a presque dit non rapport à Pappy. Mais Lilly May avait besoin d'un soulier spécial pour son pied bot, et Ruel et Marlon de nouveaux habits – i poussaient tellement vite qui zallaient faire éclater les coutures de ceux qui mettaient –, et Hap voulait un deuxième mulet pour pouvoir cultiver davantage d'hectares et épargner assez pour acheter sa terre à lui, alors j'a dit que je le ferais. Je travaillais pour Laura McAllan du lundi au vendredi sauf si j'avais une naissance ou une maman qu'avait besoin qu'on passe la voir. Mon occupation de sage-femme venait en premier, j'i a dit quand j'a accepté la place. Ça i plaisait pas trop, mais l'a dit d'accord.

Ce vieux bonhomme i la laissait pas une minute en paix, ni moi. I restait sur ses fesses du matin au soir à critiquer tout et tout le monde. Quand l'était dedans, je cherchais des tâches à faire dehors, et quand l'était sur le porche, je travaillais dedans. Mais des fois, j'étais obligée de demeurer dans la même pièce que lui, rien à faire. Comme une occasion, par exemple, où j'avais du repassage, le sien principalement, i portait des habits du dimanche tous les jours de la semaine. L'était à la table de la cuisine, comme toujours, i fumait et i nettoyait la saleté d'en dessous ses ongles avec un couteau pointu.

Sauf qui pouvait pas les nettoyer trop à cause qui l'était occupé à me lorgner.

« Tu ferais bien de faire attention, ma fille, sinon tu vas brûler ces draps.

— J'a encore jamais rien brûlé, misteur McAllan.

— Débrouille-toi que ça t'arrive pas.

— Oui, m'sieu. »

Il a admiré un moment la saleté sur le bout de la lame, puis l'a marmonné :

« Comment que ça se fait que ton fils soye pas rentré de la guerre ?

— L'a pas encore été libéré.

— J'imagine qu'ils ont toujours quelques tranchées à creuser là-bas, hein ?

— Ronsel creuse pas des tranchées, j'a répondu. L'est chef de char. L'a passé des tas de batailles.

— C'est ce qui t'a dit ?

— C'est ce qui l'a fait. »

Le vieux bonhomme a ricané.

« Ce garçon, i te raconte des craques, ma fille. L'armée irait sûrement pas confier à un nègre un char qui vaut des milliers de dollars. Non, i doit plutôt creuser des tranchées. Naturellement, ça sonne pas si bien que "chef de char" quand t'écris à la famille au pays.

— Mon fils est sergent dans le 761e régiment de chars, j'a dit. C'est la vérité, vous voulez la croire ou pas. »

Il a lâché un ricanement sonore. J'a réagi de la seule manière que je pouvais en i amidonnant ses draps jusquà ce qui soyent aussi raides et râpeux que des planches en bois brut.

Laura

Les Grasses Terres. C'est le nom qu'Henry avait envisagé de donner à la ferme. Après s'être éclairci la gorge, il nous a annoncé ça, à moi et aux enfants, le lendemain de la messe, avec la gaucherie d'un politicien de village qui s'apprête à lever le voile recouvrant la statue destinée à la grand-place.

« Je trouve que ça sonne bien sans être trop extravagant, nous a-t-il expliqué. Qu'est-ce que vous en pensez, les filles ?

— Les Grasses Terres ? me suis-je écriée. La Bourbière serait plus dans le ton.

— La Bourbière ! La Bourbière ! » ont braillé les filles.

Elles n'arrivaient pas à s'arrêter de rire et répétaient ce nom à l'envi. La Bourbière est resté ; j'y ai veillé. Ça a été une forme de revanche mesquine, mais c'était la seule dont je disposais à l'époque. Je n'ai jamais été aussi en colère que durant ces premiers mois à la ferme où j'ai été confrontée à la joie d'Henry. Devenir propriétaire terrien l'avait transformé et avait suscité chez lui une exaltation enfantine que je lui avais rarement vue.

Il rentrait le soir, impatient de partager les nouvelles excitantes de sa journée : il avait décidé de planter douze hectares de soja, avait acheté une belle truie à un voisin, lu dans le *Progressive Farmer* un article sur un nouveau désherbant. J'écoutais en manifestant autant d'enthousiasme que possible. J'essayais, en bonne épouse, de tailler mon bonheur dans le tissu du sien, mais sa satisfaction me plongeait dans un profond désarroi. En le voyant se poster à la lisière des champs, les mains dans les poches, et contempler ses terres avec la farouche fierté du possédant, je songeais : *Il ne m'a jamais regardée comme ça, pas une seule fois.*

Pour mes enfants, et pour mon mariage, je cachais mes sentiments et affichais une bonne humeur féroce. Il y avait des jours où je n'avais même pas à feindre. Les jours où le temps était dégagé et doux, et où le vent chassait l'odeur des latrines au loin au lieu de la rabattre sur nous. Les jours où le vieux s'en allait avec Henry et nous laissait la maison, à moi, aux filles et à Florence. Je m'appuyais beaucoup sur elle, et pas seulement pour les travaux ménagers, même si je ne l'aurais pas admis à l'époque. Chaque fois que j'entendais son poing énergique frapper à la porte de derrière, je sentais quelque chose en moi se dénouer, se détendre. Certains matins, je reconnaissais le toc-toc plus hésitant de Lilly May et je devinais que Florence avait été appelée ailleurs. Ou bien j'ouvrais la porte et découvrais sur mon porche un mari agité qui m'expliquait en tortillant son chapeau de paille crasseux entre ses mains que les douleurs avaient commencé, est-ce qu'elle pouvait venir tout de suite ? Florence attrapait sa sacoche en cuir et filait, tout imprégnée de sa mission et de son importance, en me laissant seule avec les filles et le vieux. J'acceptais ces absences parce que je n'avais pas le choix.

« I faut bien que je m'occupe des mamans et des bébés, me disait-elle. J'ai idée que c'est pour ça que le Seigneur I m'a fait venir sur terre. »

Elle-même avait quatre enfants : Ronsel, son aîné, qui était encore en Europe, dans l'armée ; les jumeaux, Marlon et Ruel, robustes et timides garçons de douze ans qui aidaient leur père aux champs ; et Lilly May qui avait neuf ans. Il y avait eu un autre garçon, Landry, mort alors qu'il n'avait que quelques semaines. Florence portait, accrochée à son cou par une lanière, une pochette en cuir renfermant les restes séchés de sa membrane de naissance.

« Un enfant né coiffé, l'est marqué pour Jésus, m'avait-elle confié. Jésus, I l'a vu le signe et l'a pris Landry pour Lui. Mais, tant que je portera sa membrane, mon fils i me veillera du ciel. »

Comme de nombreux Noirs, Florence était très superstitieuse et débordait de conseils bien intentionnés sur les questions surnaturelles. Elle me suppliait de brûler mes rognures d'ongle et les cheveux restés accrochés à ma brosse afin d'empêcher que mes ennemis n'en profitent pour me jeter un sort. Quand je l'assurais que ce n'était pas nécessaire, vu que je n'avais pas d'ennemis, elle désignait du regard Pappy à l'autre bout de la pièce, et répliquait que le Malin avait beaucoup de serviteurs et qu'il fallait toujours les avoir à l'œil. Un jour, j'ai décelé une odeur de pourri dans la chambre et trouvé sous le lit un œuf cassé dans une soucoupe. À première vue, il y avait bien une semaine qu'il était là. Quand j'ai confronté Florence à ce sujet, elle m'a expliqué que c'était pour éloigner le mauvais œil.

« Il n'y a pas de mauvais œil ici, ai-je affirmé.

— C'est pas parce que vous le voyez pas qui l'est pas là.

— Florence, tu es chrétienne. Comment peux-tu croire à ces malédictions et à ces esprits ?

— I sont dans la Bible. Caïn l'a été maudit parce qui l'a tué son frère. Les femmes, maudites à cause que Ève l'a écouté le vieux serpent. Et, tous, on a l'Esprit saint en nous.

— Ce n'est pas du tout pareil », me suis-je récriée.

En guise de réponse, elle a reniflé bruyamment. Plus tard, je l'ai vue passer la soucoupe à Lilly May qui a enterré l'œuf au pied du chêne. Dieu sait ce que ce geste était censé accomplir.

L'école noire étant fermée pendant la saison des semailles, Florence amenait souvent Lilly May travailler avec elle. C'était une fillette singulière, grande pour son âge, à la peau d'un noir violacé comme sa mère. Les filles l'adoraient, alors qu'elle n'était guère causante. Elle avait un pied-bot, de sorte qu'il lui manquait la grâce lourde et lente de Florence, mais sa voix compensait largement. Je n'ai jamais entendu qui que ce soit chanter comme cette enfant. Sa voix grimpait en flèche et vous emportait, et lorsqu'elle se taisait, que la dernière note aiguë et émouvante s'éteignait dans un frémissement, on souffrait d'en être privé et de devoir réintégrer son enveloppe charnelle, solitaire et mortelle. La première fois que je l'ai entendue, j'étais au piano et j'apprenais aux filles les paroles de « Amazing Grace » ; Lilly May, qui écossait des petits pois sur le porche de devant, nous a accompagnées. J'avais toujours été fière de ma voix, mais la sienne m'a tellement impressionnée que j'en suis restée abasourdie. Son timbre n'avait aucun lien avec la glaise, il possédait une grâce mélodieuse incontestable où se devinaient une soumission et une promesse. Ceux qui croient que les Noirs ne sont pas des enfants de Dieu n'ont jamais entendu Lilly May Jackson chanter pour Lui.

Ce n'est pas pour dire que je considérais Florence et ses proches comme nos égaux, à ma famille et à moi. Je l'appelais Florence et elle m'appelait mam McAllan. Elle et Lilly May n'utilisaient pas nos latrines, mais faisaient leurs petites affaires dans les fourrés plus loin. Et quand on déjeunait, elles mangeaient dehors sur le porche.

Malgré l'aide de Florence, je me sentais souvent submergée : par le travail, la chaleur, les moustiques, la boue et surtout la brutalité de la vie rurale. Comme la majorité des citadins, je m'étais fait une image idyllique, ridicule, de la campagne. J'avais visualisé la pluie tombant doucement sur des champs verdoyants, des gamins pêchant nu-pieds, un chardon à la bouche, et des femmes cousant une courtepointe dans une petite cabane en rondins pendant que leurs hommes fumaient une pipe en maïs sur le porche. Il faut s'approcher de la photo pour repérer les bicoques misérables disséminées à travers ces fameux champs où des familles vêtues d'habits taillés dans des sacs à farine dépenaillés dorment à dix dans une pièce au sol en terre battue ; les démangeaisons sur les pieds des petits garçons infestés d'ankylostomes et les hideuses desquamations rouges sur leurs mains et leurs bras atteints par la pellagre ; les hématomes sur les visages des femmes et la rage et le désespoir dans les yeux des hommes.

La violence est indissociable de la vie rurale. On y est perpétuellement assailli par des choses mortes : souris mortes, lapins morts, opossums morts, oiseaux morts. On les trouve dans la cour, grouillants d'asticots, on les sent en train de se décomposer sous la maison. Puis il y a les créatures qu'on tue pour se nourrir : poules, cochons, cervidés, cailles, dindes sauvages, poissons-chats, lapins, grenouilles et écureuils ; qu'on plume, qu'on écorche, qu'on vide, qu'on désosse et qu'on passe à la poêle.

J'ai appris à charger un fusil et à m'en servir, à recoudre une plaie ouverte, à plonger la main dans la matrice d'une truie en travail afin de dégager un petit cochon se présentant mal. Mes mains faisaient ces choses-là, mais ma tête avait du mal à suivre. La vie me paraissait dangereuse, comme si tout pouvait arriver. Et il est arrivé plusieurs choses à la fin du mois de mars.

Une nuit alors que l'aube approchait, j'ai été réveillée par des coups de feu. J'étais seule avec les enfants ; Henry et Pappy étaient montés à Greenville aider Eboline qui s'installait dans un nouveau logement nettement plus modeste – la grande maison de Washington Street avait été vendue pour éponger les dettes de Virgil. Je suis allée jeter un coup d'œil sur les petites, mais le bruit ne les avait pas dérangées. Je suis sortie sur le porche et j'ai scruté la pénombre grisâtre. Huit cents mètres plus loin, du côté de chez les Atwood, j'ai vu une lumière bouger. Puis elle est restée fixe. Puis, du même endroit, deux coups de feu ont encore claqué. Trente secondes plus tard, un troisième a retenti. Puis un autre. Puis silence.

J'ai dû rester une vingtaine de minutes sur le porche, les mains furieusement serrées sur notre fusil. Le soleil s'est levé. Finalement, j'ai aperçu quelqu'un qui montait la route. Je me suis crispée, mais j'ai reconnu la démarche légèrement voûtée de Hap. En arrivant, il était hors d'haleine. Ses vêtements étaient couverts de terre et lui aussi était armé.

« Mam McAllan ! Vot' mari est là ?

— Non, Pappy et lui sont allés à Greenville. Qu'est-ce qu'il se passe ? C'est toi qui as tiré ces coups de feu ?

— Non, mam, c'était Carl Atwood. L'a abattu son cheval de labour d'une balle dans la tête.

— Mon Dieu ! Pourquoi a-t-il fallu qu'il fasse ça ?

— L'a été toucher au whisky. I a pas une seule malice que l'homme l'évitera quand qui l'est pris de boisson.

— Je t'en prie, Hap. Dis-moi juste ce qu'il s'est passé.

— Eh ben, on dormait, Florence et moi, quand qu'on a entendu les deux premiers coups de feu. Tous les deux, on a sauté comme des lapins. Je m'a levé pour regarder par la fenêtre, mais j'a pas pu rien voir. Puis on a entendu deux autres coups, qu'on aurait dit qui venaient de chez les Atwood. J'a pris mon fusil et j'a été voir, mais je sais que les Atwood i sont bizarres, de ce fait, je m'a approché bien doucement. La première chose que j'a vu, c'est le cheval de labour au Carl qui courait à travers les champs comme si l'avait le diable aux trousses. J'ai entendu le Carl injurer le cheval et brailler : "T'aurais pas dû faire ça, maudit sois-tu donc !" Pis, i court après avec son fusil. J'a bien vu qui l'avait été tâter du whisky et j'a eu peur qui me voye et qui me tire dessus aussi, alors je m'a couché par terre vite fait et je suis resté là sans bouger d'un brin. L'a pointé l'arme sur la bête et bam ! L'a ratée encore une fois et l'a retombé en arrière sur le cul. Le cheval, i s'a mis à hennir. J'aura juré qui se moquait de lui. Le Carl, l'essayait de se relever et i retombait en arrière, tout en injurant la bête de long en large et en travers. Finalement, i s'a relevé, l'a visée de nouveau et bam ! Cette fois, le cheval, l'a culbuté, l'était pas à vingt pieds d'ousque j'étais. Le Carl l'a approché et l'a répété : "Maudis sois-tu, le cheval, t'aurais pas dû faire ça." Et pis l'a pissé – vous demande pardon, mam McAllan, je veux dire l'a fait son affaire sur le cheval, jusse sur sa tête éclatée, en jurant et en pleurant tout du long comme un bébé. »

J'ai serré les bras contre ma poitrine.

« Il est toujours là-bas ?

— Non, mam. L'est rentré chez lui. J'imagine qui va décuver la plus grande partie de la journée. »

De tous nos métayers, Carl Atwood était celui que j'aimais le moins. C'était un petit coq, aux jambes filiformes, aux reins creusés, avec de tout petits yeux troubles très rapprochés. Il avait des lèvres rouge foncé, comme les ouïes d'une perche, et les mouillait constamment du bout de la langue. Il se montrait toujours poli avec moi, mais il y avait chez lui un je-ne-sais-quoi de sournois et de calculateur qui me mettait mal à l'aise.

Je me suis tournée vers chez les Atwood.

« Vous voulez que je reste ici jusquà ce que misteur McAllan i rentre ? » a proposé Hap.

Malgré ma vive envie d'accepter, je ne pouvais pas lui demander de perdre une journée entière en pleine saison des semailles.

« Non, Hap. Ça va aller.

— Florence va pas tarder. Et moi, j'va ouvrir l'œil pour le Carl.

— Merci. »

J'ai passé la journée à faire les cent pas et à regarder anxieusement par la fenêtre. Les Atwood allaient devoir s'en aller. Dès qu'Henry rentrerait, je le lui dirais. Pas question que mes enfants vivent à proximité d'un homme pareil.

Plus tard dans l'après-midi, j'étais en train de tirer de l'eau à la pompe quand j'ai aperçu deux silhouettes qui remontaient la route. Elles marchaient lentement, d'un pas mal assuré, et l'une d'elles s'appuyait sur l'autre. Lorsqu'elles se furent rapprochées, j'ai reconnu Vera Atwood et une de ses filles. Vera était très enceinte, mais, à part son ventre protubérant, elle n'avait guère que la peau sur les os. Un de ses yeux était tellement enflé qu'elle ne pouvait l'ouvrir et sa lèvre était fendue. Sa fille ressemblait à un faon effarouché, avec de grands yeux bruns, très écartés, et des cheveux blond foncé qui avaient grand besoin d'être lavés. Je lui ai donné dix ou onze ans maximum. Ce n'était donc pas la fille Atwood qui avait eu un enfant naturel en février. D'après Florence, celle-ci avait quatorze ans et son bébé n'avait vécu que quelques jours.

« Bonjour, mam McAllan », m'a dit Vera.

Elle avait une voix douce et étrangement enfantine.

« Bonjour, Vera.

— V'là ma plus jeune fille, Alma.

— Bonjour à toi, Alma.

— B'jour », a-t-elle répondu en baissant un peu la tête.

Elle avait un long cou dont l'élégance jurait avec sa robe en haillons. Sous la crasse, son visage fin et triste était beau. Je me suis demandé si elle souriait jamais. S'il lui arrivait d'avoir des raisons de sourire.

« Je suis venue vous causer de femme à femme », m'a annoncé Vera.

Elle a vacillé et Alma a titubé sous la charge supplémentaire. Toutes deux semblaient près de s'effondrer au beau milieu de la cour.

Je leur ai montré les chaises sur le porche.

« Je vous en prie, venez vous asseoir. »

Pendant que nous gravissions les marches, Florence a surgi dans l'encadrement de la porte.

« Comment ça se fait que vous couvrez tout ce chemin à pied, mam Atwood ? s'est-elle écriée. Je vous a bien dit qui fallait pas rester sur vos jambes. »

Puis Florence a vu le visage de Vera. Elle s'est rembrunie et a secoué la tête, mais elle a tenu sa langue.

« Fallait que je vienne, a expliqué Vera. J'ai à traiter avec mam McAllan. »

J'ai tendu le seau à Florence.

« Apporte-nous une carafe d'eau, veux-tu ? Plus quelques sablés, de ceux que j'ai faits hier. Et surveille Amanda Leigh pour moi.

— Oui, mam. »

Vera s'est installée sur la chaise, à moitié affalée, une main plaquée sur son ventre saillant. Le tissu fané de sa robe était tellement tendu que je voyais son nombril pointer dessous, presque comme un mamelon. J'ai éprouvé une terrible envie de sentir grandir un autre enfant dans mes entrailles. D'être emplie de vie.

« Vous voulez le toucher ? » m'a-t-elle proposé.

Gênée, j'ai détourné les yeux.

« Non, merci.

— Vous pouvez, si vous voulez. »

Me voyant hésiter, elle a insisté :

« Allez. Là, il donne des coups de pied, on le sent. »

Je me suis approchée. Quand j'ai posé ma main sur son ventre, son odeur m'a enveloppée. Dans une ferme, tout le monde a une odeur un peu âcre, mais celle de Vera vous faisait carrément venir les larmes aux yeux. J'ai retenu mon souffle et attendu. Durant un long moment, il ne s'est rien passé. Puis j'ai perçu deux coups de pied nets contre ma main. J'ai souri ; Vera m'a retourné mon sourire, et j'ai entrevu le fantôme de la jeune fille qu'elle avait été autrefois. Une jolie fille ressemblant beaucoup à Alma.

« L'est remuant, a-t-elle déclaré avec fierté.

— Vous pensez que c'est un garçon.

— Je prie pour. Je prie Dieu tous les jours qu'Il arrête de m'envoyer des filles. »

Florence a apporté un plateau avec les gâteaux et les boissons. Vera a accepté un verre d'eau, mais refusé les sablés d'un geste. Avant de se servir, Alma a consulté sa mère du regard pour obtenir sa permission. Je m'attendais à ce qu'elle l'enfourne d'un coup, mais elle l'a grignoté avec délicatesse.

« Maintenant va-t'en, lui a ordonné sa mère. J'ai besoin de parler avec mam McAllan.

— Il y a un nid d'oiseaux moqueurs dans le buisson là-bas », lui ai-je signalé.

Alma a descendu docilement les marches et s'est dirigée vers le buisson en question tandis que Florence rentrait dans la maison. Cependant, ses pas ne se sont guère éloignés et j'ai deviné qu'elle écoutait.

« Votre Alma est gentille, ai-je remarqué.

— Merci bien. Vous en avez deux vous-même, hein ?

— Oui. Isabelle a trois ans, et Amanda Leigh cinq.

— J'ai idée qu'elles sont gentilles aussi. J'ai idée que vous feriez n'importe quoi pour elles.

— Oui, bien sûr. »

Vera s'est penchée en avant. Ses yeux m'ont paru sourdre de son visage hagard et me prendre.

« Alors, nous renvoyez pas.

— Pardon ?

— Je m'attends à ça, rapport à ce que Carl a fait la nuit dernière.

— Je ne sais pas de quoi vous parlez, ai-je bégayé.

— J'ai vu le négro monter ici t'à l'heure. Je sais qu'il a dû vous causer. »

J'ai acquiescé à contrecœur.

« On n'a nulle part où aller si vous nous renvoyez. Personne nous embauchera si tard en saison.

— Ce n'est pas à moi de décider, Vera, c'est à mon mari. »

Elle a posé la main sur son ventre.

« Au nom de celui-ci, et de mes autres petiots, je vous demande de nous garder.

— Je vous l'ai dit, ce n'est pas moi qui décide.

— Et si ça l'était ? »

Si ses yeux m'avaient accusée, j'aurais peut-être pu me détourner, mais ils ne m'accusaient pas. Ils étaient juste pleins d'espoir. D'un espoir aveugle, farouche.

« Je ne sais pas, Vera. Il faut que je pense à mes enfants. »

Elle s'est levée, le ventre en premier, en grognant sous l'effort. Je me suis levée aussi, mais n'ai pas essayé de lui prêter main-forte. J'avais le sentiment qu'elle ne l'aurait pas voulu.

« Carl n'a jamais fait de mal à rien qui lui appartenait pas, a-t-elle affirmé. C'est pas ses manières. Dites-le à votre mari quand vous i direz le reste. »

Elle s'est détournée.

« Alma, a-t-elle crié. I faut qu'on y aille maintenant. »

Alma a aussitôt accouru pour aider sa mère à descendre les marches et, ensemble, elles ont retraversé la cour en chancelant jusqu'à la route. Moi, je suis rentrée. J'avais un besoin fou de voir mes filles. Quand je suis passée devant Florence, elle a marmonné :

« Cet homme, i va rôtir en enfer un jour, mais pas de sitôt hélas ! »

Amanda Leigh lisait tranquillement sur le canapé. Je l'ai prise dans mes bras et emportée vers la chambre où sa sœur faisait sa sieste. Sous la moustiquaire, les traits d'Isabelle paraissaient flous et dénués de substance. J'ai repoussé le filet protecteur, ce qui a réveillé la petite en sursaut, puis je me suis assise sur le lit avec Amanda et je les ai pressées violemment contre moi en inhalant leur odeur de petite fille.

« Qu'est-ce qu'il y a, maman ? m'a demandé Amanda Leigh.

— Rien, ma chérie. Fais un bisou à ta maman. »

À la campagne, la seule chose qui voyage vite, ce sont les mauvaises nouvelles. J'étais en train de donner sa leçon de piano à Amanda Leigh quand la voiture s'est arrêtée et que j'ai entendu le bruit d'une course précipitée. La porte d'entrée s'est ouverte en coup de vent sur Henry, comme fou.

« J'ai stoppé au magasin de Stokes et j'ai appris ce qu'il s'était passé. Vous allez bien toutes les trois ?

— On va bien, Henry. »

Les filles se sont ruées sur lui.

« Papa ! Papa ! »

Il s'est agenouillé et les a serrées si fort dans ses bras qu'elles ont poussé des cris perçants, puis il est venu vers moi et m'a enlacée.

« Je suis désolé, chérie. Je sais que tu as dû avoir peur. Je vais aller là-bas immédiatement et demander aux Atwood de partir. »

Jusque-là, je n'avais pas songé à ce que j'allais lui dire, or je me suis retrouvée à faire non de la tête.

« Ne les renvoie pas », ai-je balbutié.

Il m'a dévisagée comme si j'avais perdu la tête. Ce qui était assurément le cas.

« Vera Atwood est passée ce matin, Henry. Elle est enceinte de huit mois et demi. Si on les renvoyait maintenant, où iraient-ils ? Comment survivraient-ils ? »

À l'entrée, un éclat de rire impitoyable a retenti. En relevant la tête, j'ai vu Pappy sur le seuil avec un carton de provisions. Il l'a posé sur la table.

« Eh ben, si c'est pas une scène touchante ! a-t-il déclaré. Sainte Laura, protectrice des femmes et des enfants, implorant la miséricorde de son mari. Attends que je te demande un truc, ma fille : Quand Atwood décidera de s'en prendre à toi, tu réagiras comment alors, hein ?

— Il ne fera pas ça, ai-je répondu.

— Et comment que tu le sais ?

— Vera me l'a juré. D'après elle, il ne ferait jamais de mal à ce qui ne lui appartient pas. »

Le vieux s'est remis à ricaner. Henry m'a regardée, mâchoires serrées.

« C'est une affaire qui concerne la ferme, a-t-il déclaré.

— Chéri, je t'en prie. Réfléchis-y, c'est tout.

— J'irai parler à Carl demain matin, j'écouterai ce qu'il a à dire. C'est tout ce que je peux te promettre.

— C'est tout ce que je demande. »

Henry est reparti vers la porte d'entrée.

« La prochaine fois, tu verras, elle te dira quoi planter, a insisté Pappy.

— Boucle-la ! » a rétorqué Henry.

J'ignore qui a été le plus surpris, de Pappy ou de moi.

Le lendemain, à table, Henry nous a rapporté sa discussion avec Carl Atwood. Apparemment, le cheval s'était introduit dans le séchoir et avait boulotté tout le tabac. Ce qui expliquait le coup de folie de la bête et la fureur de Carl.

« Je lui ai dit que je le garderais jusqu'à la fin de la cueillette, a poursuivi Henry, mais qu'en octobre il faudrait qu'ils s'en aillent. Un homme capable de faire un truc pareil, de tuer la malheureuse créature qui travaille dur pour lui épargner du labeur et garnir sa table, est un homme auquel on ne peut pas se fier. »

Je l'ai remercié et j'ai tendu le bras afin de lui presser la main, mais il l'a retirée.

« Maintenant que Carl n'a plus de cheval de labour, a-t-il ajouté, il faudra qu'il utilise un de nos mulets et qu'il nous paye une demi-part comme les Cottrill. Ça fera davantage d'argent dans notre poche. C'est surtout pour ça que je les garde. »

Nos yeux se sont croisés et il a soutenu mon regard.

« Dans une ferme, il n'y a pas de place pour la pitié.

— Oui, Henry. Je comprends. »

Je ne comprenais pas, absolument pas, mais je n'allais pas tarder à m'instruire sur la question.

Hap

L'arrogance annonce la ruine et l'esprit altier la chute. Bien des fois, j'a sermonné là-dessus. Bien des fois, debout devant une église ou une tente remplie de gens, j'a loué les humbles parmi eux et prévenu les orgueilleux que le destin les rattraperait plus vite qui pensaient, oh oui, i les rattraperait rudement vite et i paieraient pour leur impudence. J'aurais dû dire ça au miroir, voilà ce que j'aurais dû faire, si j'avais écouté mes propres sermons je m'aurais pas retrouvé dans ce pétrin. I a aucun doute dans mon esprit qui a eu la main de Dieu là-dedans. L'essayait de me montrer tout ce que je faisais et pensais de faux depuis quéque temps. I disait : *Hap, t'aurais intérêt à te faire plus petit maintenant, tu prends pour acquis les bienfaits que Je t'accorde. Tu te promènes en pensant que t'es mieux que certaines personnes à cause que tu donnes pas la moitié de ta récolte comme d'autres. T'as oublié Qui Qui commande. Alors, voilà ce que Je va faire : Je va envoyer un orage tellement fort qui va arracher le toit du hangar ousque tu gardes ce mulet qui fait ta fierté. Puis Je va envoyer des grelons gros comme des noix sur ce mulet, i vont le rendre fou et i va se casser la patte en cherchant à se sauver. Puis, rien que pour que tu soyes bien sûr que c'est à Moi que t'as affaire, le lendemain matin après que t'auras abattu ton mulet, que tu l'auras enterré et que t'auras grimpé à l'échelle pour réparer le toit du hangar, Je va laisser le dernier barreau, celui que t'as pas encore pris le temps de réparer, Je va le laisser pourrir carrément que tu tombes et que tu te casses ta jambe toi aussi, et Je va expédier Florence et Lilly à un accouchement et les jumeaux à l'autre bout du champ, comme ça tu passeras la moitié de la journée sur place. Ça te donnera le temps de bien réfléchir à ce que J'essayais de te dire depuis un moment.*

Un mulet mort, un hangar abîmé et une jambe en deux. Voilà quesse qu'elle te rapportera l'arrogance.

J'a dû passer deux trois bonnes heures à essayer de me traîner jusqu'à la maison, mais la douleur était trop mauvaise. Le soleil a monté dans le ciel jusquà ce qui soye au-dessus de ma tête. J'a fermé les yeux pour me protéger contre et quand je les a rouverts, i avait un visage rouge et ronchon penché sur moi, l'avait du feu partout sur les bords, i m'a paru ressembler à une tête de démon. Je m'a demandé si j'étais en enfer. J'a dû dire ça tout fort parce que le démon, i m'a répondu :

« Non, Hap, tu es dans le Mississippi. »

I s'a reculé un peu et j'a vu que c'était Henry McAllan.

« Je me suis arrêté pour voir si l'orage avait causé des dégâts chez toi. »

Si ma jambe m'avait pas fait si mal, j'aurais rigolé. Oui, m'sieu, je crois qu'on peut dire qu'on a eu des petits dégâts.

L'est allé chercher Ruel et Marlon aux champs. Quand i m'ont ramassé pour m'amener à la maison, j'a dû tourner de l'œil à cause que je me rappelle jusse que je me suis réveillé au lit, Florence penchée sur moi qui nouait quéque chose autour de mon cou.

« Quesse tu fais ?

— Quéqun a dû te jeter un sort. I faut le retourner contre eux. »

J'a regardé sous mon menton et j'a vu une de ses pochettes en flanelle rouge remplie de Dieu sait quoi, une queue de lézard, un œil de poisson, une pièce de cinq *cents* trouée, va savoir tout ce qu'elle avait fourré dedans.

« Tu m'enlèves cette affaire, je veux rien des diableries vaudou.

— Guéris et tu pourras la retirer toi-même.

— Bon sang de bonne femme ! »

J'a essayé de me soulever pour l'enlever et la douleur a flambé dans ma jambe, j'a eu l'impression que quéqun avait posé une scie émoussée dessus et qui travaillait d'avant en arrière, d'avant en arrière.

« Tais-toi maintenant, Florence m'a dit. Faut que tu t'tiennes tranquille d'ici que le docteur arrive.

— Quel docteur ?

— Doc Turpin. Misteur McAllan est descendu en ville pour le chercher.

— I viendra pas ici. Tu sais bien que ce bonhomme l'aime pas soigner les gens de couleur.

— I viendra si misteur McAllan i demande. Entre-temps, je veux que tu boives l'infusion que j't'a préparée, ça t'aidera contre la douleur et la fièvre. »

J'a avalé quéques cuillerées, mais mon ventre les a refusées et je les a rendues aussitôt. Le gars qui sciait ma jambe a repris son zinzin et je suis retombé dans les pommes.

Quand j'a repris connaissance, faisait nuit. Florence dormait sur une chaise à côté du lit, une lanterne allumée à ses pieds. Avec la lumière qui l'éclairait par en dessous, son visage paraissait beau et sévère. Ma femme a pas la beauté standard mais elle me plaît pareil. L'a la mâchoire solide, les os solides et une volonté qui va avec, oh oui, j'avais déjà vu ça quand on se fréquentait. Mes frères Heck et Luther se sont moqués de moi quand je l'a épousée, rapport que l'était plus grande que moi et que sa peau était tellement foncée. L'étaient jusse comme notre papa, pour ce qui était de choisir une femme, pensaient jamais à rien à part les affaires de la Nature. J'a essayé de leur dire : On marie pas une fille jusse pour lambiner entre ses cuisses, le mariage c'est plus que ça, mais i m'ont seulement ri au nez. Des idiots, les deux. Tout seul, un homme peut pas prospérer. Si i peut pas compter sur sa femme et elle sur lui, i fera jamais grand-chose. Avant d'épouser Florence, j'ai dit : « Je compte que ce voyage i sera pour la vie entière, alors si t'es pas partante, dis-le de suite qu'on en reste là. »

Et elle a dit : « En route. »

Donc, on a continué et on s'est mariés, ça remonte à 1923.

Elle avait dû deviner que je pensais à elle, parce que ses yeux se sont ouverts.

« Tu gâches le pétrole, j'a dit.

— Je trouvais que tu le méritais bien. »

L'a tendu la main et touché mon front.

« T'as de la fièvre. On va te faire manger un bout, puis on réssaiera l'infusion à l'écorce de saule. »

L'avait la main douce, mais à voir la moue amère de sa bouche, l'était fâchée et je savais pourquoi.

« Doc Turpin l'est pas venu, hein ?

— Non. L'a dit à misteur McAllan qui l'essaiera de venir demain après qui l'aura fini avec ses autres malades. »

J'a baissé les yeux vers ma jambe. I avait une couverture dessus et Florence avait glissé un sac à maïs dessous pour la soutenir. J'a bougé un peu et l'a bien regretté.

« L'a envoyé du jus de pavot pour la douleur, elle m'a dit en me montrant un flacon marron. Je t'en ai donné jusse avant le coucher du soleil. T'en reveux ?

— Pas encore, i faut d'abord qu'on parle. C'est mauvais comment ?

— La peau s'est pas déchirée, mais quand même. Faut que ta jambe soye remise par un docteur.

— À mon avis, tu pourrais bien le faire. »

Elle a fait non de la tête.

« Si je ratais mon coup… »

L'a pas fini sa phrase, c'était pas la peine. Un infirme peut pas cultiver les champs, et en plus un unijambiste sert pas à grand-chose pour rien que ce soye.

« T'as dit quoi à Henry McAllan ?

— À propos de quoi ?

— À propos du mulet.

— La vérité. L'a bien vu qui l'était pas dans le hangar.

— Et quesse qui l'a dit ?

— L'a demandé si on voulait un de ses mulets et j'a demandé ce qui se passerait si on le prenait un petit moment. L'a dit qu'on devrait i donner une demi-part au lieu d'un quart et j'a dit que le champ l'était déjà labouré. Et l'a dit : Mais i faut encore que tu traces les sillons, que tu mettes l'engrais et que tu sèmes, et si tu prends mon mulet pour ça, faudra que tu me verses la pleine moitié. Et j'a dit qu'on aura pas besoin de son mulet, qu'on se débrouillera très bien sans. Et l'a dit qu'on verra. »

Ce qui voulait dire, c'était que si on semait pas la graine suffisamment tôt à son goût, i nous forcerait à prendre son mulet quand même et i nous réclamerait la moitié de notre récolte pour prix de notre labeur. Avec une moitié de récolte, on aurait à peine de quoi se nourrir tous pour l'année, et encore moins pour acheter des graines et de l'engrais et encore moins pour acheter un autre mulet. Faut avoir son propre mulet, sinon on est fichu. Travaille pour la moitié, i te reste rien, la fin de l'année arrive, et t'as rien dans la poche et rien d'épargné pour les vaches maigres. Commence à te mettre dans les dettes avec le patron, à emprunter pour ci pour ça, et t'as pas fait ouf que t'es son esclave. Tu travailles plus que pour le rembourser, et plus tu travailles plus t'es dans les dettes.

« On prendra pas le mulet à Henry McAllan », j'a dit.

Belles paroles, mais c'était que des mots et on le savait l'un comme l'autre. Ruel et Marlon pouvaient pas cultiver dix hectares tout seuls, c'était des garçons solides et travailleurs, mais i zavaient que douze ans, l'avaient pas encore leur taille adulte. Si Ronsel était rentré, à eux trois zauraient pu i arriver, mais pour deux gamins sans mulet, c'était trop dur et j'avais pas assez d'épargne, et de loin, pour racheter une autre bête. J'avais payé cent trente dollars pour celui qu'était mort, je pensais le garder encore dix douze ans au moins.

« C'est ce que j'a dit, a fait Florence. J'a dit aussi que je pouvais plus tenir la maison pour sa femme à cause qui faudra que je soye dans les champs avec les jumeaux. »

J'a ouvert la bouche pour i dire non, mais elle m'a bâillonné avec sa main.

« Hap, i a pas moyen de faire autrement et tu le sais. Ça me tuera pas de semer et de tailler un peu d'ici que tu te sentes mieux.

— Je t'avais promis de jamais te demander de retravailler aux champs.

— Tu me demandes pas, je propose.

— Si seulement j'avais réparé cette échelle.

— C'est pas ta faute. »

Mais c'était ma faute, parce que j'avais tenu la tête si haute que j'avais pas vu le barreau pourri jusse sous mon pied. Couché là dans le lit, je m'a senti désespéré comme jamais. Les larmes ont commencé à monter et j'a fermé les paupières pour les contenir. Pas question que je me laisse aller à pisser de l'œil devant ma femme.

Quand Doc Turpin a fini par arriver, tard le lendemain, ma jambe était vilainement enflée. Deux fois déjà, j'étais allé le trouver, une fois, pour le tétano, quand j'avais marché sur un clou rouillé, et la deuxième quand Lilly May avait attrapé la neumonie. L'était pas de Marietta, l'était monté de Floride cinq ans avant à peu près, i se racontait que là-bas l'était du Klan. Dans cette partie du Mississippi, on a pas le Klan. En 22, zavaient essayé de s'établir dans Greenville, mais le sénateur Percy les avait chassés. C'était un vrai monsieur, ce M. Leroy Percy, un brave Blanc. Doc Turpin, c'était l'autre genre. I détestait la race noire, i nous détestait simplement parce qu'on était vivants. Le problème, c'est que c'était le seul docteur dans le coin. I fallait aller jusqu'à Belzoni ou Tchula pour voir quelqu'un d'autre, et de toute façon, ça te prenait deux heures en carriole. Des fois, on était bien obligés, ça dépendait quand qu'on tombait malade. Doc Turpin soignait les gens de couleur que certains jours de la semaine et c'était pas toujours les mêmes. Le jour de mon tétano, c'était un lundi et l'a dit qui pouvait pas me voir avant le mercredi mais quand je lui a emmené Lilly May, c'était un vendredi et i m'a dit que c'était mon jour de chance parce que le vendredi c'était le jour aux nègres.

Quand Florence l'a fait entrer, i a dit d'aller attendre dans l'autre pièce.

« Je peux vous ête utile, docteur ? l'a demandé Florence.

— Si je veux quelque chose, j'te le dirai », l'a répondu.

J'aurais aimé qu'elle reste et je savais qu'elle aussi, mais elle est partie. Doc Turpin a fermé la porte derrière elle et s'a approché du lit. C'était un gros bonhomme avec des yeux brun-jaune et un drôle de petit nez en trompette qu'on aurait pensé qui l'appartenait à une figure de dame.

« Alors, mon garçon, j'ai entendu dire que t'étais allé te casser la jambe.

— Oui, m'sieu.

— Henry McAllan tient vraiment à ce que tu te rétablisses, alors j'imagine que je ferais mieux de te remettre en état. T'as conscience de la chance que t'as d'avoir un propriétaire comme M. McAllan ? »

On aurait cru que chaque fois que je voyais c't homme, i me répétait que j'avais beaucoup de chance. Pour l'heure, je me sentais pas trop chanceux, mais j'ai hoché la tête. Il a rabattu la couverture et a sifflé.

« Tu t'es bien arrangé, ça, c'est sûr. T'as pris ce médicament que je t'ai envoyé contre la douleur ?

— Oui, m'sieu. »

L'a enfoncé son doigt dans ma jambe et j'a sauté.

« C'était quand la dernière fois que t'en as pris ?

— Jusse après le repas, i a quatre cinq heures.

— Bon, dans ce cas, ça va te faire mal. »

L'a fouillé dans sa trousse et en a sorti quéques bouts de bois et des bandes de tissu.

« Vous pouvez pas me redonner du médicament ?

— Bien sûr que je peux, mais ça fera pas effet avant quinze ou vingt minutes. Et j'ai pas le temps de rester à bayer aux corneilles. Mme Turpin m'attend pour le dîner. »

I m'a tendu un des bouts de bois, plus petit que les autres. I avait des marques en arrondi partout.

« Colle-toi ça entre les dents. »

Je l'a fourré dans ma bouche et j'a serré les mâchoires. Une sueur froide m'a ruisselé de la tête aux pieds et j'a senti ma propre peur, et si moi je la sentais, je savais que Doc Turpin i la sentait aussi. Rien à faire contre ça, mais je m'a dit que j'allais pas crier quoi qui l'arrive. Dieu m'aiderait à traverser ça comme I m'avait aidé à traverser tant d'autres choses, i fallait jusse que j'a foi en Lui.

Le jour où j'ai peur, je mets en Toi ma confiance.

« Maintenant, mon garçon, l'a dit, si j'étais toi, je fermerais les yeux. Et bouge pas. En tout cas, si tu tiens à garder ta patte. »

I m'a fait un clin d'œil, et a attrapé ma jambe au genou et à la cheville.

En Dieu je loue Sa parole, en Dieu j'ai confiance, je n'ai pas peur : que peut me faire un être de chair.

L'a tiré sec sur ma cheville et la douleur a fusé, une douleur si mauvaise que tout ce que j'avais connu avant, l'était comme si que je m'avais cogné l'orteil. J'a hurlé dans le bout de bois.

Puis rien.

Laura

Quand Henry m'a annoncé que Florence ne reviendrait pas, j'ai éprouvé un sentiment proche de la panique. Ce n'était pas seulement l'aide qu'elle m'apportait à la maison qui allait me manquer, c'était sa compagnie, son calme, sa présence féminine. Oui, j'avais les enfants, et Henry le soir, mais tous les trois vivaient un bonheur indicible à la ferme. Sans Florence, j'allais me retrouver toute seule avec ma colère, mes doutes et ma peur.

« Ce ne sera que jusqu'en juillet, m'a assuré Henry. Une fois que le coton aura poussé, elle devrait pouvoir revenir. »

Juillet, c'était dans trois mois… Une éternité. Sans réfléchir, j'ai suggéré :

« On ne peut pas leur prêter un de nos mulets ? »

Ces mots ne m'étaient pas plus tôt sortis de la bouche que je les ai regrettés. Pour Henry, « prêter » est un mot grossier, du même ordre que le pire juron. Il n'a pas confiance dans les banques et règle tout en liquide. À La Bourbière, il rangeait notre argent dans un coffre-fort sous le plancher de notre chambre. Je n'avais pas idée de la somme qu'il renfermait, mais Henry m'avait montré où il était et m'avait révélé la combinaison : 8-30-62, date à laquelle les forces confédérées emmenées par Robert E. Lee avaient écrasé l'armée de l'Union à la bataille de Richmond.

« Non, on ne peut pas leur prêter un mulet, m'a-t-il répondu sèchement. Un mulet, ça ne se prête pas. Et je vais te dire encore une chose : Si Florence et ces garçons ne se dépêchent pas de semer, il faudra bien qu'ils se servent de notre mulet et qu'ils nous payent pour ça.

— Qu'est-ce que tu veux dire ?

— Eh bien, c'est pareil que pour les Atwood. S'ils n'ont pas de mulet et s'ils ne parviennent pas à faire le boulot en temps et en heure, il faudra qu'ils prennent un des nôtres. Ce qui signifie qu'ils devront nous donner cinquante pour cent de leur récolte. Pour eux, c'est pas de chance, mais pour nous, c'est bien.

— Henry, on ne peut pas les exploiter comme ça ! »

Son visage a rougi d'indignation.

« Les exploiter ? Je suis prêt à laisser Hap Jackson se servir de ma bête pour cultiver son champ. Un mulet que j'ai payé un bon prix, que je nourris, ce qui me coûte aussi. Et tu penses que je devrais le lui passer pour rien ? Peut-être que tu penses que je devrais le lui donner carrément, vu qu'il est souffrant et cetera. Pourquoi on ne lui donne pas notre voiture pendant qu'on y est ? Merde, pourquoi on ne lui donne pas la ferme ? »

Personnellement, ça me paraissait une bonne idée.

« Je pense juste qu'on peut les aider, chéri, on leur doit bien ça. Après tout, Hap s'est blessé en travaillant pour nous, en essayant de réparer notre propriété.

— Non. Hap s'est blessé en travaillant pour Hap. S'il n'avait pas réparé cette remise, ses outils auraient rouillé et ses revenus en auraient souffert. L'agriculture, c'est du commerce, Laura. Et comme tout commerce, il comporte des risques. Hap le comprend et il faut que tu le comprennes aussi.

— Oui, mais…

— Laisse-moi formuler les choses différemment. J'ai englouti tout ce que nous avions dans cet endroit. Tout. On a intérêt à gagner un peu d'argent cette année. Sinon, c'est notre famille qui sera dans le pétrin. Tu comprends ça ? »

Là, j'étais vaincue, laminée, telle l'armée de l'Union à Richmond.

« Oui, Henry. »

Rendu bienveillant par sa victoire, il s'est un peu adouci.

« Chérie, je sais que tout ça est difficile pour toi. On verra à te trouver une nouvelle bonne dès que les semailles seront finies. En attendant, pourquoi ne montes-tu pas faire quelques courses à Greenville demain ? Achète des robes aux filles pour Pâques et choisis-toi un nouveau chapeau. Invite Eboline à déjeuner. Pappy et moi, on peut se débrouiller seuls une journée. »

Je ne voulais pas d'un nouveau chapeau, je ne voulais pas voir Eboline et surtout je ne voulais pas d'une nouvelle bonne.

« D'accord, Henry. C'est tentant. »

Le lendemain matin, les filles et moi sommes parties de bonne heure. En chemin, je me suis arrêtée chez les Jackson pour prendre des nouvelles de Hap et leur apporter des provisions supplémentaires. Je n'avais pas revu Florence depuis le jour de l'accident, et son air défait et son aspect négligé m'ont alarmée.

« Hap est très mal. Sa jambe se remet pas droit et ça fait trois jours maintenant qui l'a la fièvre. J'a tout essayé mais j'arrive pas à la faire baisser.

— Tu veux qu'on demande à Doc Turpin de revenir ?

— Ce monstre ! J'aurais jamais dû le laisser toucher à Hap. La moitié des gens de couleur qui vont le voir finissent plus mal qu'avant. Si Hap, i perd sa jambe par la faute à c't' homme... »

Elle a laissé sa phrase se perdre dans un murmure pendant qu'elle réfléchissait - c'était évident - à diverses fins atroces pour Doc Turpin. Quant à moi, mes pensées couraient dans une tout autre direction : Si Hap perdait sa jambe, je ne récupérerais jamais Florence.

Je suis donc montée à Greenville - pas pour y dénicher des chapeaux ou des robes de Pâques, mais pour trouver un médecin qui accepterait de faire deux fois deux heures de route afin de soigner un métayer de couleur. Autant courir après un mouton à cinq pattes. Les deux premiers docteurs que j'ai vus ont réagi comme si je leur avais demandé de blanchir mon linge. Le troisième, un vieux monsieur d'environ soixante-dix ans, m'a avoué qu'il ne conduisait plus. Mais comme je tournais les talons, il m'a dit :

« Il y a un certain Dr Pearlman sur Clay Street. Il se déplacera peut-être : c'est un étranger, et il est juif. Sinon, vous pourriez aller dans le quartier noir, ils ont un docteur là-bas. »

J'ai décidé de tenter ma chance auprès de l'étranger juif alors que je ne savais pas trop à quoi m'attendre. Serait il compétent ? Allait-il essayer de me rouler ? Accepterait-il même de soigner un Noir ? Mes peurs se sont révélées ridicules. Le Dr Pearlman m'a paru gentil et qualifié, et son cabinet, pourtant désert, bien tenu.

J'avais à peine fini de lui expliquer la situation qu'il avait déjà attrapé sa trousse et filait vers la porte. Il nous a suivies, les filles et moi, jusque chez Hap et Florence où je lui ai réglé les honoraires très raisonnables qu'il me demandait et je suis partie.

Quand nous sommes enfin arrivées à la maison, la nuit était presque tombée. Henry nous attendait sur le porche.

« Vous avez dû acheter la moitié de Greenville, les filles, m'a-t-il crié.

— Oh, on n'a pas trouvé grand-chose. »

Il s'est approché de la voiture. Quand il a vu que nous n'avions aucun paquet, il a haussé les sourcils.

« Tu reviens sans rien ?

— On est revenues avec un docteur, a claironné Amanda Leigh. Il parlait d'une drôle de façon.

— Un docteur ? Quelqu'un est malade ? »

Une onde de nervosité m'a parcourue.

« Oui, Henry, c'est Hap. Sa jambe ne guérit pas. C'était pour lui, le docteur.

— C'est à ça que tu as consacré ta journée ? À chercher un docteur pour Hap Jackson ?

— Je n'étais pas partie pour ça. Mais il y avait un cabinet juste à côté du magasin de robes et je me suis dit…

— Amanda Leigh, rentre à la maison avec ta sœur », a décrété Henry.

Les filles connaissaient ce ton et se sont dépêchées d'obéir, me laissant seule avec lui. Enfin, pas tout à fait ; derrière la fenêtre, le vieux n'en perdait pas une miette.

« Pourquoi tu n'es pas venue me trouver ? m'a lancé Henry. Hap est mon locataire, il est sous ma responsabilité. S'il est malade, il faut que je le sache.

— C'est simplement que je me suis arrêtée chez eux en partant. Et Florence m'a dit que son état avait beaucoup empiré, alors j'ai...

— Est-ce que tu croyais que je ne m'en serais pas occupé ? Que je ne serais pas allé chercher Doc Turpin ? »

Il n'était pas tant fâché que blessé ; je l'ai compris brusquement.

« Non, chéri, bien sûr que non. Mais Florence n'a pas confiance en Doc Turpin et comme j'étais à Greenville...

— Comment ça, "elle n'a pas confiance en Doc Turpin" ?

— Elle pense qu'il n'a pas remis la jambe de Hap correctement.

— Et tu l'as crue sur parole. La parole d'une sage-femme noire qui a tout juste terminé son école primaire plutôt que celle d'un médecin diplômé. »

Formulé ainsi, ça paraissait ridicule. J'avais cru Florence sans l'ombre d'un doute. Et j'avais beau me recroqueviller devant le regard brûlant de mon mari, je savais que, si l'occasion se représentait, je referais pareil.

« Oui, Henry. Je l'ai crue.

— Eh bien, j'exige que tu fasses pareil pour moi, ton mari. Que tu me croies sur parole si je t'affirme que je vais faire au mieux pour les locataires, pour toi et pour les enfants. J'exige que tu me fasses confiance, Laura. »

Dans un souffle rauque, il a ajouté :

« Je n'aurais jamais pensé avoir à te demander ça. »

Il m'a laissée à côté de la voiture. Le soleil avait basculé derrière l'horizon et la température avait chuté. Frissonnante, je me suis appuyée contre le capot de la DeSoto qui diffusait une chaleur réconfortante.

Hap

Quand j'a repris connaissance, Doc Turpin était parti et j'étais toujours vivant, ça, c'était la bonne nouvelle. La mauvaise était que ma jambe me faisait un mal de tous les diables. Elle était complètement bandée, je pouvais donc pas la voir, mais pour ce qui était de la sentir je la sentais. L'était chaude et j'avais l'impression que la peau était sèche et tendue. C'était pas bon signe, je le savais pour avoir soigné les mulets.

« D'après le docteur, tu devrais te sentir mieux dans un jour ou deux », m'a espliqué Florence.

Mais je m'a pas senti mieux, je m'a fait l'effet d'aller de pire en pire. Les élancements sont devenus épouvantables et souvent je m'évanouissais. Je me rappelle des figures penchées sur moi, celle à Florence, celles aux enfants. Celle à ma maman, alors qu'elle reposait dans la glaise ça allait faire vingt ans. Puis v'là qu'un drôle de Blanc se penche sur moi, un homme d'âge établi avec une barbe grise et un long sourcil épais comme une moustache.

« C'est Doc Pearlman, a dit Florence. I va te remettre ta jambe. »

L'a pris mon poignet et l'a tenu pendant qui regardait sa montre de gousset. Puis l'a braqué une lampe dans mes yeux et a collé son quinquet jusse à côté du mien pour lorgner dedans.

« Votre mari est en état de choc », l'a déclaré avec un drôle d'accent.

S'est mis à hocher la tête comme si qui l'avait vu quéque chose qui le dégoûtait, j'a pensé qui l'était fâché à cause qui fallait qui soigne un nègre. Je voulais pas qu'un Blanc en colère me soigne et j'i a dit, mais l'a continué quand même et l'a enlevé les pansements de ma jambe. J'a pédalé des quatre fers.

« Empêchez-le de bouger », l'a ordonné à Florence.

Elle m'a attrapé aux épaules et m'a forcé à rester à plat. J'a essayé de la repousser mais j'étais trop faible. J'arrivais pas à voir ce que le docteur fabriquait et j'avais un vilain pressentiment.

« L'a une scie ? j'a demandé à Florence.

— Non, Hap.

— Le laisse pas me couper la jambe. Je sais qui l'est fâché mais le laisse pas faire.

— I faut que tu restes tranquille », a répondu Florence.

Le docteur s'a repenché sur moi, si près que j'a senti le pétun dans son haleine.

« Votre jambe n'a pas été remise correctement et elle est en flammes, i m'a dit.

— Quoi ? »

J'a recommencé à batailler contre Florence, à essayer de me relever, mais autant lutter contre Goliath.

« Chuuuut, l'a chuchoté. C'est gonflé, c'est tout. C'est pour ça que t'as la fièvre.

— Je vais vous endormir », a ajouté le docteur.

I m'a collé un petit panier contre le nez et la bouche et a versé dessus quéques gouttes d'un liquide. Ça avait une odeur écœurante.

« Si vous plaît, Doc, j'a besoin de ma jambe.

— Reposez-vous à présent, monsieur Jackson. Et ne vous inquiétez pas. »

J'a tenté de rester réveillé, mais le sommeil tirait, tirait. La dernière chose que je me rappelle, c'est qui s'est penché pour prendre un truc dans son sac. L'avait une petite calotte crochetée sur son crâne chauve, on aurait cru un napperon, et je m'a demandé comment que ce truc i tenait en place. Puis le sommeil m'a attrapé et m'a englouti.

Quand je m'a réveillé, c'était le matin et ma jambe me faisait toujours souffrir, mais moins qu'avant. D'abord, je m'a réjoui jusquà que je repense au vieux Waldo Murch et à son bras qui avait fallu i couper en 29. Waldo jurait que ce bras i faisait encore mal alors qui l'était plus là. Je l'avais vu des tas de fois en train de brosser l'air et je m'a demandé si c'était ce genre de douleur imaginaire que j'avais. Mais j'a idée que Dieu avait décidé qui m'avait assez rabaissé, à cause que quand j'ai soulevé la couverture ma jambe était là, toute pansée et avec une grande attelle. Moi, je peux vous le dire, voir qu'on a deux jambes quand on pensait qu'on en avait plus qu'une, on est sacrément heureux.

Florence s'agitait dans l'autre pièce et je l'a appelée.

« Je prépare ton petit déjeuner, elle m'a répondu. J'arrive. »

Elle m'a porté une assiette de cervelle et d'œufs. Dès que je l'a sentie, mon ventre s'a mis à gronder comme si que j'avais pas mangé depuis une semaine.

« Prends ça d'abord, elle m'a dit en me donnant une pilule.

— C'est quoi ?

— Des pilules de pécilline. Elles vont chasser l'enfection. Faut que tu les prennes deux fois par jour jusquà qu'elles soyent finies. »

J'a avalé la pilule et attaqué la nourriture. Florence a posé la main sur mon front.

« La fièvre a baissé. Tu perdais carrément la tête hier. C'est sûr que c'est bien que le docteur soye venu. Mam McAllan l'a amené depuis Greenville.

— L'est allée le chercher toute seule ?

— Voui. L'a conduit la voiture avec lui qui suivait.

— Quand tu la verras, dis-i qu'on est très reconnaissants. »

Florence l'a lâché une sorte de ricanement.

« T'as de la chance d'avoir encore ta jambe, vu comment que ce boucher l'a travaillé dessus. Doc Pearlman était sacrément fâché pour ça, je te préviens. L'a dit que Doc Turpin i méritait pas qu'on dise qui l'était docteur.

— J'imagine qui l'est pas du coin, Doc Pearlman.

— Non, l'est de quéque part en Europe. D'Australie, je crois qui l'a dit.

— Autriche, tu veux dire. C'est là qui l'était Ronsel ousqui neigeait sans arrêter. »

Florence a haussé les épaules.

« Ça peut s'appeler comme ça veut, moi, je suis rudement contente qui s'a retrouvé ici et pas là-bas.

— Combien de temps je va rester au lit ?

— Huit à dix semaines, si i a pas l'enfection.

— Huit semaines ! Je peux pas rester au lit jusqu'à juin ! »

L'a continué comme si que j'avais rien dit.

« D'après le docteur, i faut faire très attention. Et tu dois pas du tout bouger ta jambe. I revient lundi pour voir comment que tu te débrouilles, i dit que si ça a désenflé, i te fera un plâtre.

— Comment que je va tailler le coton avec un plâtre ? Comment que je va prêcher le dimanche ?

— Tu feras pas. Les enfants et moi, on va tailler, et Junius Lee va venir de Tchula et i se chargera du prêche tandis que, toi, tu vas veiller à pas peser sur ta jambe comme qui t'a dit le docteur. Si tu fais pas ça, tu risques de finir infirme ou pire.

— Et si je le fais et qu'on doit partager la moitié de la récolte, on sortira jamais du joug à Henry McAllan.

— Te tracasses pas pour ça maintenant, l'a répliqué Florence. Dieu i pourvoira, d'une manière ou d'une autre. Entre-temps, tu vas faire ce qui t'a dit le docteur.

— Les criailleries d'une femme sont une gargouille intarissable, j'a dit. Les Proverbes, chapitre 19, verset 13.

— Mais une femme raisonnable est un don du Seigneur, l'a riposté. Les Proverbes, chapitre 19, verset 14. »

La dame connaît ses Écritures, j'i accorde. L'a pas le savoir des livres, mais la mémoire est bonne.

« Je ferai bien d'aller aux champs, l'a ajouté. Lilly May sera là si t'as besoin. Allez, repose-toi. »

Et le temps passe et passe sans que je soye capable de rien. Couché dans ce lit alors que ma femme était dehors à faire mon ouvrage. Pouvais même pas faire ma commission sans quelqu'un pour m'aider. J'essayais d'attendre que Florence et les garçons rentrent, mais un jour j'a pas pu et l'a fallu que je demande à Lilly May de m'aider avec le bassin. I a des choses qu'une fille devrait jamais avoir à faire pour son papa. J'a regretté de pas avoir chié sous moi et attendu les fesses au chaud que Florence rentre.

Entre-temps, Florence et les jumeaux avaient presque fini de labourer les champs. Florence avait des ampoules plein les mains, et je l'avais vue se masser le dos quand elle croyait que je la voyais pas. Se plaignait pas pourtant, pas un mot, elle continuait jusse à faire ce qui fallait. I travaillaient sans arrêter, même le dimanche, alors qu'elle est pas d'accord pour travailler le jour du Seigneur. I avait pas le choix. Fallait qui plantent ces champs avant qu'Henry McAllan décide d'amener son mulet.

Lundi est arrivé et Doc Pearlman est revenu comme i l'avait dit. L'a retiré les pansements et l'a regardé ma jambe.

« Parfé, l'a dit, que j'a interprété comme parfait. Ça a désenflé. Il faut préparer le plâtre. Pour ça, je vais avoir besoin d'eau bouillante. »

Florence a envoyé Lilly May s'en occuper. Pendant ce temps, Doc Pearlman m'examinait de partout, me regardait dans les yeux, écoutait mon cœur et me remuait les orteils. On aurait cru que ça le dérangeait pas de me toucher. Je m'a demandé si tous les Blancs dans son pays l'étaient comme lui.

« Florence dit que vous êtes d'Autriche.

— *Ya.* Ma femme et moi on est venus ici il y a huit ans. »

Avant que j'a pu réfléchir à ce que je sortais, j'a lâché :

« Notre fils Ronsel l'était là-bas. L'est tankiste, l'a combattu sous le général Patton.

— Eh bien, je lui suis reconnaissant. »

J'a regardé Florence. L'avait l'air aussi éberluée que moi. En parlant très lentement pour ête sûr qui me comprenait, j'a ajouté :

« Ronsel s'a battu contre les Autrichians. »

Une lueur s'a allumé dans son œil, qui m'a fait hérisser les poils des bras.

« J'espère qu'il en a éliminé un bon paquet », i m'a répondu.

Puis l'a quitté la chambre pour aller se laver les mains.

« Eh ben, quesse que t'en penses ? » j'a lancé à Florence.

L'a hoché la tête.

« Des Blancs fous, i en a des tas de sortes dans le monde. »

La pluie a commencé le lendemain, une grosse pluie méchante qu'a aplati les champs comme si que c'était de la cire. On a rien pu faire à part s'asseoir pour regarder et se ronger les sangs deux jours de rang jusquà ce que ça se lève. Florence et les enfants sont repartis dehors, même Lilly May. Avec son mauvais pied et tout, le travail aux champs était dur pour elle, mais c'était comme ça.

J'étais au lit, un coussin sous la jambe, que ça me démangeait et que je jurais. On aurait cru qu'une batterie de fourmis affamées me cavalait sous le plâtre. En plus, pas moyen de me gratter, le plâtre i montait de ma cheville jusquau haut de ma cuisse.

J'étais occupé à tresser un panier avec du tronc de bouleau des rivières pour essayer de pas penser aux démangeaisons quand j'a entendu un bruit infernal ; j'a jeté un coup d'œil par la fenêtre et j'a vu Henry McAllan arriver sur son tracteur de malheur. L'a coupé le moteur et l'a descendu.

« Hap ?

— Par ici. »

L'a venu à la fenêtre de la chambre et s'a penché. On s'a salué et i m'a demandé comment que je me sentais.

« Beaucoup mieux, grâce à ce docteur que mam McAllan l'a ramené pour moi. J'i suis très reconnaissant quelle a été le chercher, c'est sûr.

— Je veux bien le croire, l'a dit avant de s'allumer une cigarette. Combien de temps encore tu vas garder ce plâtre ? »

Au loin derrière lui, je voyais Florence et les enfants occupés à labourer. Moi, je peux vous dire, ête assis là à papoter avec Henry McAllan pendant que ma famille s'escrimait sous le soleil brûlant me faisait beaucoup plus mal que ma jambe.

« Encore un bon mois environ, c'est tout.

— Ah oui ?

— Oui, m'sieu.

— Tu sais, je me suis cassé la jambe pendant la Grande Guerre. Autant que je me souvienne, ça a duré deux mois avant qu'on me retire le plâtre, et encore plus longtemps avant que je puisse vraiment retravailler.

— Je guéris vite, depuis toujours. »

L'a tiré une bouffée de sa cigarette. J'attendais, sachant ce qui allait venir.

« Le truc, Hap, c'est qu'on est dans la deuxième semaine d'avril. Vous devriez être déjà bien avancés dans les semailles maintenant, mais vous n'avez même pas tracé les sillons.

— L'a fallu retourner les champs encore une fois rapport à la pluie.

— Je le sais. Mais s'ils avaient le mulet, ils finiraient en un rien de temps. Tel que c'est, la fin de la semaine sera là avant qu'ils aient seulement commencé à fertiliser, et on n'en sera pas encore à planter la graine. Ils sont que trois, Hap. Je ne peux pas me permettre d'attendre plus. Tu es un fermier, tu comprends ça.

— Ça prendra pas si longtemps. On a Lilly May qui aide aussi.

— C'est pas une petite fille infirme qui fera la différence et tu le sais. »

L'a balancé sa cigarette par terre.

« Tu diras à un de tes garçons de venir chercher le mulet après le déjeuner. »

Je me suis tourné vers toutes les œuvres qu'avaient faites mes mains et vers le travail auquel j'avais travaillé pour les faire et voici : tout est vanité et poursuite de vent et il n'y a pas de profit sous le soleil.

« Oui, m'sieu. »

Ma réponse m'a resté coincée dans le gosier, mais j'avais rien d'autre à dire. Voilà, Hap, j'a pensé, t'es redevenu métayer, autant te faire à c't idée.

Quand Florence est revenue manger avec les enfants, j'a même pas eu besoin di espliquer, l'a vu du premier coup d'œil :

« L'envoie son mulet, hein ?

— Ouais. À compter de cet après-midi.

— Eh bien, l'a répondu, on tracera les sillons plus vite. »

On s'est assis pour manger. C'était pas grand-chose comme repas, jusse du lard maigre et du gruau de maïs qu'une des sœurs de l'église avait portés plus tôt, mais j'a récité le bénédicité comme toujours. Quand j'a eu fini, Florence a gardé la tête baissée un sacré long moment. Je savais pourquoi qu'elle priait. Je demandais la même chose au Seigneur tous les jours depuis que j'avais tombé de cette fichue échelle : que Ronsel i rentre nous délivrer.

II

Laura

Henry était toujours fâché contre moi et me l'a montré en m'ignorant au lit. Mon mari n'avait jamais été un homme particulièrement sensuel, mais il m'avait toujours fait l'amour deux fois par semaine au moins. Dans les premiers mois de notre mariage, je m'étais sentie gauche et peu portée sur la chose (cela dit, je ne m'étais jamais refusée à lui – ça ne me serait pas venu à l'esprit), pourtant nous avions fini par nous ménager une intimité qui, sans être totalement satisfaisante, était cependant agréable et familière. Il aimait faire ça la nuit, la lampe allumée. À La Bourbière, on avait une bougie. C'était son signal : le raclement de la tête d'allumette contre le grattoir. Soudée à Henry, dont le corps frissonnait contre le mien, je me sentais à la fois très proche et à des kilomètres de lui. Il éprouvait des sensations que je ne connaissais pas, c'était clair pour moi, mais je n'attendais pas l'extase. Je n'avais pas idée que c'était possible pour une femme. Bien sûr, je n'avais pas toujours apprécié le sexe avec Henry, pourtant ça me donnait le sentiment d'être une vraie épouse.

Il a fallu que mon mari se détourne de moi pour que je mesure à quel point j'en avais besoin.

Si mon lit était froid en ce mois d'avril, mes journées – sans Florence pour m'aider – étaient chaudes, suantes et éreintantes. Henry avait engagé la fille de Kester Cottrill, Mattie Jane, pour qu'elle vienne faire le ménage, mais c'était une souillon et un moulin à paroles par-dessus le marché, de sorte que, passé la première journée, je l'ai collée au blanchissage et à d'autres tâches dehors et rien de plus. Je voyais Florence, de loin le plus souvent, qui, penchée sur une binette, éliminait les mauvaises herbes menaçant les tendres pousses de coton. Une fois, je suis tombée sur elle en ville et j'ai commencé à me plaindre de Mattie Jane. Florence m'a décoché un regard méprisant et stupéfait – *Pour vous, ça c'est un problème ?* – qui m'a fait honte et m'a réduite au silence. Je savais que j'aurais dû me réjouir de ne pas avoir à passer douze heures ou plus jour après jour dans un champ de coton, il n'empêche que c'était une piètre consolation.

Un samedi, à la fin d'avril, on est descendus faire des courses en ville tous les cinq et manger au Dex's Diner, célèbre pour ses fritures de poisson-chat et son panneau dehors qui disait :

Jésus t'aime
Lundi à vendredi 6h. à 2h.
Samedi 6h. à 8h.

Après le repas, on s'est arrêtés chez Tricklebank pour acheter les provisions de la semaine. Henry et Pappy ont traîné sur le porche devant en compagnie d'Orris Stokes et d'autres hommes tandis que les filles et moi on allait voir les dames à l'intérieur. Pendant que je bavardais avec Rose, Amanda Leigh et Isabelle ont filé jouer avec ses deux filles. Alice Stokes était là, rayonnante de bonheur avec son gros ventre ; elle choisissait une longueur de popeline pour une robe de grossesse. En dépit de ma mélancolie, je n'ai pu jalouser son bonheur. Nous bavardions depuis quelques minutes quand un soldat noir est entré par la porte de derrière. C'était un jeune homme de grande taille à la peau couleur de thé fort. Il avait des galons de sergent sur les manches et de nombreuses médailles sur la poitrine. Il portait un sac marin sur son épaule trapue.

« Bonjour, mam Tricklebank. Ça fait un bail ! »

Il avait une voix sonore et chantante. Elle a résonné bruyamment dans le magasin et surpris ces dames.

« C'est toi, Ronsel ? » s'est écriée Rose, hésitante.

Il a souri.

« Oui, mam, si je ne m'abuse. »

C'était donc le fils de Florence. Elle m'avait énormément parlé de lui, bien sûr. Il était si dégourdi, si beau, si courageux. Il s'était mis aux études avec l'aisance d'un poisson dans l'eau. Il attirait les gens comme le miel les mouches, et ainsi de suite.

« Je débite pas des niaiseries de maman, m'avait-elle affirmé. I l'a quéque chose qui rayonne, vous le verrez à la minute que vous poserez les yeux sur lui. Les filles, elles veulent toutes ête avec lui et les hommes i veulent tous i ressembler. C'est plus fort qu'eux, i sont attirés par son rayonnement formidable. »

J'avais pensé, sans le dire, naturellement, que c'était des niaiseries de maman. Quelle mère n'est pas persuadée que son fils aîné a reçu la meilleure part des bienfaits du Seigneur ? Pourtant, quand j'ai vu Ronsel dans la boutique des Tricklebank, j'ai compris ce qu'elle avait voulu dire.

Il a poliment incliné la tête devant moi et les autres dames.

« Bon après-midi, a-t-il ajouté.

— Ça par exemple ! a continué Rose. Tu l'es bien élevé !

— Comment allez-vous, mam Tricklebank ?

— On le fait aller. T'as vu tes parents ?

— Non, mam. Le car vient juste d'arriver. Je me suis arrêté pour leur acheter des bricoles. »

Je l'ai étudié pendant que Rose le conseillait dans ses achats. Il ressemblait davantage à Hap, mais il avait la présence de Florence, et même plus. On ne pouvait s'empêcher de le regarder ; c'était l'effet qu'il vous faisait. Il m'a jeté un coup d'œil intrigué et j'ai réalisé qu'il m'avait surprise à le dévisager.

« Je suis Mme McAllan, ai-je balbutié, un peu gênée, en me présentant. Tes parents travaillent sur nos terres.

— Bonjour. »

Ses yeux n'ont croisé les miens que l'espace de quelques secondes, mais j'ai eu la sensation qu'il m'avait jugée en profondeur.

« Hap et Florence sont au courant de ton arrivée ? lui ai-je demandé.

— Non, mam. Je voulais leur faire une surprise.

— Eh bien, je peux te dire qu'ils vont être rudement contents de te voir. »

Des rides d'inquiétude lui ont barré le front.

« Ils vont bien ? »

Il ne laissait pas passer grand-chose, le fils de Florence. J'ai hésité, puis je lui ai rapporté l'accident de Hap en insistant sur le positif.

« Il utilise des béquilles à présent et, d'après le docteur, il devrait pouvoir remarcher en juin.

— Dieu soit loué. Il ne supporte pas de rester sans rien faire. Il doit sûrement la rendre dingue, à être dans ses pattes à longueur de journée. »

Mal à l'aise, j'ai détourné les yeux.

« Qu'est-ce qu'il y a ? » m'a-t-il demandé.

Je me suis subitement aperçue que les autres femmes s'étaient tues et nous observaient sans vergogne. Certaines paraissaient choquées, d'autres hostiles. Rose semblait inquiète et son regard m'incitait à la prudence.

Je me suis retournée vers Ronsel.

« Tes parents ont perdu leur mulet et on a eu une vague de mauvais temps. Ils se servent d'une de nos bêtes. Et ta mère travaille aux champs avec tes frères. »

Il a serré les mâchoires et ses prunelles sont devenues glaciales.

« Merci de ces nouvelles », m'a-t-il jeté.

Impossible de rater l'insistance ironique de la formule. Alice Stokes a retenu son souffle.

« Excuse-moi, ai-je répondu à Ronsel. J'ai des courses à finir. »

Comme je m'éloignais, je l'ai entendu dire :

« Je reviendrai pour ce tissu, mam Tricklebank. Il vaut mieux que j'aille à la maison tout de suite. »

Il s'est dépêché de payer Rose et s'est dirigé vers l'entrée principale avec ses achats et son sac marin. Il atteignait la porte quand elle s'est ouverte sur Pappy, suivi d'Orris Stokes et de Doc Turpin. Ronsel s'est arrêté juste avant de les bousculer.

« Vous demande pardon », a-t-il grommelé.

Il a cherché à les contourner, mais Orris lui a barré le passage.

« Ben, regardez-moi ça. Un moricaud en uniforme. »

Ronsel s'est figé et il a défié Orris du regard. Mais là-dessus il a baissé les paupières et déclaré :

« Désolé, m'sieu. Je n'ai pas fait attention.

— Où tu crois que tu vas, mon garçon ? s'est exclamé Doc Turpin.

— J'essaie de rentrer voir mes parents. »

La porte s'est rouverte, et Henry et quelques autres hommes ont fait irruption et se sont massés derrière Pappy, Orris et Doc Turpin. Ils avaient tous l'air mauvais. J'ai éprouvé un petit frisson de peur.

« Chéri, ai-je lancé à Henry, voici Ronsel, le fils de Hap et de Florence. Il revient de l'étranger.

— Ben, voilà qui explique tout, a remarqué Pappy d'une voix traînante.

— Qui explique tout quoi ? a demandé Ronsel.

— Que tu cherches à sortir par la porte de devant. Tu dois plus trop savoir où t'es.

— Je sais où je suis, m'sieu.

— Oh, je pense que non, mon garçon, a insisté Pappy. J'ai pas idée de ce qu'on t'a permis de faire là-bas, mais t'es dans le Mississippi à présent. Ici, les négros passent pas par-devant.

— Pourquoi tu passes pas par-derrière ? a ajouté Orris. C'est ta sortie.

— Je crois que tu ferais bien, a conclu Henry. Sors maintenant. »

Un grand silence s'est abattu. L'atmosphère était tellement chargée d'hostilité qu'elle en crépitait presque. J'ai vu des muscles se crisper, des poings se fermer. Mais si Ronsel a eu peur, il ne l'a pas montré. Il a jeté un coup d'œil circulaire sur le magasin, a soutenu le regard de tous les hommes et les femmes présents, le mien compris. *Va-t'en vite*, l'ai-je imploré en silence. Il a laissé les choses se prolonger, a attendu presque jusqu'au point de rupture pour prendre la parole.

« Vous savez, m'sieu, vous avez raison, a-t-il lancé à Pappy. Là-bas, on passait pas derrière, ils nous mettaient devant. Sur les lignes de front, sous le nez des ennemis. Et on y est restés, tout le temps qu'on a été là-bas. Les Boches ont réussi à descendre un certain nombre des nôtres, mais on a fini par leur coller une sacrée pâtée. Oui, m'sieu, une sacrée pâtée. »

Il a salué Rose d'un signe de tête, a tourné les talons et s'est dirigé à grands pas vers la porte de derrière.

« Vous avez entendu ce qui vient de dire ? a bredouillé Pappy, indigné.

— Un négro comme lui va pas faire de vieux os par ici, a affirmé Orris.

— On devrait peut-être lui apprendre de meilleures manières », a ajouté Doc Turpin.

Ça aurait pu mal tourner, mais Henry a avancé d'un pas et les a affrontés, mains levées, paumes offertes.

« Pas la peine. Je vais parler à son père. »

J'ai eu peur un moment qu'ils refusent de se dégonfler, mais Orris a marmonné :

« Oublie pas de le faire, McAllan. »

Les hommes se sont dispersés et la tension s'est dissipée. J'ai fini mes courses, récupéré les filles et on a quitté le magasin des Tricklebank. En regagnant La Bourbière, on est tombés sur Ronsel qui marchait au milieu de la route. Il s'est mis sur le bas-côté pour nous céder le passage. Quand on l'a doublé, j'ai échangé un nouveau regard avec lui par la vitre ouverte de la voiture. Il me défiait, l'œil brillant.

Ronsel

« Home again, home again, jiggety-jig », dit la comptine. Moricaud, jus de réglisse, mal blanchi, négro. S'en était allé défendre son pays pour découvrir au r'tour que rien n'avait changé ohé ohé. Les Noirs continuaient à voyager à l'arrière des bus, à emprunter les portes de service, à cueillir le coton des Blancs, à demander pardon aux Blancs. On avait répondu à leur appel, on avait fait leur guerre, mais ils s'en foutaient : pour eux, on continuait à n'être que des nègres. Et les soldats noirs qui étaient morts n'étaient que des nègres morts.

Là, chez Tricklebank, j'avais bien eu conscience que je naviguais dans des eaux dangereuses et, malgré ça, je n'avais pas su la fermer ne serait-ce que le temps qu'il fallait pour ne pas sombrer. Je m'étais comporté exactement comme mon copain Jimmy quand on faisait notre instruction. À l'époque, je n'arrêtais pas de lui dire qu'il ferait mieux de s'écraser s'il avait deux grains de bon sens, mais il hochait la tête et me répondait qu'il préférait se faire tabasser plutôt que de se conduire en nègre péteux. Et il s'est bel et bien fait tabasser, une fois en Louisiane et deux fois au Texas. La dernière fois, les gars de la police militaire locale l'ont tellement cogné qu'il a décroché dix jours à l'infirmerie, n'empêche, il s'est jamais écrasé. Si on n'avait pas embarqué, je crois qu'ils auraient peut-être fini par le tuer. Quand je le lui ai dit, il s'est marré et m'a balancé : « Ça m'aurait plu de les voir essayer. »

Jimmy aurait été fier de moi, ce jour-là chez Tricklebank, mais mon père m'aurait frotté les oreilles. Lui, il ne connaissait que le Delta. Il n'avait jamais descendu une rue la tête haute, et encore moins entre des gens qui l'acclamaient, massés sur les trottoirs, et lui lançaient des fleurs. Les combats qu'il avait menés étaient de ceux pour lesquels personne ne vous félicite, c'était des combats contre les pieds meurtris, les os endoloris, le manque de pluie, l'excès de pluie, la chaleur, le charançon du coton et les cailloux qui menaçaient de briser le soc de la charrue. Jamais de trêve ni de cessez-le-feu. Remporte une bataille aujourd'hui, tu seras quand même obligé de te lever demain pour reprendre le même combat depuis le commencement. Tape-toi une défaite et tu risques de tout perdre. Seul un crétin livre une guerre avec ce genre de handicaps, ou un homme qui n'a pas le choix.

Papa avait considérablement vieilli pendant ces deux années où je ne l'avais pas vu. Ses cheveux avaient blanchi et les soucis lui avaient creusé de nouvelles rides autour des yeux. Il avait aussi perdu des kilos qui n'avaient rien de superflu ; d'après maman, c'était depuis qu'il s'était cassé la jambe. Mais sa voix était toujours aussi forte et aussi ferme. Le jour où je suis revenu, j'étais encore loin dans la cour quand je l'ai entendue. Papa remerciait le Seigneur pour la nourriture qu'ils s'apprêtaient à manger ; pour le soleil qu'Il leur avait envoyé ces derniers temps afin de faire pousser le coton ; pour la santé de tous les êtres ici présents, y compris les poules pondeuses et la truie gravide, et pour veiller sur moi où que je me trouve dans le monde… Et de fait c'était le seuil de la maison.

« Amen », ai-je conclu.

L'espace d'une minute, personne n'a bougé, ils sont juste restés à me regarder bouche bée, comme s'ils ne me reconnaissaient pas.

« Alors ? ai-je poursuivi. Personne ne m'offre un petit quelque chose à me mettre sous la dent ?

— Ronsel ! » a braillé Ruel, imité par Marlon avec une demi-seconde de retard, comme toujours.

Du coup, ils se sont tous levés et m'ont serré dans leurs bras ; maman et Lilly May m'ont embrassé en s'exclamant sur le beau gars costaud que j'étais devenu, m'ont demandé comment s'était passé mon voyage, quand est-ce que j'avais débarqué aux États-Unis et pourquoi je ne leur avais pas écrit pour leur annoncer que j'étais sur le retour. À la fin, papa a beuglé :

« Maintenant, laissez-le saluer son père. »

Il avait la jambe en appui sur un tabouret. Il m'a ouvert les bras et je suis allé l'embrasser lui aussi, puis je me suis agenouillé à côté de lui pour lui éviter d'avoir à relever la tête vers moi.

« J'savais que tu reviendrais, m'a-t-il dit. J'a prié pour ça et te v'là.

— Et toi, te v'là avec la jambe dans le plâtre. Comment as-tu réussi ton coup ?

— C'est une longue histoire. Pourquoi tu t'assoyes pas pour manger pendant que je te raconterai tout ? »

Je n'ai pu m'empêcher de sourire. Avec mon père, tout est une longue histoire. J'ai pris une assiette et me suis servi généreusement. Il y avait du porc salé, des haricots, des gombos macérés dans le vinaigre et, pour saucer, des petits pains préparés par maman.

« J'en rêvais tout éveillé de ces petits pains, ai-je dit. Assis sur mon char, à manger mes rations C…

— C'est quoi des rationcés ? s'est écrié Ruel.

— Des poissons ? a suggéré Marlon.

— C, comme la lettre de l'alphabet ! C'est la nourriture de l'armée. J'en ai rapporté un peu, pour que vous puissiez y goûter. C'est dans mon sac. Allez-y, vous pouvez regarder. »

Les jumeaux ont couru vers mon paquetage, l'ont ouvert et vidé par terre. Toujours gamins, même s'ils étaient presque aussi grands que moi. De les voir si jeunes et si enthousiastes, ça m'a serré le cœur. Je savais que ça ne leur durerait plus très longtemps.

« En tout cas, ai-je confié à maman, j'ai vanté tes petits pains à tous les gars autour de moi. Quand les Boches ont capitulé, tous les hommes de la compagnie en rêvaient, même les lieutenants yankees, j'avais réussi mon coup.

— Moi, c'est de toi que j'a rêvé, m'a répondu maman.

— Qu'est-ce tu as vu ? »

Elle a hoché la tête et s'est frotté les bras comme si elle avait froid.

« Dis-moi, maman.

— C'est pas important, i s'a rien passé. Tu nous es revenu maintenant, sain et sauf.

— Chez toi », a conclu papa.

Après le repas, on bavardait tous les deux sur le porche quand on a vu un pick-up remonter la route. Il s'est arrêté dans notre cour et Henry McAllan en est descendu.

« Me demande bien ce qui veut encore, c't' homme ! » s'est exclamé papa.

J'ai sauté sur mes pieds.

« J'imagine qu'il veut me parler.

— Pourquoi diable Henry McAllan i voudrait te parler ? »

Je n'ai pas répondu. McAllan était déjà au bas des marches.

« Bon après-midi, misteur McAllan, a dit papa.

— Bon après-midi, Hap.

— Ronsel, je te présente notre propriétaire. V'là mon fils Ronsel que je vous avais causé.

— On s'est rencontrés », a grommelé McAllan.

Inquiet, papa s'est tourné vers moi.

« Il vaudrait mieux que je te parle seul, Hap.

— Je ne suis pas un enfant, monsieur, ai-je protesté. Si vous avez quelque chose à dire, vous pouvez me le dire en face.

— Entendu alors. Laisse-moi te poser une question : Tu comptes rester ici pour aider ton père ?

— Oui, monsieur.

— Eh bien, tu ne lui rends pas service à te comporter comme tu l'as fait tout à l'heure chez Tricklebank. Tu te prépares juste tout un tas d'ennuis, pour toi et pour ta famille par-dessus le marché.

— Quesse que t'as fait ? a demandé papa.

— Rien. Juste essayé de sortir par la porte, c'est tout.

— Par la porte principale, a précisé McAllan, et quand mon père et d'autres hommes s'y sont opposés, il nous a ficelé un beau discours. Tu nous as remis à notre place, hein ?

— C'est vrai ? » a bredouillé papa.

J'ai acquiescé.

« Alors, j'ai idée que tu ferais mieux de présenter tes excuses. »

McAllan attendait, ses yeux pâles rivés sur moi. Je n'avais pas le choix et il le savait. Il régentait tellement notre existence qu'il aurait pu être le bon Dieu en personne. Je me suis obligé à dire les mots :

« Je regrette, monsieur McAllan.

— Mon père aussi voudra entendre ça.

— Ronsel ira le voir demain après l'église, a déclaré papa. Hein, mon fils ?

— Oui, papa.

— Bon, c'est bien, a dit McAllan. Laisse-moi ajouter autre chose, Ronsel. Je ne suis pas d'accord avec tout ce que mon père raconte, mais il a raison sur un point. Tu es revenu dans le Mississippi maintenant et tu ferais bien de commencer à te le rappeler. Je suis sûr que Hap aimerait te garder ici un bon moment.

— Ça oui, misteur, a admis papa.

— Bon alors, profitez de votre samedi. »

Il tournait les talons quand j'ai lancé :

« Encore une chose, monsieur.

— Quoi ?

— On n'aura plus besoin de votre mulet très longtemps.

— Comment ça ?

— Je compte nous en acheter un dès que j'en trouverai un bon. »

Papa en a eu la mâchoire décrochée. En entendant un petit hoquet de surprise à l'intérieur de la maison, j'ai compris que maman écoutait aussi. J'avais eu l'intention de leur faire une surprise, mais l'envie de rabaisser le caquet à Henry McAllan l'avait emporté.

« Les mulets, ça coûte beaucoup d'argent, a déclaré celui-ci.

— Je sais ce que ça coûte. »

McAllan a regardé mon père.

« D'accord. Hap, tu m'avertiras quand il en aura trouvé un. Entre-temps, je te ferai un forfait journalier pour le mien. Je mettrai ça sur ton compte et on réglera le tout après la cueillette.

— Je vous réglerai ça en liquide dès que j'aurai ce mulet », ai-je ajouté.

J'ai bien vu que ça ne plaisait pas à Henry McAllan, pas du tout. Quand il a répondu, il y avait une note très sèche dans sa voix.

« Comme je t'ai dit, Hap, je mettrai ça sur ton compte, un point c'est tout. »

Papa a posé la main sur mon bras.

« Oui, m'sieur, ça ira. »

McAllan est remonté dans son pick-up et a démarré. Il allait s'éloigner quand il a crié :

« Oublie pas de passer par chez moi demain, mon garçon. »

J'ai regardé le pick-up se fondre dans le soir tombant. Les engoulevents avaient entonné leurs suppliques et les lucioles scintillaient dans les champs bleuissants. La terre paraissait douce et accueillante, mais je n'étais pas dupe.

« Ça sert à rien de se battre contre eux, m'a conseillé papa. I gagnent à tous les coups.

— J'ai pas l'habitude de reculer devant un conflit. Plus maintenant.

— Tu ferais mieux de ti faire, mon fils. Pour nous tous. »

On a combattu six mois d'affilée à travers la France, la Belgique, le Luxembourg, la Hollande, l'Allemagne et l'Autriche. Avec les différents régiments d'infanterie auxquels on a été rattachés, on a zigouillé des milliers de soldats allemands. Ça n'avait rien de personnel. Les Boches étaient l'ennemi et, même si j'essayais d'en dézinguer un maximum, je ne les détestais pas. Et jusqu'au 29 avril 1945, je ne les ai pas détestés. C'est le jour où on est arrivés à Dachau.

On ne savait même pas ce que c'était, on savait juste que c'était sur notre chemin. Pas un seul d'entre nous avait entendu parler d'un camp de concentration avant. Des rumeurs avaient circulé comme quoi les Allemands maltraitaient les prisonniers de guerre, mais nous on avait cru que c'était des bobards destinés à nous foutre les jetons pour qu'on se batte mieux.

J'étais chef de char à présent. Sam était mon tireur. On avançait sur la route de Munich, précédant l'infanterie de quelques kilomètres, quand on a remarqué l'odeur, une puanteur pire que tout ce que j'avais jamais pu sentir dans ma vie – et, des cadavres, j'en avais senti un paquet maintenant. Un bon kilomètre plus loin, on est arrivés devant un ensemble de bâtiments complètement entouré par un mur en béton, et qui, de l'extérieur, avait l'aspect d'une base militaire. Un grand portail en métal, surmonté d'une inscription en allemand, était fixé dans le mur. Puis on a vu des gens alignés devant le portail, des gens nus aux bras et aux jambes gros comme des allumettes. Des SS passaient dans leurs rangs en les arrosant à la mitrailleuse. Ils tombaient par vagues, ils tombaient raides sous nos yeux. Sam a descendu les SS pendant que le tank du capitaine Scott enfonçait le portail.

Des centaines de personnes – si on peut utiliser ce terme pour de véritables sacs d'os – sont alors sorties en titubant. Crasseuses, couvertes de plaies, la tête rasée. Certaines se sont sauvées en courant sur la route, mais la plupart, hébétées, sont restées à proximité. Puis elles ont repéré un cheval qui avait été abattu par un obus. Ça a été comme si des fourmis s'étaient lancées à l'assaut d'une peau de pastèque. Agglutinées sur la carcasse, elles ont arraché des bouts de chair et les ont mangés. C'était horrible à voir, horrible. Un des gars derrière moi a gerbé.

On a suivi les rafales de tir jusqu'à un grand bâtiment qui ressemblait à une grange. Il était en flammes et j'ai détecté une odeur de chair grillée. En le contournant, on est tombés sur d'autres SS qui tiraient sur les gens coincés à l'intérieur. Le bâtiment était rempli de cadavres empilés sur près d'un mètre quatre-vingts qui se consumaient et fumaient. Il y avait encore des vivants, ils rampaient par-dessus les morts pour essayer de s'en sortir. Les SS, d'un calme imperturbable, canardaient tous ceux qui bougeaient. On a ouvert le feu sur ces saloperies. Certains ont pris la fuite, et on a sauté du tank pour les pourchasser et on les a flingués. Personnellement, j'en ai éliminé deux que j'ai tirés dans le dos pendant qu'ils filaient et ça ne m'a rien fait, j'ai juste été content.

Je retournais à mon char quand une femme, les mains tendues, est venue sur moi en chancelant. Elle portait une chemise rayée en loques, mais elle était nue à partir de la taille – c'est pour ça que j'ai vu que c'était une femme. Elle avait les yeux profondément enfoncés dans les orbites et des plaies partout sur les jambes. On aurait juré un cadavre ambulant. J'ai reculé devant elle, mais j'ai fichu le pied dans un trou et j'ai basculé, et, du coup, elle m'a foncé dessus, m'a agrippé en baragouinant non-stop dans je ne sais quelle langue. J'étais en train de la repousser en lui criant de se barrer, bordel, quand elle s'est affalée sur moi, apparemment à bout de forces. Allongé sous elle, j'ai fixé le ciel – d'un si joli bleu pâle, comme s'il n'avait jamais été et ne serait jamais témoin d'un truc moche. La femme était aussi légère qu'une couverture, si légère que je n'avais pas l'impression qu'elle était couchée sur moi. Mais j'ai perçu la chaleur de son corps à travers mon uniforme. Je n'ai jamais eu aussi honte de moi. C'était pas sa faute si elle paraissait moins qu'humaine, c'était la faute à ceux qui l'avaient mise dans cet état, et à ceux qui avaient laissé faire.

Je me suis assis précautionneusement. Sa tête reposait sur mes genoux et elle avait les yeux levés vers moi, comme si j'étais son petit ami, comme si je représentais tout ce dont elle avait rêvé sur terre. J'ai fouillé mes poches et déniché une barre de chocolat. Je la lui ai donnée. Elle s'est redressée et a fourré le tout dans sa bouche, on aurait dit qu'elle avait peur que je change d'avis et que je la lui reprenne. Une ombre m'est alors tombée dessus et j'ai découvert d'autres prisonniers autour de nous, des dizaines, en haillons, nauséabonds et pitoyables. Certains disaient des choses dans des langues étrangères et me faisaient comprendre avec leurs mains et leurs bouches qu'ils voulaient manger, et les autres étaient aussi silencieux que des fantômes. Je farfouillais dans mes poches pour voir ce que j'avais d'autre quand la femme sur mes genoux s'est roulée en boule en gémissant et s'est attrapé le ventre à pleines mains.

« Qu'est-ce qu'il y a ? me suis-je exclamé. Qu'est-ce qu'il se passe ? »

Mais elle est restée là à s'agiter par saccades et à gémir comme si elle avait pris une balle dans le bide. Ça a duré un bon moment sans que je puisse rien faire. Finalement, elle s'est raidie. J'ai posé la tête sur sa poitrine et j'ai écouté, mais rien. Ses grands yeux, des yeux bleus, du même bleu pâle que le ciel, me regardaient fixement.

« Ronsel ! »

En jetant un coup d'œil à travers les jambes des prisonniers, grosses comme des flûtes, j'ai aperçu Sam qui venait sur moi. Sa figure ruisselait de larmes.

« Le médecin dit qu'il faut pas leur donner à manger, m'a-t-il annoncé. Il dit que ça risque de les tuer parce que ça fait trop longtemps qu'ils ont pas mangé. »

Encore une fois, j'ai baissé les yeux vers elle, vers cette femme que je venais de tuer avec une barre de chocolat. Je me suis demandé comment elle s'appelait et d'où elle venait. Je me suis demandé si quelqu'un l'avait jamais tenue comme je la tenais, si quelqu'un lui avait jamais caressé les cheveux. J'espérais que oui, avant qu'elle n'atterrisse ici.

Je n'aurais jamais cru que ça me manquerait autant. Je ne parle pas de l'Allemagne nazie, il aurait fallu être marteau pour regretter un endroit pareil. Je parle de celui que j'étais quand j'étais là-bas. Là-bas, j'étais un libérateur, un héros. Dans le Mississippi, je n'étais qu'un nègre qui poussait sa charrue comme tant d'autres. Et plus le temps passait, plus je n'étais que ça.

J'achetais des aliments pour le nouveau mulet quand je suis tombé sur Josie Hayes. Enfin, elle s'appelle Josie Dupock maintenant – elle a épousé Lem Dupock en septembre de l'an dernier. Josie et moi, on sortait ensemble avant la guerre. J'en pinçais vraiment pour elle, je pensais même à l'épouser. Mais quand je me suis engagé, elle a été tellement fâchée contre moi qu'elle n'a plus voulu me voir ni me parler, et finalement j'ai quitté Marietta sans lui dire au revoir. Je lui ai envoyé quelques lettres, mais elle ne m'a jamais répondu et, au bout d'un moment, j'ai décroché. Donc, quand je l'ai vue dans la grand-rue, je ne savais pas trop à quoi m'attendre.

« J'entendu dire que t'étais rentré, m'a-t-elle dit.

— Ouais. Fait à peu près deux mois. Comment ça va ?

— Ça va bien. Je suis mariée.

— Ouais, papa me l'a écrit dans une de ses lettres. »

Un silence s'est abattu entre nous. Du temps que je fréquentais Josie, on rigolait et on s'amusait toujours. Je la chatouillais jusqu'à ce qu'elle pousse des petits cris et si j'arrêtais elle me provoquait jusqu'à ce que je recommence. Là, elle avait pas l'air de rigoler beaucoup. C'était toujours un beau brin de fille, mais il y avait une dureté nouvelle dans son regard et j'avais une bonne idée de ce qui causait ça. Lem et moi, on avait été à l'école ensemble. C'était le perturbateur de service mais il n'était jamais là pour assumer les conséquences, il se garait en souriant tandis que, nous les autres, on avait droit à la chicotte sur le popotin. Après, quand on a été plus vieux, il s'est mis à fricoter avec des filles, toujours deux ou trois en même temps. De la part de Lem Dupock, une femme ne pouvait jamais rien attendre que des larmes. Il y a belle lurette que j'aurais pu expliquer ça à Josie.

« Je t'ai pas vue à l'église, ai-je dit.

— J'y vais pas. Lem est pas du genre à y aller. »

J'ai hésité, puis lui ai demandé :

« Il te traite correctement ?

— Qu'est-ce que ça peut te faire comment qui me traite ? »

Je n'avais rien à répondre à ça.

« Bon, ai-je enchaîné, je ferais mieux de rentrer, Josie. Prends soin de toi. »

Je me tournais vers la carriole quand elle m'a retenu par le bras.

« T'en va pas, Ronsel. I faut que je te parle.

— De quoi ?

— De nous deux.

— Il n'y a pas de nous deux, Josie. Tu as réglé ça, il y a cinq ans.

— Je t'en prie. J'ai des choses à te dire.

— Je t'écoute.

— Pas ici. Viens me voir ce soir.

— Où ?

— Chez moi. Lem est pas là, il est descendu à Jackson. Je l'attends pas avant la semaine prochaine.

— Je sais pas, Josie.

— Je t'en prie. »

Je savais que je n'aurais pas dû, mais j'y suis allé quand même. J'ai mangé le repas qu'elle m'avait préparé et on a causé du bon vieux temps. L'ai laissée me dire combien elle regrettait. L'ai laissée me le montrer. Josie et moi, on avait flirté un peu, mais on n'avait jamais couché ensemble. Pourtant, j'avais souvent imaginé ça, comment ce serait de faire l'amour tous les deux. Après, on se serait blottis dans les bras l'un de l'autre, on aurait bavardé et ri, c'était la manière dont j'avais toujours visualisé la scène.

Ça ne s'est pas du tout passé comme ça. Ça a été triste et je me suis senti seul pendant, et on est restés totalement silencieux après. Je croyais que Josie dormait, mais voilà qu'elle m'a demandé d'une voix rauque :

« Où t'es, Ronsel ? À qui que tu penses ? »

Je ne lui ai pas dit la vérité : que j'étais retourné en Allemagne, que je pensais à une femme blanche nommée Resl et à l'homme que j'étais quand j'étais avec elle.

Elle s'appelait Theresia Huber, Resl n'était qu'un surnom. Ça m'a étonné au début, que les Allemands aient des surnoms eux aussi. Ça vous montre à quel point l'armée nous avait appris à ne pas les considérer comme des êtres humains.

Le mari de Resl était tankiste aussi, il avait été tué à Strasbourg. Ça a été une des premières choses qu'elle m'a demandées :

« Tu été à Strasbourg ? »

J'avais été soulagé de pouvoir lui dire que non. Elle avait une fille de six ans, nommée Maria, une petite chose timide avec des yeux bleu foncé et des cheveux aussi blancs que du coton. C'était comme ça que j'avais rencontré Resl au départ, par le biais de Maria. Quand on déboulait dans une ville, les femmes envoyaient leurs enfants pour nous soutirer des vivres. Allemands ou pas, c'était dur de voir ces gamins affamés fouiller les poubelles, alors on avait toujours sur nous des rations de rab dans nos gamelles. Le jour où on est entrés dans Teisendorf, il y avait plus de mômes que d'habitude agglutinés autour de nos chars. Maria se tenait un peu à l'écart, on aurait cru qu'elle avait peur. Je me suis approché et lui ai demandé son nom. Elle n'a pas répondu : pensant qu'elle ne m'avait pas compris, j'ai pointé le doigt sur mon torse et j'ai dit « Ronsel » avant de pointer le doigt vers elle. Mais elle est restée là à me dévisager avec des yeux qui lui mangeaient la figure. À cet âge, les gamins doivent avoir leurs grosses joues de bébé, mais les siennes étaient creuses. Ce jour-là et le lendemain, je lui ai donné tout mon surplus de rations. Le troisième jour, elle m'a pris par la main et m'a emmené chez elle. Sam m'a accompagné. On se déplaçait toujours à deux, au cas où. Même si les Boches avaient capitulé, on pouvait encore s'attirer des ennuis dans certaines petites villes de Bavière – des soldats SS planqués dans une cave, ce type de pétard. Mais quand on est arrivés à leur maison, tout ce qu'on a trouvé, c'était Resl qui nous attendait avec de la soupe chaude et une miche de pain noir de la taille de ma main. On lui a remis nos rations et on lui a dit qu'on n'avait pas faim, mais elle a continué à pousser la nourriture vers nous. Voyant que notre refus la blessait, on en a finalement pris un peu. La soupe se résumait à de l'eau avec quelques patates et oignons à la nage, et on a failli se casser les dents sur le pain, mais on a fait des « mmm » et on lui a dit que c'était bon.

« *Gooot !* » elle a dit.

Puis, pour la première fois, elle a souri et j'en ai eu le souffle coupé. Resl avait ce genre de charme triste qui est encore plus charmant que le genre heureux. Il y a des femmes qui deviennent comme ça, les difficultés les élaguent jusqu'à ce qu'il ne leur reste plus que leur beauté. J'avais vu ça en Amérique aussi, parmi les miens, mais allez savoir pourquoi c'était différent ici, et pas seulement parce que c'était des visages de Blancs. J'avais devant moi une femme qui n'avait jamais manqué de quoi que ce soit dans la vie et voilà qu'elle se retrouvait subitement sans rien – sans mari, sans nourriture, sans espoir. Enfin, pas sans rien, elle avait sa fille et sa fierté, les deux choses pour lesquelles elle vivait.

L'anglais de Resl n'était pas terrible et, moi, je bredouillais à peine dix mots d'allemand, mais entre un homme et une femme qui se comprennent, c'est pas important. Jusque-là, j'avais évité les *Fräulein* – après ce que j'avais vu à Dachau, je ne voulais pas frayer avec elles –, mais des tas d'autres mecs avaient des petites amies allemandes. Jimmy s'était lié avec une pépée, même pas une *Fräulein*, une *Frau*, c'est-à-dire une madame avec un mari vivant. Il l'avait rencontrée à Bissingen, la première ville qu'on avait occupée après le cessez-le-feu, et quand on avait levé le camp pour aller à Teisendorf, elle l'avait suivi. Il y en avait beaucoup d'autres comme elle. Je m'étais demandé ce qui pouvait pousser une femme à vouloir agir ainsi, à vouloir quitter son mari pour se lier avec un homme de couleur qui avait détruit son pays et tué les siens. Mais quand j'ai connu Resl un peu plus, ça m'a aidé à mieux piger. Ce n'était pas seulement qu'elle n'avait pas eu d'homme pendant deux ans, et puis que moi j'avais déboulé et que je lui apportais à manger et tout ce qu'elle pouvait désirer d'autre. Ça entrait en ligne de compte, c'est sûr, mais il y avait plus que ça. Tous les deux, on avait quelque chose en commun : les siens étaient vaincus et méprisés, exactement comme les miens. Et, comme moi, Resl voulait désespérément être traitée en être humain.

Je passais tout mon temps libre chez elle. Avec l'argent et les provisions que je lui fournissais, elle préparait des boulettes de pâte, de la choucroute, du pain de seigle, avec des saucisses quand on réussissait à s'en procurer. Le soir, lorsqu'elle avait couché Maria, on s'installait sur le canapé, Resl et moi. Parfois, elle parlait en allemand d'une voix grave et triste – elle évoquait des trucs d'avant, à ce que je supposais. Parfois, je lui racontais le Delta : le ciel tellement vaste qu'il vous réduisait à un rien et, l'été, le duvet du coton qui déposait un épais manteau blanc partout dans la maison. Puis, au bout d'un moment, elle me tirait par la main et on montait à l'étage. J'avais connu pas mal de femmes désormais, sans me comporter en salaud comme certains mecs, et j'avais eu mon lot d'amourettes. Pourtant, j'avais jamais éprouvé ce que j'éprouvais la nuit avec Resl. Elle se donnait totalement à moi, sans rien garder pour elle, et il m'a pas fallu longtemps pour faire pareil. Quand j'étais de garde, j'arrêtais pas de penser à elle, et j'en suis arrivé au point que je sentais son odeur même quand on n'était pas ensemble. Une fois, dans le silence après, elle a posé la main sur mon torse et a murmuré « *Mein Mann* ». J'ai été content d'être son homme et je le lui ai dit, mais plus tard j'ai appris par Jimmy que ça voulait dire aussi « Mon mari ». Ça m'a tracassé pendant plusieurs jours, jusqu'à ce que je me force à regarder la vérité en face. Vu comment on était ensemble, on aurait vraiment dit qu'on était mari et femme.

Donc, en septembre, quand la plupart des autres mecs ont été libérés et sont repartis au pays, je me suis porté volontaire pour rester à Teisendorf. Des tas de bleus débarquaient des États-Unis pour remplacer les rembarqués et l'armée avait besoin d'hommes aguerris pour les mettre au courant. Jimmy et Sam m'ont dit que j'étais fou de rester, mais je ne supportais pas de quitter Resl. La première fois où j'ai jamais menti à ma maman et à mon papa, ça a été quand je leur ai écrit que l'armée était pas encore prête à me libérer. Ça ne m'a pas plu, mais papa n'aurait pas compris. Que j'aime une femme blanche, à la longue il aurait peut-être pu s'y faire, encore qu'il m'aurait dit que j'étais un sacré idiot. Mais que je ne saute pas sur la première occasion de rentrer – ça, il aurait jamais compris, même s'il avait eu un siècle pour y réfléchir.

Malheureusement, en mars l'armée m'a donné à choisir : soit je rempilais soit je rembarquais pour les États-Unis. Je n'étais pas prêt à signer pour quatre années de plus comme soldat, alors je suis revenu à la vie civile. Beaucoup de larmes du coup, mais je n'avais pas le choix. Je ne pouvais pas rester en Allemagne et je ne pouvais pas emmener Resl et Maria avec moi, ça c'était foutrement sûr. Sur le bateau pour New York, je me suis dit que ça avait juste été une histoire comme ça, une idylle de guerre, qui n'avait jamais été destinée à durer, entre deux êtres humains qui n'avaient personne d'autre.

Jusqu'à cette fameuse nuit avec Josie, j'y ai même cru.

Florence

Tous les jours, je demandais à Dieu : « *Si Te plaît, renvoye-le-nous. Renvoye-le-nous entier et avec toute sa raison. Et si c'est trop Te demander, fais qui l'a toute sa raison, qui soye pas comme mon oncle Zeb qu'est revenu de la Grande Guerre avec tous ses membres mais plus de tête.* » Un matin, ma maman et moi, on était sorties dans la cour et on avait trouvé nos six poules bien alignées l'une à côté de l'autre, le cou tordu, et oncle Zeb dormant à poings fermés au bout de la file comme si qui l'était le numéro sept. Après quéques semaines, l'a disparu et on l'a plus jamais revu.

Quatre ans, j'a prié que mon fils i revienne. Les deux premières années, on l'a vu deux fois seulement, c'était quand l'était encore à l'instruction en Louisiane et au Texas. On espérait qui l'irait pas aux combats, mais à l'été 44 i l'ont envoyé là-bas en plein milieu de la guerre. De temps en temps, i avait un article sur son régiment dans le *AFRO American* et Hap me le lisait à voix haute. Naturellement, quand on finissait par mettre la main sur l'article, l'était déjà vieux d'un mois ou plus et i avait longtemps que Ronsel avait quitté l'endroit sur quoi i zavaient écrit. Pareil pour ses lettres, leur fallait une éternité pour arriver. Quand on en avait une, je la serrais dans ma main et je me demandais si l'était blessé, si i gisait quéque part en train de saigner ou si l'était mort là maintenant, mais les signes sur le papier me disaient pas. Et quand la guerre s'est finie et qui l'est pas revenu, les signes m'ont pas plus espliqué pourquoi. Ronsel me tarabustait toujours pour que j'apprenne à lire, mais moi je vois pas l'intérêt. Une écriture sur un papier, c'est pas la chair et le sang sous votre toit.

Mais un vieux dicton dit : *Attention à ce que tu souhaites, tu pourrais bien l'avoir*. Dieu a répondu à toutes mes prières. L'a renvoyé mon fils sain et sauf, et avec assez d'argent aussi pour un nouveau mulet. On est revenus à une part d'un quart de notre récolte et j'a tenu de nouveau la maison à mam McAllan pendant que Lilly May restait chez nous pour s'occuper de son père. (Bon, j'avais pas vraiment prié pour tenir la maison à Laura McAllan, mais c'est sûr que l'argent m'arrangeait drôlement.) Hap circulait bien avec ses béquilles, i recommençait à prêcher le dimanche et repensait à ses vieux rêves, parlait d'avoir un deuxième mulet, de prendre plus de surfaces à cultiver et d'épargner pour s'acheter des terres à nous. Marlon et Ruel étaient très heureux d'avoir retrouvé leur grand frère. I le suivaient comme des toutous, le harcelaient pour qui raconte des histoires sur les endroits qui l'avait vus et les batailles qui l'avait vécues. Oh, oui, tous nos vœux étaient exaucés, tous grâce à Ronsel, mais les siens non.

Ce qui voulait, c'était repartir. L'a jamais dit – j'a pas appris à mes enfants à pleurnicher –, mais, du jour qui l'est rentré, j'a bien vu qui l'était pas heureux. Au début, j'a pensé qui l'était jusse fâché rapport à cette vilaine affaire chez Tricklebank avec le vieux misteur McAllan et ces autres mauvais drôles de Blancs. M'a dit qui l'avait été parti longtemps et qui l'avait jusse besoin de se rhabituer, mais c'est pas arrivé. L'était nerveux et grognon et i remuait et gémissait dans son sommeil. Quand i travaillait pas aux champs, l'écrivait des lettres à ses amis de l'armée ou bien i s'assoyait sur les marches du porche à regarder dans le vide. Aux repas, i parlait pas, à l'église, i blaguait pas les filles. C'est ça surtout qui m'a tracassée. Quel homme veut pas les bras d'une femme après qui l'a combattu à la guerre ?

Une partie de lui continuait à combattre, je le savais à ce qui disait dans son sommeil. J'a pensé qui l'avait vu des choses rudement terribles là-bas et qui l'en avait fait même, des choses qui l'acceptait pas facilement. Mais je savais aussi que c'était pas seulement la guerre qui le tourmentait. C'était le Delta qui l'étouffait et lui volait sa vie. Et nous pareil à cause qu'on voulait qui reste.

Pour Hap, tout ça, c'était des bêtises. D'après lui, je m'inquiétais trop pour Ronsel, et depuis toujours. C'était peut-ête vrai, peut-ête pas, mais je connaissais mon fils et ça i ressemblait pas d'ête tellement silencieux. Quatre de mes cinq enfants sont venus au monde tranquilles, mais pas Ronsel. Quand je le portais dans mon ventre, i gigotait toute la journée et i donnait des coups de pied toute la nuit. Ma tante Sarah, c'est elle qui m'a montré à faire la sage-femme, l'a dit que cette agitation c'était bon signe, c'était la preuve que le bébé se portait bien.

« Bon, j'i a dit, je suis rudement contente qui en ait un qui se sente bien rapport que je suis carrément éreintée. »

Puis quand je suis entrée en travail, Ronsel a décidé qui descendrait pas. Ça m'a duré trente-deux heures avec lui. I m'a comme déchirée en deux en sortant et quand enfin l'est arrivé l'a failli nous crever les tympans avec ses braillements. Tante Sarah a même pas eu à le mettre la tête en bas et à le tapoter, ses poumons savaient déjà quoi faire.

Après, j'a pensé que j'allais me retrouver avec un petit diable sur les bras, mais Ronsel était adorable comme tout. Et costaud en plus. L'avait pas un an qu'il marchait. Je l'assoyais sur une paillasse au bout du rang que je cueillais, et voilà qui s'amenait en trottinant pour prendre le sein. L'était toujours à gazouiller et à chanter tout seul. Son premier mot a été *Ha !*, i le répétait cinquante fois par jour en montrant son pied, un nuage, un charançon à coton, n'importe quelle bricole qui attirait son attention. À trois ans, l'avait un sacré caquet, voulait tout savoir sur tout. Venue l'heure d'aller en classe, l'était toujours impatient di aller et pendant les semailles et la cueillette, quand l'école était fermée, i se promenait toujours avec l'air malheureux. Une fois qui l'a fini le grade 8 au lycée, son professeur est venu me voir, l'a dit que Ronsel avait un don. Bon, elle me disait rien de nouveau. L'a dit que si on le laissait venir l'après-midi, elle continuerait à i donner des cours. J'a eu une dispute pour ça avec Hap, i voulait que Ronsel l'aide à plein temps aux champs. Mais j'a tenu bon, j'a espliqué à Hap qui fallait qu'on laisse notre fils se servir de tout ce que le Seigneur avait jugé bon di offrir, pas seulement la force à son dos et à ses bras.

« T'es sûr que c'est ce que tu veux ? Hap a demandé.

— Oui, papa.

— Faudra quand même que tu m'aides jusqu'à deux heures tous les jours et que tu fasses toutes tes corvées en plus. Ça te laissera pas de temps pour la pêche ou la rigolade.

— Ça m'est égal », a répondu Ronsel.

Hap a jusse hoché la tête et l'a laissé filer. Et quand la guerre a éclaté et que Ronsel a voulu à tout prix s'engager dans l'armée des Blancs, Hap a pas compris non plus, mais i l'a laissé.

Quand je regardais mes enfants, je nous voyais, Hap et moi, dans chacun d'eux. Et j'aimais mon mari et moi aussi, et donc j'aimais nos enfants. Mais quand je regardais Ronsel, je voyais quéque chose en plus, quéque chose que Hap et moi on avait pas pu i donner parce que, ça, on l'avait pas. Un éclat tellement brillant qui vous blessait les yeux des fois, mais qui fallait quand même regarder.

J'aimais tous mes enfants, mais c'était Ronsel que j'aimais le plus. Si c'était un péché, j'étais sûre que Dieu me pardonnerait, vu déjà que c'était Lui qu'avait battu les cartes.

Laura

Le coton a fleuri à la fin du mois de mai. C'était magique, on se serait crus entourés de milliers de petites fées blanches miroitant sous le soleil. Quelques jours plus tard, les fleurs ont viré au rose, puis sont tombées en laissant place à des capsules vertes pas plus grosses que le bout de mon doigt. Elles allaient grossir au cours de l'été et exploser en août. Pour ma part, mon terme se situerait autour du nouvel an. J'avais commencé à avoir des nausées matinales début mai, donc je présumais que j'étais enceinte de deux mois.

Je voulais en être certaine avant d'en parler à Henry. Il n'y avait pas d'obstétricien à Marietta, et encore moins d'hôpital ; la plupart des femmes accouchaient chez elles avec Doc Turpin. Je comptais faire l'impossible pour ne pas en passer par là. Je m'apprêtais à demander à Eboline le nom de son médecin à Greenville quand Pearce m'a invitée à assister fin juin à la confirmation de Lucy à l'église épiscopale du Calvaire. Ça tombait à pic. Lucy était non seulement ma nièce, mais aussi ma filleule ; il fallait donc que j'y aille. Et je profiterais de mon séjour à Memphis pour consulter mon vieil obstétricien, le Dr Brownlee.

Henry ne pouvait prendre le temps de nous accompagner, mais il a accepté de nous laisser partir, les filles et moi, une semaine. Sept jours dans le monde civilisé ! Sept jours sans boue, sans latrines et sans Pappy. C'était une perspective grisante. Je prendrais un bain chaud tous les jours, deux fois par jour si ça me chantait. Je téléphonerais à des amis, l'après-midi je m'offrirais un thé au Peabody et j'irais voir les Renoir au musée. Peut-être même que je passerais des nuits à lire au lit à la lumière d'une lampe qui ne vacillerait pas.

Henry nous a emmenées à la gare. Il a conduit à son allure plan-plan en ralentissant souvent pour regarder les fermes que nous dépassions, et comparer leurs champs de coton, de soja et de maïs avec les nôtres. Je mourais d'envie de lui demander d'accélérer car sinon il risquait de nous faire rater le train, mais je savais que c'était plus fort que lui. Henry ne s'est jamais trop soucié des paysages naturels. Les forêts ne le touchent pas, ni les montagnes, ni même la mer, mais montrez-lui une exploitation tirée au cordeau et l'enthousiasme lui coupera le souffle.

On est arrivés à la gare avec dix petites minutes d'avance. Henry a embrassé les filles et leur a fait promettre solennellement d'être gentilles et de m'obéir. Puis il s'est tourné vers moi. « Tu vas me manquer », a-t-il déclaré. Le temps, et le fait de constater au quotidien que son coton poussait bien l'avaient considérablement dégelé, même s'il gardait encore quelques susceptibilités pour ce qui concernait son autorité et n'avait repris nos rapports intimes que la semaine précédente.

« Qu'est-ce que je regrette que tu ne puisses pas venir avec nous », lui ai-je glissé.

Je n'avais pas plus tôt prononcé ces mots que je me suis rendu compte que c'était un mensonge. Je rêvais d'un peu de temps loin de Pappy et de la ferme, mais de lui aussi. Je me suis demandé s'il soupçonnait mes sentiments.

« Tu sais que je ne peux pas m'absenter aussi longtemps, pas en cette saison, m'a-t-il répondu. Et puis, vous vous amuserez davantage sans moi, les filles et toi.

— Je t'écrirai tous les jours. »

Il s'est penché et m'a embrassée.

« Tu veilles à revenir, d'accord ? Je ne pourrais pas me passer de toi. »

Il m'a lancé ça d'un ton léger, en souriant, mais il m'a semblé déceler un vague soupçon d'inquiétude dans ses paroles. Du coup, j'ai éprouvé une pointe de culpabilité, mais pas assez pour me faire dire : *Finalement, je ne pars pas, pas sans toi.*

Le trajet m'a paru interminable. Il faisait une chaleur suffocante, et les nuages de suie qui entraient par les vitres baissées m'ont valu des nausées. Mais pour les enfants, qui n'étaient encore jamais montées dans un train, c'était une merveilleuse aventure. Mes parents nous ont accueillies à l'arrivée, papa en nous serrant très fort dans ses bras et maman avec – c'était à prévoir – des torrents de larmes.

Quel bonheur, après cinq mois d'exil, de me retrouver de nouveau parmi les miens ! D'aller à l'église et d'entendre les voix de ma famille, jeunes, vieux et moins vieux, s'élever autour de moi. D'être assise entre mes sœurs, sur la balancelle en osier d'Etta, et de déguster un thé glacé pendant que les enfants couraient après les lucioles dans le crépuscule qui tombait lentement. Et surtout, après confirmation du Dr Brownlee, de partager ma bonne nouvelle avec eux tous et d'être l'objet de leurs tendres attentions. À n'importe quel autre moment, peut-être que je me serais bouclée dans ma chambre de jeune fille et que j'aurais jeté la clé de la pièce plutôt que de retourner à La Bourbière, mais il a suffi de quelques jours pour que je commence à me languir d'Henry : du grognement qu'il poussait quand il casait sa silhouette pesante sur le matelas la nuit à côté de moi ; de la pression lourde et moite de son bras en travers de ma taille ; de sa respiration rauque alors que je sombrais dans le sommeil. Je ne me suis jamais sentie autant amoureuse de mon mari que lorsque j'ai porté ses enfants. *Pour moi, c'est l'œuvre à Dieu* – voilà ce que Florence aurait dit.

La veille de notre retour, j'allais éteindre ma lampe de chevet quand des ongles ont pianoté gentiment contre ma porte. Ma mère est entrée et s'est assise sur le bord de mon lit, accompagnée des effluves familiers de *Shalimar*. C'était le parfum préféré de papa et elle ne mettait jamais rien d'autre, de même qu'elle ne se coupait pas les cheveux parce qu'il les aimait longs. Dans la journée, elle les relevait en chignon, mais là ils étaient noués en une grande tresse argent qui lui pendait dans le dos, comme une jeune fille. Elle avait soixante et onze ans et, à mes yeux, elle était toujours aussi jolie. Et toujours aussi douée – travers exaspérant – pour les circonlocutions.

« Depuis quelque temps, je n'arrête pas de penser à ton frère.

— Pearce ? »

Pearce était celui de ses enfants pour lequel elle s'inquiétait le plus, parce qu'il était beaucoup trop sérieux et avait fait un mariage d'argent.

« Non, Teddy. »

Teddy était son chouchou, même si elle avait toujours vaillamment essayé de le cacher. Teddy était le chouchou de tout le monde. C'était un clown-né ; il n'avait pas peur du ridicule, et on l'aimait tous pour ça, même Pearce.

« Pourquoi ?

— J'avais à peu près ton âge quand je l'ai eu, tu sais. »

J'avais entendu cette histoire de nombreuses fois : comment elle était tombée enceinte à trente-huit ans, alors que le médecin lui avait recommandé d'éviter d'autres naissances. Comment ça avait été la grossesse la plus simple et l'accouchement le plus rapide qui soient.

« Le dernier bébé a été le plus facile à venir, ai-je dit, citant la phrase qui d'habitude lui servait de conclusion. J'espère que ce sera pareil pour moi.

— Sauf que Teddy n'a pas été le dernier bébé, a répliqué ma mère à mi-voix.

— Comment ça ?

— C'était des jumeaux. Sa petite sœur est arrivée, mort-née, dix minutes après lui. Elle pesait à peine quatre livres.

— Oh, maman ! Teddy est au courant ?

— Non, et ne va pas le lui dire, m'a-t-elle prévenue. Je ne veux pas que ça le hante comme ça m'a hantée. J'aurais dû écouter le médecin, il m'avait mise en garde contre une nouvelle grossesse. Pour lui, j'étais trop vieille, mon corps n'allait pas supporter cette épreuve, mais je me croyais plus forte. Et du coup, cette pauvre petite, ta sœur… »

Elle s'est interrompue et a baissé les yeux vers ses mains.

« C'est pour cette raison que tu me racontes ça ? Parce que tu as peur pour moi ? »

Elle a acquiescé.

« Mais maman, si tu n'étais pas retombée enceinte, tu n'aurais pas eu Teddy. Et comment on aurait fait sans lui ? Impossible. »

Elle m'a pressé vigoureusement la main.

« Veille bien à ne pas t'épuiser, m'a-t-elle conseillé. Laisse Henry et ta bonne de couleur se charger de ton travail, et si tu te sens fatiguée, repose-toi. Repose-toi même si tu n'es pas fatiguée, deux heures tous les après-midi. Promets-le-moi.

— D'accord, maman, je te le promets. Mais tu t'inquiètes inutilement. Ça se passera bien. »

Elle a tendu le bras et m'a caressé les cheveux exactement comme quand j'étais enfant. J'ai fermé les paupières et laissé le sommeil m'emporter ; je me sentais totalement en sécurité.

Le lendemain, je suis retournée à la ferme, sinon avec enthousiasme du moins de mon plein gré. Henry a été transporté par la bonne nouvelle.

« Cette fois, ce sera un garçon, a-t-il affirmé. J'ai un pressentiment. »

J'espérais que son pressentiment était juste. Bien sûr j'adorais mes filles, mais j'avais envie de connaître cet amour plus intense, moins compliqué, pas entaché de jugements et de comparaisons avec soi-même, que mes sœurs éprouvaient pour leurs fils et mes frères pour leurs filles.

« Eh ben, i a une chose sûre, a déclaré Florence le jour où je lui ai annoncé que j'attendais un bébé. Vous portez un enfant mâle, c'est certain.

— Qu'est-ce qui te fait dire ça ?

— Ça fait presque deux mois que j'le sais maintenant. Les signes, i sont tous là, aussi clairement que le nez sur vot' figure. »

Ignorant le sous-entendu selon lequel elle aurait su, avant moi, que j'étais enceinte, j'ai demandé :

« Quels signes ?

— Ben, vous avez eu pas beaucoup de nausées le matin, c'est déjà à ça qu'on reconnaît le garçon. Et vous avez plus envie de viande et de fromages que de sucreries.

— Mais depuis toujours !

— En plus, a-t-elle poursuivi en balayant mon objection d'une main autoritaire, les oreillers de vot' lit, i sont tournés vers le nord.

— Quelle différence ? »

Ses sourcils arqués m'ont envoyé un message clair : comment pouvais-je ignorer une vérité universelle ?

« Vous verrez, d'ici six mois. »

Entre nous, les choses étaient à peu près pareilles qu'avant, mais elle était nettement plus froide avec Pappy et, à un moindre degré, avec Henry. C'était à cause de l'incident avec Ronsel, je le savais. On n'avait pas beaucoup vu ce dernier depuis qu'il était venu présenter des excuses au vieux bonhomme et, dans son intérêt, j'en étais contente. Pappy et lui n'étaient pas comme l'eau et le feu, ils étaient comme l'huile et le feu. Mieux valait pour tout le monde qu'ils restent à bonne distance l'un de l'autre.

Malheureusement, je ne disposais pas d'une telle option face à mon beau-père. Je l'avais perpétuellement dans les jambes et il se montrait plus hargneux que jamais depuis qu'Henry l'obligeait à nous aider à la maison, Florence et moi. Henry me protégeait toujours quand j'étais enceinte, mais cette fois il était littéralement intraitable : je ne devais sous aucun prétexte me fatiguer. Florence ne pouvant assumer qu'un certain nombre de corvées dans une journée, c'était donc à Pappy de prêter main-forte pour porter, traire et baratter entre autres.

« On pourrait penser qu'un homme, dans ses vieux jours, aurait le droit de profiter des fruits de son labeur. On pourrait penser que sa famille le mettrait pas à turbiner comme un nègre.

— Ce n'est que pour un petit moment, Pappy, disais-je. Juste pour nous assurer que vous aurez un petit-enfant en bonne santé. »

Il ricanait.

« C'est tout ce qui me faut. Une autre petite-fille. »

Juillet passait à la vitesse de l'éclair. La chaleur augmentait et le coton poussait. Mon état ne se voyait pas encore beaucoup, mais je sentais le bébé bouger en moi, minuscule étincelle que j'incitais à grandir sainement à force de prières et d'exhortations chuchotées. Ma grossesse avait fini de nous réconcilier, Henry et moi, elle avait éteint notre colère et nous avait réunis. On a commencé à discuter de ce qu'on ferait une fois que le bébé serait là. Il n'était pas question qu'on reste à la ferme avec un nourrisson. Henry m'a promis qu'on chercherait une maison à louer dès les récoltes rentrées. Si nécessaire, m'a-t-il affirmé, on habiterait dans une des villes voisines, Tchula ou Belzoni, même si ça impliquait un plus long trajet pour lui. Grisée par la perspective de réintégrer une vraie maison, je me suis mise à éprouver une forme de nostalgie mélancolique pour La Bourbière – maintenant que je savais que j'allais la quitter – et même à apprécier, à l'occasion, ses charmes rustiques.

C'est durant une de ces journées de la fin juillet, un samedi d'une douceur inhabituelle, que le malheur a frappé. Comme à chaque drame, Henry était absent. Pappy et lui étaient partis à Lake Village afin de voir à acheter des cochons, si bien que j'étais seule avec les filles. Elles faisaient des pâtés de boue à côté de la pompe à eau, et moi j'étais assise sous le chêne à raccommoder une des chemises d'Henry. Une brise agréable soufflait et il flottait dans l'air une écœurante odeur de pesticide ; les avions d'épandage étaient passés le matin même. Sans doute m'étais-je endormie, parce que je n'ai pas vu Vera Atwood entrer dans la cour. C'est sa voix forte et stridente de gamine qui m'a réveillée.

« Elle est où vot' maman ? Elle est où ?

— Je suis là, Vera. »

Elle s'est retournée avec brusquerie et m'a regardée. Elle haletait, avec un sifflement aigu à chacune de ses inspirations, et sa robe était trempée de sueur. Apparemment, elle était venue de chez elle en courant tout du long.

« Qu'est-ce qu'il y a ?

— Faut que vous m'emmeniez en ville. Je vais tuer Carl. »

C'est là que j'ai vu le couteau de boucher dans sa main. J'ai éprouvé une bouffée de peur à l'état pur. Les filles n'étaient qu'à quelques mètres d'elle. Je me suis levée et j'ai dit :

« Venez ici, Vera. Venez ici et racontez-moi ce qui s'est passé. »

Elle s'est approchée en chancelant un peu. Les filles lui ont emboîté le pas, mais je les ai chassées d'un geste. Amanda Leigh a pris sa sœur par la main et l'a retenue.

« I commence à s'en prendre à Alma.

— Que voulez-vous dire ?

— I commence à s'en prendre à elle jusse comme i l'a fait avec Renie. Faut que je l'arrête. Faut que vous m'emmeniez.

— Il la bat ?

— Non. »

Quand j'ai compris le sens de ses paroles, mon corps s'est glacé malgré la chaleur. Renie était l'aînée des filles Atwood, celle dont Florence avait mis le bébé au monde en février, deux mois avant celui de Vera. Les deux nourrissons étaient morts peu après leur naissance - mort subite, m'avait confié Florence.

« L'aura pas aussi Alma, faudra d'abord qui me hache menu menu, a confirmé Vera.

— Où est-il ?

— L'est descendu en ville acheter des cartouches de fusil. I dit qui va l'emmener à la chasse cet après-midi. »

Continue à la faire parler, me suis-je dit. Henry et Pappy allaient rentrer d'une minute à l'autre.

« À la chasse ?

— C'est comme ça qui l'a commencé avec Renie, en l'emmenant dans les bois avec lui.

— Comment pouvez-vous en être sûre ? Qu'il… ?

— Renie a rien voulu manger de ce qui zont rapporté. Daim, lièvre, écureuil - ça i était égal, elle refusait d'y toucher. Disait qu'elle avait pas faim. Mais Carl, l'avait faim, lui, ça c'est sûr. L'était assis là à enfourner la nourriture comme si qui l'avait rien avalé depuis une semaine, i rongeait les os et clamait qui i a rien de meilleur que la viande qu'on a chassée et abattue soi-même. "Pas vrai, Renie ?", i lui disait. Et elle assise là, maigre comme un coucou, elle fixait les plats comme si i grouillaient d'asticots. »

Vera se balançait d'avant en arrière sur ses pieds nus, et le couteau ballottait le long de son corps. Elle avait la tête penchée, les yeux dilatés et perdus dans le vide. Elle ressemblait à une femme que j'avais vue un jour dans une foire lors d'une démonstration d'hypnose.

Continue à la faire parler.

« Vous lui avez dit quelque chose à ce sujet ?

— Non. L'aurait nié et c'est tout. Quand ça a commencé à se voir pour Renie, j'i ai demandé qui avait fait ça, mais elle a refusé de parler, même quand j'i suis tombée dessus avec la baguette. L'est restée très calme et a encaissé comme si qu'elle méritait le fouet. Là, j'ai compris mais je voulais pas savoir. Je me suis dit que si c'était un garçon, alors non, mais que si c'était une fille, alors oui, que ce serait la preuve parce que Carl i fait que des filles. Et quand le bébé est sorti et que j'ai vu ses parties, j'ai su que c'était de lui. »

J'ai jeté un coup d'œil furtif vers Amanda Leigh et Isabelle. Leurs robes à carreaux étaient constellées de boue. Une traînée brunâtre barrait le front d'Isabelle, à l'endroit où elle rejetait sa frange en arrière, et elle nous observait en suçant son pouce.

« Regardez-moi », a exigé Vera.

J'ai obéi instantanément.

« Regardez-moi bien, a-t-elle insisté.

— Je vous regarde, Vera. Je vous vois.

— Quelques jours après la naissance, je suis allée dans la chambre et j'ai trouvé Carl avec le bébé dans les bras. L'avait le doigt enfoncé dans sa bouche, la petite le tétait et Renie, allongée, les regardait. C'est là que j'ai décidé de le faire.

— Quoi ? » ai-je bredouillé.

Mais je savais.

« J'ai attendu qui dorment tous cette nuit-là. Et pis j'ai pris un oreiller et je t'ai expédié cette petite là où i pourra plus i mettre la main dessus, comme j'ai pas fait pour Renie dans le temps.

— Et votre bébé à vous ? »

Son visage s'est déformé, puis elle s'est retrouvée juste à côté de moi, et le couteau m'a effleuré le cou. J'ai entendu mon cœur battre la chamade.

« I faut que vous m'emmeniez en ville. Maintenant », a-t-elle déclaré.

Son haleine sentait les dents cariées. Luttant contre la nausée, j'ai dit :

« Vera, écoutez-moi. Mon mari va bientôt revenir. Quand il sera là, on lui parlera. Henry saura quoi faire.

— Non, je peux pas attendre. Faut qu'on y aille maintenant. Venez. »

Elle m'a tirée brutalement par le bras et m'a entraînée vers le pick-up, mais la clé n'était pas dessus ; elle était accrochée à un clou à côté de la porte principale. Amanda Leigh et Isabelle nous regardaient avec de grands yeux effrayés. Qu'allais-je faire d'elles ? Je ne pouvais pas les laisser seules à la ferme – elles étaient trop petites, il pouvait leur arriver n'importe quoi. Mais comment les emmener avec nous ? J'avais l'impression que Vera ne leur ferait pas de mal, mais compte tenu de son état de surexcitation, je n'aurais pu le garantir. J'ai vu les lèvres rouges de Carl pressées sur celles d'Alma. J'ai vu Vera assise à côté de mes enfants dans le pick-up, le couteau de boucher à la main.

« Je ne peux pas, Vera.

— Pourquoi ?

— Henry ne me laisse pas conduire le pick-up. Je ne sais même pas trop où il range la clé.

— Vous mentez.

— Je vous jure que c'est vrai. La seule fois où j'ai essayé de le prendre, je l'ai presque embouti. Vous voyez ce gros creux là, sur le pare-chocs avant ? C'est moi. Henry était tellement fâché qu'il a confisqué la clé. »

Vera m'a attrapée rudement par l'épaule. Elle avait les yeux exorbités et les pupilles dilatées alors qu'on était en plein jour.

« Faut que je l'arrête ! s'est-elle écriée en me secouant. Faut que vous m'aidiez à l'arrêter ! »

Une nouvelle nausée m'a secouée et je me suis effondrée sous sa poigne.

« Vera, je ne peux pas. Je n'ai pas la clé. À ce que je sais, Henry l'a emportée. »

Elle m'a relâchée et mes jambes ont fléchi. Elle a rejeté la tête en arrière et a poussé un cri déchirant. Il exprimait un désespoir tel que j'ai dû me raisonner pour ne pas courir chercher la clé.

« Maman ? »

La voix d'Amanda Leigh, étranglée par la peur. J'ai jeté un coup d'œil vers les filles, puis vers Vera. J'ai vu la folie déserter son visage.

« I a rien à craindre, a-t-elle lancé aux enfants. Je vais pas vous faire du mal, ni à vous ni à votre maman. »

Elle s'est tournée vers moi. Ses yeux étaient sereins et effrayants.

« Maintenant j'i vais.

— Je parlerai à Henry dès qu'il sera rentré. Il vous aidera, je vous le promets.

— I sera trop tard.

— Vera...

— Prenez bien soin de vos petites », a-t-elle ajouté.

Elle s'est engagée sur la route de la ville, elle avançait à grandes foulées régulières et le couteau étincelait au soleil. C'est quand les filles se sont précipitées sur moi que j'ai ressenti la première contraction – parodie des douleurs de l'accouchement. Je suis tombée à genoux et j'ai pressé mes mains contre mon ventre.

« Qu'est-ce qu'il y a, maman ? a bredouillé Amanda Leigh.

— Il faut que tu sois une grande fille et que tu coures chercher Florence. Tu sais aller chez elle ? »

Elle a acquiescé d'un air grave.

« Va, dépêche-toi. Cours aussi vite que tu peux. »

Elle a filé. J'ai senti une nouvelle contraction, comme si une main s'était refermée sur mes entrailles et les serrait méchamment, puis quelque chose de mouillé entre mes jambes. Isabelle se cramponnait à moi en sanglotant. Couchée à même la terre, j'ai lové mon corps autour du sien, et l'ai laissée pleurer pour nous deux et pour l'enfant qui ne serait jamais son frère.

On a retrouvé le cadavre de Carl sur la route, à mi-chemin entre la ferme et la ville. Vera lui avait porté dix-sept coups de couteau, puis elle avait continué jusqu'à Marietta et s'était rendue au shérif Tacker. Rose et Bill l'avaient vue descendre la grand-rue. Ils ont dit qu'elle était couverte de sang, comme si elle s'était baignée dedans.

J'ai appris ces détails plus tard. Sur le moment, j'étais trop prise par ma propre souffrance pour me soucier de celle d'autrui. Je dormais autant d'heures que mon corps me le permettait, me réveillant à contrecœur et gardant la tête obstinément tournée vers le mur. Je ne me levais que pour aller aux latrines. Florence me soignait, me poussait gentiment à manger et m'aidait à enfiler mes chemises de nuit propres. Les filles m'apportaient des cadeaux : des fleurs des champs, des dessins qu'elles avaient faits, une peau de crotale moucheté devant laquelle j'ai feint de m'extasier, alors qu'elle me répugnait. Rose est venue me voir à deux reprises et m'a donné des nouvelles de la ville entre divers raclements de gorge gênés. Henry essayait de me réconforter la nuit dans notre lit, mais je demeurais raide comme un piquet et, au bout de quelques jours, il est resté de son côté.

Une semaine a passé ainsi, puis deux. Les enfants ont commencé à pleurnicher et la compassion d'Henry s'est muée en impatience.

« Qu'est-ce qui ne va pas avec elle ? l'ai-je surpris à demander à Florence. Pourquoi est-ce qu'elle ne se lève pas ?

— Faut que vous i donniez le temps, misteur McAllan. Ce bébé l'a laissé un vide qui est pas encore comblé. »

Mais là-dessus Florence se trompait. Ce vide avait été comblé – il était même près de déborder – par la colère contre Vera et Carl, contre Henry et Dieu, et surtout contre moi-même. Elle flambait en moi, et je la nourrissais comme j'avais nourri le bébé en l'alimentant à coups de si et de récriminations. Si ça n'avait pas été le jour de congé de Florence. Si Henry ne m'avait pas laissée seule avec les filles. Si déjà il ne m'avait pas amenée dans cet endroit désolé. Si seulement je l'avais écouté quand il avait affirmé que, dans une ferme, il n'y avait pas de place pour la pitié. Je me repassais cette phrase en boucle, telle une fugue, je m'en flagellais. En repensant à la tête d'Henry quand à son retour il m'avait trouvée au lit, vidée de notre enfant ; à la manière dont il avait contrôlé ses traits et remballé son chagrin afin que je ne le voie pas, que je n'en sois pas blessée, et ne m'avait montré que sa tendresse. Sa tendresse envers moi, la femme qui, par son entêtement stupide, venait de perdre son bébé. Oui, je savais que les fausses couches étaient fréquentes, surtout chez des femmes de mon âge, néanmoins je ne parvenais pas à me défaire de l'idée que la tension suscitée par la violence de Vera avait provoqué la mienne ; que si j'avais laissé Henry renvoyer les Atwood comme il l'avait d'abord envisagé, je n'aurais pas perdu le bébé. C'était un garçon, ainsi qu'on l'avait espéré. Florence ne me l'avait pas dit et n'avait pas voulu que je regarde, mais je l'avais lu sur sa figure et sur celle d'Henry.

J'ai repris ma vie environ trois semaines après la fausse couche, un lundi. Il n'y a eu ni fanfare, ni scène entre Henry et moi, ni entre Florence et moi, durant laquelle on m'aurait chapitrée sur mes responsabilités et tirée de mon lit de malade, battant des bras et maudissant mon entourage. Je me suis simplement levée et remise à l'ouvrage. J'ai lavé mon corps qui sentait l'aigre, peigné mes cheveux, enfilé une robe propre et réintégré mes rôles d'épouse et de mère, sans toutefois les habiter vraiment. Au bout d'un moment, je me suis rendu compte que ce n'était pas nécessaire. Tant que je faisais ce qu'on attendait de moi – préparer les repas, guérir égratignures et coupures avec des baisers, accepter les attentions nocturnes renouvelées d'Henry –, ma famille était contente. Je les ai détestés pour ça, un peu. Parfois, aux petites heures de la nuit, je m'éveillais dans la chaleur étouffante, la peau d'Henry brûlante comme un fer rouge contre la mienne, et je me voyais me lever, m'habiller à la va-vite, entrer dans la chambre des filles, effleurer leur front d'un baiser, puis attraper la clé de la voiture au clou à côté de la porte, traverser la cour boueuse, monter dans la DeSoto et m'en aller – je descendais le chemin de terre, traversais le pont, roulais jusqu'à la route de gravier, jusqu'à la grand-route, puis tout droit vers l'est jusqu'à ce que la route se perde dans le sable. Il y avait si longtemps que je n'avais pas senti l'océan, que je ne m'étais pas immergée dans ce bleu-vert rafraîchissant.

Bien entendu, je n'ai pas obéi à cette impulsion. Mais il m'arrive de me demander si je n'aurais pas fini par le faire, une semaine ou un mois plus tard, si Jamie n'était pas venu vivre avec nous.

Nous ne l'attendions pas ; la dernière fois que nous avions eu de ses nouvelles, il était à Rome. On avait reçu une carte en mai avec une photo du Colisée devant et, au dos, un message gribouillé à la hâte comme quoi les Italiennes étaient presque aussi belles que les filles du Sud. Ça m'avait fait sourire, mais pas Henry.

« Ce n'est pas normal, avait-il déclaré, que Jamie se balade partout et qu'il ne rentre pas.

— Je sais que tu as du mal à y croire, mais tout le monde ne se languit pas de retrouver le fin fond du Mississippi. En plus, il est jeune, sans responsabilités. Pourquoi est-ce qu'il ne voyagerait pas s'il en a envie ?

— Moi, je te dis, ce n'est pas normal, avait répété Henry. Je connais mon frère. Quelque chose ne tourne pas rond. »

N'ayant pas envie d'y croire, je n'y ai pas cru. Impossible que quelque chose ne tourne pas rond chez Jamie.

Il est arrivé chez nous fin août, pendant les chaudes et lentes journées d'avant la cueillette. J'ai été la première à l'apercevoir : forme indistincte miroitant vaguement sous la chaleur, il remontait la route poussiéreuse à grandes enjambées, une valise à chaque main. Il portait un chapeau qui me cachait ses cheveux roux, mais, à sa façon de marcher – le dos et les épaules bien droits, les hanches absorbant chaque mouvement –, j'ai su que c'était lui. Une démarche de vedette de cinéma.

« Qui c'est ? » a grommelé Pappy, les yeux plissés au milieu du nuage de fumée dans lequel il baignait.

Nous étions assis sur le porche, moi en train de baratter le beurre et lui à ne rien faire, comme d'habitude. Les filles jouaient dans la cour. Henry était dans la grange, il donnait à manger au bétail.

En réponse à la question de Pappy, j'ai secoué la tête en feignant l'ignorance pour des raisons que je n'aurais pu expliquer, même à moi. À mesure que Jamie s'approchait, j'ai distingué des détails : lunettes de soleil d'aviateur, sombres taches ovales sur sa chemise blanche, au niveau des aisselles, pantalon trop large glissant sur ses hanches étroites. Il nous a aperçus et a brandi une des valises pour nous saluer.

« C'est Jamie ! » a crié Pappy en agitant sa canne à l'adresse de son fils.

Le vieux n'avait aucun problème avec ses jambes ; il était vif comme un renard. La canne ne servait que pour impressionner son monde, c'était un accessoire qu'il utilisait quand il voulait jouer les patriarches ou ne pas lever le petit doigt.

« Oui, je crois que vous avez raison.

— Ben, reste donc pas sur tes fesses, ma fille ! Va au-devant de lui ! »

J'ai ravalé une réplique acerbe – pour une fois, j'avais envie de lui obéir –, descendu les marches et traversé la cour. J'avais conscience – pénible sensation – de la sueur qui tachait ma robe, de ma peau halée par le soleil et de mes cheveux pas lavés. En passant les mains dedans, j'ai senti qu'ils accrochaient mes paumes calleuses. Des mains de paysanne, voilà ce que j'avais gagné.

J'étais à une trentaine de mètres de lui quand Pappy a beuglé :

« Henry ! Ton frère est rentré ! Henry ! »

Henry a émergé de la grange, il tenait un seau rempli d'aliments pour bétail.

« Quoi ? » a-t-il braillé.

Puis il a vu Jamie. Il a poussé un grand cri, lâché le seau et s'est mis à courir, et Jamie aussi. Avec sa mauvaise jambe, Henry avait une allure peu élégante, mais a priori ça lui était complètement égal. Il fonçait avec l'abandon joyeux d'un écolier. Je me suis rendu compte que je n'avais encore jamais vu mon mari courir et j'ai eu l'impression d'entrevoir une facette secrète de sa personnalité.

Ils étaient à trois mètres de moi quand ils se sont rejoints. Se sont flanqué des bourrades dans le dos, se sont reculés, se sont étudiés mutuellement : rituel. Je suis restée en dehors de ça et j'ai attendu.

« T'as l'air en forme, frangin, a déclaré Jamie. T'as toujours adoré le travail de la ferme.

— T'as une mine de déterré.

— Me ménage pas !

— Il faut que tu te remplumes, que ta figure prenne un peu du bon soleil du Mississippi.

— C'est pour ça que je suis là.

— Comment tu es arrivé jusqu'ici ?

— J'ai fait du stop depuis Greenville. J'ai rencontré un de tes voisins à l'épicerie de la ville. Il m'a déposé au pont.

— Pourquoi Eboline ne t'a pas amené ?

— Une des filles était mal fichue. Une migraine ou un truc dans ce goût-là. Eboline a dit qu'elles descendraient ce week-end.

— Je suis heureux que tu n'aies pas attendu. »

C'est là que Jamie s'est tourné vers moi, en me dévisageant à sa façon à lui – comme s'il me regardait vraiment et totalement. Il a tendu les mains.

« Laura. »

Je me suis avancée et l'ai serré dans mes bras. Il paraissait léger, sans substance, contre moi. Ses côtes pointaient comme les touches noires d'un piano. *Je pourrais le porter,* ai-je pensé, soudain saisie de ce désir pressant et irrationnel. Embarrassée, j'ai vite reculé. Consciente du regard dont il m'enveloppait.

« Bienvenue, Jamie. Ça fait plaisir de te revoir.

— Toi aussi, adorable belle-sœur. Alors, tu te plais ici, dans cette version du paradis selon Henry ? »

Le vieux m'a sauvée d'un mensonge.

« On pourrait penser qu'un fils aurait la décence de saluer son père, a-t-il beuglé du porche.

— Ah, la douce et chère voix de notre papa, a rétorqué Jamie. J'avais oublié combien elle me fait chaud au cœur. »

Henry s'est emparé d'une des valises de Jamie et nous nous sommes dirigés vers la maison.

« Je crois qu'il se sent seul, a-t-il expliqué. Maman et Greenville lui manquent.

— Ah, c'est son excuse maintenant ?

— Non, il ne se cherche pas d'excuses, tu le sais bien, a insisté Henry. Tu lui as manqué aussi, Jamie.

— Bien sûr. Et il a arrêté de fumer et milite pour la défense des droits civiques des Noirs. »

À cette remarque, j'ai éclaté de rire ; en revanche, Henry a répondu sérieusement.

« Je t'assure, je ne te raconte pas de bobards. Il ne l'admettrait jamais, pourtant c'est vrai.

— Si tu le dis, frangin, a répliqué Jamie en passant le bras autour de l'épaule de son frère. Je ne vais pas me disputer avec toi aujourd'hui. N'empêche, je dois dire que c'est drôlement chic de ta part de l'avoir recueilli et supporté tout ce temps. »

Henry a haussé les épaules.

« C'est notre père. »

J'ai éprouvé un frisson d'envie que j'ai vu reflété sur le visage de Jamie. Que les choses étaient simples pour Henry ! Que je regrettais parfois de ne pouvoir le rejoindre dans cet univers austère et carré où tout était soit bien soit mal et où il n'y avait aucun doute sur ce qui était quoi. Quel luxe inimaginable que de ne jamais avoir à batailler avec des peut-être ou des pourquoi, de ne jamais passer des nuits blanches à s'interroger sur des si.

Au dîner ce soir-là, Jamie nous a régalés d'histoires sur ses voyages à travers l'Europe. Il était monté jusqu'en Norvège au nord et descendu jusqu'au Portugal au sud, principalement en train mais parfois à vélo ou à pied. Il nous a raconté le ski dans les Alpes suisses : les montagnes y étaient si hautes que leurs sommets perçaient les nuages et la neige si épaisse et si molle que, quand on tombait dedans, on avait l'impression de s'enfoncer dans un lit de plumes. Il nous a entraînés vers les terrasses des cafés de Paris où des serveurs en chemise blanche amidonnée et tablier noir vous servaient des pâtisseries faites d'une centaine de couches de pâte superposées, toutes plus fines que l'ongle du doigt ; aux corridas de Barcelone où des milliers de spectateurs rugissants acclamaient les matadors comme des dieux ; au casino de Monaco où il avait gagné cent dollars sur une seule main et envoyé, grâce à ces gains, une bouteille de champagne à Rita Hayworth. Il donnait à tout cela un éclat merveilleux, mais je n'ai pu m'empêcher de remarquer combien il avait les traits tirés et combien il tremblait chaque fois qu'il allumait une de ses Lucky Strike. Il a peu mangé, préférant fumer une cigarette après l'autre jusqu'à ce que la pièce soit complètement enfumée et que les filles aient les yeux rouges et larmoyants. Pourtant, elles ne se sont pas plaintes. Elles étaient totalement sous le charme de leur oncle, surtout Isabelle, qui lui a lancé des œillades énamourées durant tout le repas et a demandé ensuite à s'asseoir sur ses genoux. Je ne l'avais encore jamais vue aussi subjuguée par quelqu'un.

Henry était le seul d'entre nous que les histoires de Jamie semblaient agacer. Je l'ai noté au pli entre ses sourcils, qui s'est creusé de plus en plus à mesure que la soirée avançait. Il a fini par lâcher :

« Et c'est ça que t'as fabriqué durant tout ce temps au lieu de rentrer ?

— J'avais besoin de souffler un peu.

— Pour jouer dans la neige et manger des pains fantaisie.

— Chacun guérit à sa façon, frangin. »

D'un geste, Henry a pointé l'aspect physique de Jamie.

« Eh bien, si c'est ce que tu appelles guérir, j'aimerais pas te voir souffrir. »

Jamie a soupiré et a passé la main sur sa figure. Les veines, sur le dos, saillaient comme des cordes bleues.

« T'as mal, oncle Jamie ? a demandé Isabelle, inquiète.

— Pendant la guerre, tout le monde a eu mal d'une façon ou d'une autre, ma petite Bella. Mais je vais remonter la pente. Tu sais ce que *Bella* veut dire ? »

Elle a fait non de la tête.

« Belle, en italien. Je pense que c'est comme ça que je vais t'appeler dorénavant. Ça te plairait, Bella ?

— Oui, oncle Jamie ! »

Je le guérirai, ai-je songé. Je lui cuisinerai des plats qui lui redonneront des forces, je lui jouerai de la musique pour l'apaiser, je lui raconterai des histoires pour le faire sourire. Non pas du sourire las qu'il affichait ce soir, mais du sourire radieux, insouciant qu'il m'avait lancé sur la piste de danse du Peabody Hotel tant d'années auparavant.

La guerre lui avait volé son éclat, mais j'allais l'aider à se retrouver.

Henry

La guerre a brisé mon frère – dans sa tête, là où personne ne pouvait rien remarquer. Ses reparties spirituelles, ses jeux de séduction avec Laura et les filles ne changeaient rien à la réalité. À la seconde où je l'ai vu, j'ai compris qu'il n'allait pas bien. Il était maigre et agité, et ses yeux reflétaient un vide que j'avais éprouvé moi aussi quand j'étais à l'armée. Je ne connaissais que trop bien le genre de visions qui leur venaient le soir quand il les fermait.

Pour commencer, Jamie était un écorché, il l'avait toujours été. Il courait perpétuellement après les compliments et se sentait blessé si on ne lui en faisait pas ou pas assez. Et puis il n'avait jamais eu conscience de sa valeur, pas dans ses tripes alors que c'est là qu'il faut qu'un homme la sente. C'était la faute de notre père. Il n'arrêtait pas de tailler Jamie menu pour essayer de le rabaisser. Pappy croyait berner son monde, mais moi je savais pourquoi il faisait ça. Il faisait ça parce qu'il aimait mon frère comme il n'avait jamais aimé personne d'autre dans sa vie, même pas maman, et il voulait que Jamie lui ressemble du tout au tout. Et quand Jamie ne pouvait ou ne voulait pas, c'est-à-dire la plupart du temps, Pappy le punissait. C'était pénible à voir, mais j'avais appris à ne pas me mettre au milieu. On avait tous appris, même maman. Défendre Jamie ne servait qu'à pousser Pappy à le harceler davantage.

Un jour que j'étais revenu à la maison pour Noël, Jamie devait avoir six ou sept ans, et qu'on rentrait du bois, on a délogé un mocassin à tête cuivrée sous la pile de bûches. J'ai attrapé la hache et je lui ai tranché la tête. Jamie a hurlé.

« Arrête de faire ta poule mouillée, a beuglé Pappy en lui flanquant une taloche sur le crâne. On croirait que j'ai trois filles et pas deux. »

Jamie a redressé les épaules et feint l'indifférence – il avait beau être tout petit, il était déjà doué pour la comédie –, mais j'ai bien vu à quel point il était blessé.

« Pourquoi tu fais ça ? ai-je demandé à Pappy une fois qu'on a été seuls.

— Fais quoi ?

— Le rabaisser comme ça.

— C'est pour son bien. À force de le chouchouter, toi, ta mère et tes sœurs, vous l'avez quasiment bousillé. Faut que quelqu'un l'endurcisse.

— Il va te haïr si tu fais pas attention. »

Pappy m'a lancé un regard méprisant.

« Quand i sera un homme, i comprendra. Et i me remerciera, tu verras. »

À sa mort, mon père attendait encore ces remerciements. Je n'éprouve aucune satisfaction à le dire.

Jamie ne m'a pas parlé de la guerre. Dans l'ensemble, les hommes qui sont allés au feu se taisent. Ce sont ceux qui ont bénéficié d'une affectation loin derrière les lignes de front qui veulent tout vous raconter et ceux qui n'ont jamais servi qui veulent savoir. Notre père n'a pas perdu de temps pour y aller avec ses questions. La première nuit de Jamie à la maison, dès Laura et les filles couchées, Pappy a démarré :

« Alors, ça fait quel effet d'être un grand héros ?

— Je saurais pas te dire », a répliqué Jamie.

Pappy a ricané.

« Me raconte pas d'histoires. I m'ont écrit pour tes baths de médailles. »

Les « baths de médailles » de Jamie comprenaient la Silver Star et la Distinguished Flying Cross, deux des plus hautes distinctions pour un aviateur. Il n'en avait jamais parlé dans ses lettres. Si l'armée n'en avait pas informé Pappy, nous ne l'aurions pas su.

« J'ai eu de la chance, a déclaré Jamie. Des tas de mecs n'en ont pas eu.

— Ça t'a rapporté pas mal de bons coups, je parie. »

Mon frère s'est contenté de hausser les épaules.

« Jamie n'a jamais eu besoin de médailles pour attirer les filles, me suis-je écrié.

— C'est ben vrai, bordel ! Pour ça, i me ressemble. J'avais pas deux sous en poche quand votre maman m'a épousé. La plus jolie fille de Greenville, l'aurait pu avoir n'importe quel bonhomme du patelin, mais c'était moi qu'elle voulait. »

À ma connaissance, c'était exact. En tout cas, maman n'avait jamais contredit la version paternelle des premiers temps où ils se fréquentaient. Je crois qu'ils se sont mariés pour leurs physiques, ou pratiquement.

« C'était pas la seule non plus, a poursuivi Pappy. Elles me couraient toutes après, pareil que toi, fiston. »

Jamie s'est tortillé sur sa chaise. Il détestait être comparé à notre père.

« Enfin, i a une chose sûre, a continué Pappy. Tu dois avoir zigouillé un sacré paquet de Boches pour avoir récolté toutes ces médailles. »

Jamie l'a ignoré et m'a regardé.

« T'as quelque chose à boire ?

— Je dois avoir du whisky quelque part.

— Ça fera très bien l'affaire. »

J'ai déniché la bouteille et servi deux doigts à la ronde. Jamie a vidé son verre et l'a rempli de nouveau, en se mettant double dose. Ça m'a étonné. Pour moi, mon frère n'avait jamais été un buveur.

« Alors ? a insisté Pappy. T'en as biffé combien ?

— Je ne sais pas.

— À vue de nez.

— Je ne sais pas. Quelle importance ?

— Un homme doit savoir combien d'hommes il a tués. »

Jamie a lampé une grosse rasade de son whisky, puis a affiché un sourire déplaisant.

« Je peux te dire un truc : plus d'un. »

Pappy a plissé les yeux et j'ai juré tout bas. En 34, alors qu'il travaillait encore pour les chemins de fer, Pappy avait tué un homme, un forçat échappé de Parchman qui avait tenté de dévaliser des passagers sous la menace d'un revolver. Pappy avait sorti son propre pistolet et l'avait abattu d'une balle dans l'œil. Une seule balle, tirée avec une précision de pro – enfin, à ce qu'il nous avait toujours raconté. Au fil des années, les éléments de l'histoire avaient contribué à l'édification d'un mythe. Les femmes et les enfants terrifiés, et le chef de train imperturbable qui n'avait jamais ressenti une once de peur. Les témoins qui applaudissaient alors qu'il évacuait le cadavre du train et le jetait aux pieds du shérif reconnaissant. L'exécution de ce forçat avait été le grand moment de la vie de notre père. Jamie savait pertinemment qu'il ne fallait pas dévaluer son geste.

« Ben, a répliqué Pappy avec un sourire narquois, moi, le mien, au moins, je l'a regardé en face avant de le flinguer. C'est pas comme être à un ou deux kilomètres en l'air et balancer des bombes sur les mecs en dessous. »

Jamie a serré les mâchoires et fixé son verre.

« Bon, il est temps d'aller au pieu, ai-je lancé. On démarre tôt demain.

— Je vais juste finir mon verre », a dit Jamie.

Pappy s'est levé en grognant et s'est saisi d'une des lanternes.

« Me réveille pas en rentrant », a-t-il demandé à Jamie.

Je suis resté assis avec mon frère en attendant qu'il finisse son whisky. Ça ne lui a pas pris longtemps, et après il a battu des cils en regardant la bouteille comme s'il en voulait encore. J'ai été la ranger dans le placard.

« Ce qu'il te faut, c'est une bonne nuit de sommeil, ai-je décrété. Allez viens, Laura a préparé ton lit. »

J'ai attrapé l'autre lanterne et l'ai accompagné à l'appentis. À la porte, je l'ai serré brièvement dans mes bras.

« Bon retour au pays, petit frère.

— Merci, Henry. Je vous suis reconnaissant, à toi et à Laura, de m'accueillir.

— Dis pas de bêtises. On est ta famille et, ici, c'est chez toi aussi longtemps que tu voudras, d'accord ?

— Je ne pourrai pas rester longtemps.

— Pourquoi ? T'as un autre endroit où aller ? »

Il a secoué la tête et a levé les yeux vers le ciel. C'était une nuit sans nuages, ce qui m'a réjoui. Je tenais à ce que le coton reste bien sec jusqu'à la fin de la cueillette. Après, il pourrait pleuvoir tant que ça voudrait.

« En réalité, on était plus proches des six kilomètres.

— De quoi tu parles ?

— De l'altitude à laquelle on lâchait les bombes.

— Comment tu peux voir quoi que ce soit de cette hauteur ?

— On voit plus qu'on n'imaginerait. Des routes, des villes, des usines. Il n'y a que les gens qu'on voit pas. Quand on est à six mille mètres, ce sont même pas des fourmis. »

Il a lâché un rire amer. On aurait juré notre père.

« Combien t'en as tué, Henry ? Pendant la Grande Guerre ?

— Je ne sais pas trop. Cinquante, peut-être soixante.

— C'est tout ?

— Je n'avais passé que six semaines en France quand j'ai été blessé. J'ai eu de la chance, j'imagine. »

Jamie est demeuré silencieux un long moment.

« Pappy a raison, a-t-il dit à la fin. Un homme devrait savoir. »

Il est rentré dans l'appentis, et après j'ai éteint la lanterne pour m'asseoir quelques minutes sur le porche et écouter les plants de coton bruisser sous le vent. Ce n'était pas seulement d'une bonne nuit de sommeil que Jamie avait besoin, ai-je songé. Il avait besoin d'un foyer à lui, d'une gentille fille du Sud pour lui donner des enfants et l'amener, à force de tendresse, à reprendre racine dans son sol natal. Tout cela viendrait en son temps, je n'en doutais pas. Mais pour l'instant il avait besoin de travailler dur pour extirper le poison qui baignait ses plaies. De travailler dur et de connaître des nuits paisibles au sein d'une famille aimante. Laura, les filles et moi, on allait lui offrir ça. On allait l'aider à se retaper.

Quand je me suis couché, j'ai cru qu'elle dormait, mais dès que j'ai été installé sous les couvertures, elle m'a demandé à mi-voix dans le noir :

« Combien de temps il compte rester ?

— Pas longtemps, à ce qu'il dit. Mais j'ai l'intention de le faire changer d'avis. »

Laura a poussé un soupir et j'ai senti son souffle chaud sur ma nuque.

La cueillette a commencé deux semaines plus tard. Les plants croulaient tant sous le poids des capsules qu'ils avaient du mal à tenir droit. Il devait bien y avoir une centaine de capsules par pied, grosses et distendues par le duvet. L'air saturé par l'odeur du coton vous picotait. En contemplant les champs, en respirant cette odeur poussiéreuse, j'ai éprouvé le sentiment que les choses étaient en ordre, sentiment que je n'avais pas connu depuis des années, que je n'avais peut-être jamais connu. C'était là mes terres, mes cultures que j'avais tirées du sol grâce à ma tête et à mon labeur. Pour un homme, il n'y a rien de plus satisfaisant comme constat.

J'avais engagé huit familles noires pour la cueillette, je n'avais pas pu en trouver plus. Orris Stokes avait dit vrai : il était difficile de recruter de la main-d'œuvre agricole, même si je ne comprendrai jamais que quelqu'un, Noir ou Blanc, puisse préférer la puanteur infernale d'une usine et l'épouvantable manque d'hygiène des taudis d'une métropole à la vie au soleil.

Chez Tricklebank, on ne parlait plus que de ces nouvelles machines à récolter que certaines grandes plantations utilisaient, mais même si j'avais eu les moyens d'en acheter une, je n'en aurais pas voulu. Pour moi, rien ne vaut un cueilleur noir. Rien ni personne ne peut mieux récolter le coton. On a inculqué l'art de la cueillette du coton au Noir du Sud et maintenant il a ça dans le sang. Il suffit d'observer les enfants de couleur aux champs. Ils sont hauts comme trois pommes que leurs doigts savent déjà ce qu'il faut faire. Bien sûr, la cueillette, c'est comme toutes les tâches qu'on peut leur confier : on a intérêt à les avoir à l'œil, à s'assurer qu'ils prennent bien le coton à la base, et qu'ils ne détachent pas la capsule et le duvet en douce pour augmenter le poids de leur travail. Portez tous ces débris à l'égrenage, et votre récolte sera dégradée illico. Tout cueilleur surpris à détacher la capsule avait sa paie réduite de moitié. Il ne leur a pas fallu longtemps pour cueillir proprement, vous pouvez me croire.

Jamie m'a été d'une grande aide. Il s'attaquait à toutes les tâches que je lui donnais, sans jamais se plaindre ni du boulot ni de la chaleur. Il se menait la vie dure, trop dure parfois, mais je n'ai pas essayé de le freiner. Question humeur, il avait des hauts et des bas. Ça allait bien pendant trois ou quatre jours, puis il faisait un de ces fichus cauchemars et nous réveillait tous avec ses hurlements. J'allais le calmer pendant que notre père pestait qu'il ne pouvait pas dormir. Pappy estimait que c'était une faiblesse de caractère, quelque chose auquel Jamie pouvait remédier s'il le voulait. J'ai essayé d'expliquer à Pappy comment c'était, en lui rappelant que j'avais eu ce même genre de cauchemars autrefois, alors que j'avais combattu beaucoup moins longtemps que Jamie.

« Ton frère, i doit s'endurcir, répétait Pappy. Tu me verrais pas trembloter et hurler comme une bonne femme. »

Le week-end, Jamie prenait la voiture et disparaissait une nuit entière, parfois deux. J'étais à peu près sûr qu'il descendait à Greenville boire et fricoter avec des filles faciles. Là non plus, je n'ai pas essayé de le freiner. À mon avis, il était assez grand pour savoir ce qu'il avait à faire. Il n'avait plus besoin que son grand frère lui dicte sa conduite.

Mais je me trompais. Un lundi, en octobre, j'étais sur le tracteur en train de récolter le restant de graines de soja dans le champ du sud quand j'ai aperçu le pick-up de Bill Tricklebank qui remontait la route comme une flèche. Jamie était parti depuis le samedi et je commençais à m'inquiéter. En voyant le pick-up de Bill, j'ai compris qu'il avait dû se passer quelque chose. On n'avait pas le téléphone, donc, quand les gens avaient besoin de nous joindre, ils appelaient chez Tricklebank.

Je suis descendu du tracteur et j'ai traversé le champ en courant. J'étais hors d'haleine quand je suis parvenu à la hauteur de Bill.

« Qu'est-ce qu'il y a ? Qu'est-ce qui ne va pas ?

— Le bureau du shérif de Greenville a téléphoné. Ton frère a été arrêté. Ils l'ont mis à la maison d'arrêt.

— Pourquoi ? »

Il a marmonné quelque chose en détournant la tête.

« Parle plus fort, Bill !

— Conduite en état d'ivresse. Il a percuté une vache.

— Une vache ?

— C'est ce qu'ils ont dit.

— Il est blessé ?

— Juste une bosse sur le crâne et quelques contusions, d'après le shérif adjoint. »

Le soulagement m'a submergé. J'ai agrippé Bill par l'épaule et l'ai vu tressaillir légèrement. Le gars était aussi gras qu'une tige de pissenlit et à peu près aussi costaud.

« Merci, Bill. Merci d'être monté me prévenir.

— C'est pas tout. Il y avait une... jeune dame dans la voiture avec lui.

— Elle a été blessée ?

— Une commotion et un bras cassé. Le shérif adjoint a dit qu'elle s'en remettrait.

— Je te serais reconnaissant si toi et Rose vous gardiez ça pour vous.

— Bien sûr, Henry. Mais il faut que tu saches que c'est Mercy qui a transmis l'appel.

— Merde ! »

Mercy Ivers était la plus fouinarde des opératrices de la ville, et la plus pipelette. S'il y avait encore des habitants de Marietta pour ignorer que Jamie était au trou, j'étais sûr et certain qu'ils seraient prévenus d'ici à la tombée de la nuit.

Bill m'a déposé à la maison et a poursuivi son chemin. Laura et Pappy se trouvaient sur le porche. Je les ai mis au courant, en omettant la partie concernant la jeune dame. Je regrettais bien que ma femme ait vent de cette histoire, mais vu que les Tricklebank et Mercy étaient informés, c'était inévitable. J'avais pensé que Laura serait fâchée, et elle l'a été... mais pas comme je l'avais imaginé.

« Après tout ce qu'il a fait pour le pays, s'est-elle exclamée, le jeter en prison comme un vulgaire criminel ! Ils devraient avoir honte.

— Enfin, chérie, il était complètement soûl.

— On n'en sait rien. Et quand bien même, je suis sûre qu'il avait des raisons, après tout ce qu'il a vécu.

— Et s'il avait embouti une autre voiture au lieu d'une vache ? Quelqu'un aurait pu être vilainement blessé.

— Personne ne l'a été. »

Elle avait une façon de le défendre qui m'a agacé. Ma femme était une personne raisonnable, mais, pour ce qui concernait Jamie, elle avait l'aveuglement de l'éternelle femelle. Si, moi, j'avais conduit en état d'ivresse et que j'aie tué un bestiau, vous pouvez parier qu'elle n'aurait pas été aussi indulgente, et de loin.

« Henry ? Quelqu'un d'autre a été blessé ? »

L'envie de parler et de le faire descendre du piédestal sur lequel elle l'avait collé m'a brûlé la langue – j'étais tellement furieux après eux deux. Heureusement pour Jamie, je ne suis pas une carne.

« Non, juste lui.

— Bon, a déclaré Laura, attends que je te prépare quelque chose à manger pour que tu lui portes. Je suis sûre qu'ils ne l'auront pas nourri correctement. »

Et elle est rentrée.

« Tu veux que je t'accompagne ? a proposé Pappy.

— Non, je m'en occupe.

— Tu vas avoir besoin d'argent pour la caution.

— J'en ai suffisamment au coffre. »

Pappy a sorti son portefeuille de la poche de son pantalon et en a produit un billet de cent dollars qu'il m'a tendu. J'ai regardé bouche bée, et le billet fatigué et Pappy. Mon père n'attachait pas ses chiens avec des saucisses. Lui tirer de l'argent était à peu près aussi facile que de tirer du lait d'un mulet.

« Allez, prends-le, m'a-t-il lancé d'un ton bourru. Mais lui dis pas que je te l'ai donné.

— Pourquoi ?

— Je veux pas qu'il compte en avoir plus.

— Comme tu veux, Pappy. »

À la maison d'arrêt de Greenville, j'ai demandé à voir le shérif Partain. Je le connaissais plus ou moins. Ma sœur Thalia et lui sortaient ensemble quand ils étaient au lycée. Il voulait se marier avec elle, mais Thalia visait plus haut. Elle avait mis le grappin sur un riche planteur de tabac de Virginie et s'était installée au nord avec lui. Avait raconté à tout le monde qu'elle avait brisé le cœur de Charlie Partain à tout jamais. Pour Jamie, j'espérais qu'elle s'était trompée. Thalia s'était toujours monté le bobéchon sur son importance.

Quand le shérif adjoint m'a introduit dans le bureau de Charlie, ce dernier s'est levé de sa table pour venir me serrer la main, un peu trop fort.

« Henry McAllan. Ça fait combien de temps ?

— Environ une quinzaine d'années. »

Charlie n'avait pas beaucoup changé. Il avait une petite bedaine, mais était encore bel homme, grand, affable avec un sourire effacé qui ne parvenait pas à masquer totalement l'ambition sous-jacente. Un politicien-né.

« Comment vas-tu depuis si longtemps ? m'a-t-il demandé.

— Bien. Je vis dans les alentours de Marietta maintenant. Me suis acheté une ferme à coton dans le coin.

— C'est ce que j'ai entendu dire.

— Tu t'es bien débrouillé, ai-je enchaîné en montrant le badge sur sa chemise. Félicitations pour ton élection.

— Merci. J'étais dans la police militaire pendant la guerre, j'imagine que c'est là que j'ai pris goût à la loi.

— À propos de mon frère… », ai-je poursuivi.

Il a hoché la tête, l'air grave.

« Ouais, c'est une sale affaire.

— Comment va-t-il ?

— Bien, mais il a un sacré mal de crâne. Forcément, quand on s'est enfilé toute une bouteille de whisky.

— Peux-tu me dire ce qui s'est vraiment passé, Charlie ? L'histoire m'a été rapportée par une tierce personne. »

Il est retourné à son bureau, sans se presser, et s'est assis.

« Tu sais, dans le travail, j'aime qu'on m'appelle shérif. Ça m'aide à dissocier le boulot du reste. Tu comprends ? »

Son visage était toujours amical, mais la lueur acérée dans son œil ne m'a pas échappé.

« Bien sûr. Shérif.

— Assieds-toi. »

Je me suis installé sur la chaise qu'il m'indiquait, devant sa table.

« À ce qu'il semble, samedi soir, ton frère était garé, en compagnie d'une femme, à l'est de la ville. À regarder la lune, à ce qu'elle a raconté. »

Vu son ton, il était clair que Charlie n'en croyait pas un mot.

« Qui est cette fille ?

— Elle s'appelle Dottie Tipton. Elle est serveuse au Levee Hotel. Son mari, Joe, était un de mes amis. Il est mort à Bastogne.

— Désolé. Jamie aussi a fait la bataille des Ardennes. C'est là qu'il a gagné sa Silver Star. Il était pilote de bombardier, tu sais.

— Tu m'en diras tant », a répliqué Charlie en croisant les bras sur son torse.

Moi qui voulais l'impressionner, autant pour mes efforts ! J'ai décidé qu'il valait mieux que je m'en tienne à l'affaire qui nous occupait.

« Donc, tous les deux étaient garés, et alors qu'est-ce qu'il s'est passé ?

— Eh bien, c'est là que ça devient un peu confus. Ton frère ne se rappelle rien, du moins à ce qu'il prétend.

— Et la femme ?

— Dottie affirme qu'il a percuté cette vache accidentellement alors qu'ils revenaient en ville. Ce que j'aurais peut-être cru si on l'avait retrouvée sur la route et pas en plein milieu du pré de Tom Easterly.

— Tu as dit toi-même que Jamie était ivre. Il a dû quitter la route sans s'en apercevoir. »

Charlie s'est rejeté dans son fauteuil et a collé ses pieds sur le bureau. Il buvait du petit-lait.

« Hé, hé. Il y a juste deux problèmes là-dedans.

— Quoi ?

— Et d'un, il a démoli une clôture en rondins. Et de deux, il a percuté cette vache de plein fouet, comme s'il lui avait vraiment foncé dessus. En plus, il devait rouler vite. Il a sacrément attendri la viande. »

J'ai hoché la tête, incapable d'imaginer pourquoi Jamie aurait délibérément tamponné une vache. Ça n'avait aucun sens.

« Ton frère a une dent contre le bétail ? » m'a demandé Charlie en haussant un sourcil.

J'ai décidé de jouer franc jeu avec lui.

« Jamie n'est pas bien. Il n'est plus lui-même depuis qu'il est revenu de la guerre.

— C'est possible. Mais ça lui donne pas le droit de faire tout ce qu'il veut, bon sang. De prendre tout ce qu'il veut. Il n'est plus dans la toute-puissante armée de l'air. »

Il a écrasé sa cigarette.

« Ces aviateurs, ils se prenaient pas pour de la merde. À se pavaner avec leurs blousons de cuir comme si la terre entière leur appartenait. Et les filles qui leur couraient après, on aurait cru que c'était les seuls à être montés au front. Si tu veux mon avis, les vrais héros, c'était les fantassins. Des mecs comme Joe Tipton. Naturellement, on n'a pas filé une Silver Star à Joe. Ce n'était qu'un homme du rang.

— C'est tout aussi honorable. »

Charlie a esquissé une moue.

« T'es rudement généreux de dire ça, McAllan. »

J'ai eu envie de lui coller un pain dans la tronche pour effacer son air sarcastique. Ce qui m'a retenu, ça a été de penser à Jamie dans cette fichue cellule de l'autre côté du mur. J'ai regardé Charlie Partain droit dans les yeux.

« Mon frère a effectué soixante missions en territoire allemand. Risqué soixante fois sa vie pour permettre à un maximum de nos gars de rentrer en un seul morceau. Il a peut-être pas sauvé ton ami Joe, n'empêche qu'il a sauvé des tas d'autres mecs. Et maintenant... maintenant il a la tête en compote et il a besoin d'un peu de temps pour se remettre d'équerre. Je pense qu'il le mérite, pas toi ?

— Je pense que la veuve de Joe Tipton mérite mieux que d'être traitée comme une pute. »

En ce cas, il faudrait pas qu'elle se comporte comme telle, me suis-je dit.

« Je suis sûr que mon frère n'a jamais eu l'intention de lui manquer de respect. Comme je te l'ai expliqué, il n'est plus lui-même. Mais je te donne ma parole, shérif, si tu renonces aux poursuites et que tu le laisses repartir avec moi, tu n'auras plus de problèmes avec lui.

— Et les frais d'hôpital de Dottie ? Et la vache de Tom ?

— Je m'en charge. Je vais régler ça aujourd'hui même. »

Charlie a sorti une cigarette du paquet sur son bureau et l'a allumée. Il a tiré trois longues bouffées sans piper mot. À la fin, il s'est levé et s'est dirigé vers la porte.

« Dobbs ! a-t-il beuglé. Va chercher Jamie McAllan. On le relâche. »

Je me suis levé à mon tour et lui ai tendu la main.

« Merci, shérif. Merci mille fois. »

Il a ignoré et ma main et mes remerciements.

« Dis à ton frère de ne pas s'approcher de Dottie, ni de Greenville, m'a-t-il rappelé. Si je le reprends à jouer les trouble-fête ici, c'est sa peau à lui qu'il faudra qu'il sauve cette fois.

Quand ils me l'ont amené, il a refusé de croiser mon regard, a juste bégayé des excuses sous le regard attentif de Charlie Partain et de son adjoint. Il puait le whisky et le vomi. En plus, il avait une mine épouvantable : une méchante entaille sur le front et un œil tellement enflé qu'il en était presque fermé.

Pourtant, il était en meilleur état que la DeSoto, qui avait été collée en fourrière. Comptant la récupérer, on y était allé en premier, mais je n'ai pas eu besoin d'un mécanicien pour m'expliquer qu'elle n'était pas en état de rouler. L'avant était enfoncé comme un potiron trop mûr et le moteur complètement embouti. En la voyant, Jamie est devenu livide.

« Nom de Dieu, c'est moi qui ai fait ça ?

— Oui. Qu'est-ce qu'il s'est passé, bon sang ?

— Je ne sais pas. Le dernier truc que je me rappelle, c'est Dolly qui me conseillait de ralentir.

— Elle s'appelle Dottie. Et tu l'as expédiée à l'hôpital.

— Je sais, ils me l'ont dit, m'a-t-il répondu à voix basse. Mais je vais la dédommager, et toi aussi. Je le jure.

— Tu peux me dédommager tant que tu veux, mais, elle, tu ne la reverras jamais.

— Qui a décrété ça ?

— Charlie Partain. Le mari de Dottie était son ami.

— Je me demandais pourquoi il était tellement en pétard. C'est lui qui m'a filé ce coquard, tu sais.

— Il t'a frappé ? Quel salaud.

— J'imagine que je l'ai mérité. »

Il avait l'air si voûté, si malheureux.

« La prochaine fois, rends-moi service.

— Comment ça ?

— Fonce sur un lapin, tu veux bien ? »

Ça lui a pris quelques secondes, mais après il a éclaté de rire et moi pareil. On a ri jusqu'à ce que les larmes nous roulent sur la figure, ce qui ne nous était pas arrivé depuis des années. Et après, quand on a été calmés, si le visage de Jamie est resté mouillé encore un moment, j'ai fait mine de ne pas m'en apercevoir.

Je l'ai déposé au Levee Hotel, où il était descendu. Pendant qu'il se lavait, je suis allé à l'hôpital, où j'ai réglé les frais de Dottie Tipton. Elle sortait l'après-midi même, ce qui m'a fait plaisir. Je ne suis pas monté la voir – qu'est-ce que j'aurais bien pu lui raconter ? –, mais j'ai demandé à une des infirmières de lui dire que Jamie était désolé et espérait qu'elle se remettrait vite.

Quand j'ai récupéré Jamie, il paraissait un peu mieux et sentait un peu moins mauvais. On s'est arrêtés chez Tom Easterly en sortant de la ville. La canaille voulait deux cents dollars pour sa vache, ce qui faisait bien cinquante dollars de plus que ce que valait cette bête, ou n'importe quelle autre d'ailleurs, mais j'ai pensé à Charlie Partain et j'ai payé. Tout le bazar m'a coûté près de trois cents dollars sans compter la bagnole. J'ai calculé qu'il me faudrait encore quatre cents minimum pour la réparer et le double si je devais la remplacer. J'avais prévu de dépenser cet argent dans la location d'une maison pour Laura et les filles, mais du coup, ce ne serait pas possible.

J'ai passé tout le trajet de retour dans la crainte d'annoncer cette nouvelle à Laura, dans la crainte de voir la déception se peindre sur son visage.

« On est ratiboisés, lui ai-je avoué quand on s'est retrouvés au lit. Même avec une bonne cueillette, il n'y aura pas assez pour louer une maison en ville cette année. Je suis désolé, chérie. »

Elle n'a pas dit un mot et, dans le noir, je n'ai pas pu saisir son expression.

« La bonne nouvelle, c'est que Jamie a promis de rester six mois de plus pour nous dédommager. Avec son aide, je devrais pouvoir épargner suffisamment pour qu'on ait une maison l'an prochain. »

Elle a soupiré et s'est levée. J'ai entendu ses pieds nus glisser sur le sol, elle a fait le tour du lit et est venue de mon côté. J'ai entendu un bruit familier, un raclement, puis l'allumette a flamboyé. Laura a allumé la bougie, écarté la moustiquaire et s'est faufilée à côté de moi. Elle m'a entouré de son bras.

« Ça va, Henry, m'a-t-elle chuchoté. Ça ne m'ennuie pas trop. »

J'ai senti ses lèvres sur mon cou, puis sa main s'est faufilée dans mon pyjama.

Jamie

À cause d'Henry. En un sens, on en revient toujours à ça.

Encore une fois, je lui étais redevable de m'avoir tiré du merdier dans lequel je m'étais allègrement fourré. Il a refusé de me dire combien il avait perdu par ma faute, mais j'ai dans l'idée qu'on frisait les mille dollars.

Henry n'était pas le seul dont j'étais l'obligé. Par ma faute, Laura n'avait pas eu sa maison en ville, ni ses toilettes intérieures, ni sa pelouse. À la place, elle avait gagné une deuxième année de puanteur et de bouillasse. Pourtant, elle ne m'a jamais fait de reproche pour ça, n'a jamais tiqué devant moi. À mon retour, elle m'a accueilli aussi gentiment que si je rentrais de l'église et non de la maison d'arrêt. Des tas de femmes jouent les gentilles, mais pour la plupart ce n'est que ça, un numéro qu'elles apprennent jeunes et maîtrisent à la perfection pour leurs vingt et un ans. Mes deux sœurs sont orfèvres en la matière, mais Laura était complètement différente. Elle était profondément gentille de nature.

Il y avait aussi Dottie Tipton. Une semaine après l'accident (c'est comme ça que tout le monde disait, sauf mon père. Pappy parlait de mon « équipée de vandale bourré » et m'a surnommé « le massacreur de vaches »), je suis retourné en douce à Greenville. Ça lui a fait un plaisir fou de me voir. Rien n'était trop beau pour le type qui lui avait valu une commotion et un bras dans le plâtre. Elle a changé de robe, mis du rouge à lèvres, m'a préparé d'une main une boisson qu'elle m'a servie dans un grand verre en cristal et a fait des tas de chichis devant mes bleus. Est-ce que j'étais sûr de ne pas avoir faim ? Elle serait ravie de me préparer un petit quelque chose rapidement, ça ne la dérangerait pas du tout. Je nous ai imaginés, à sa table à manger, en train de nous taper un dîner dans son service de mariage avec, garanti à la clé, le dessert après dans sa chambre à coucher. L'envie de bondir sur mes pieds et de me carapater m'a saisi, aussi brutalement que tout ce que j'avais pu ressentir avant un combat. C'est l'époux décédé de Dottie qui m'a retenu. Dans son cadre en bois sur le manteau de la cheminée, Joe Tipton me dévisageait d'un air sévère sous la casquette de son uniforme. *T'avise pas de faire ça, espèce de sale poltron,* me disait son air sévère. Je suis donc resté un moment, et j'ai partagé quelques verres et quelques éclats de rire avec elle. L'alcool a facilité les rires, et les mensonges aussi. L'heure des adieux venue, je me suis montré tendre et repentant – Antoine face à sa Cléopâtre. *Bravo,* s'est écrié Joe. *Maintenant, tire-toi, bordel.* Dottie s'est cramponnée un peu à moi lorsque je lui ai expliqué que je ne pourrais plus jamais la revoir, mais elle n'a pas pleuré. Encore un truc pour lequel je suis son obligé.

Tous ces gens dont j'ai chamboulé l'existence... et qui m'ont laissé me soustraire aux conséquences de mes actes sans me demander de comptes. Je n'ai plus eu qu'à faire pareil, ce qui n'a pas été difficile. L'alcool m'a aidé, et les souvenirs aussi : des avions en flammes tombant du ciel suivis d'un panache de fumée noire. Des hommes tombant des avions, tombant avec leur parachute en feu, tombant sans parachute du tout, sautant des avions plutôt que de griller vivants. Les tac-tac-tac-tac-tac de la DCA adverse les réduisant en charpie, les avions tombant, les hommes tombant, et la charpie d'hommes.

Il paraît qu'il faut avoir la haine pour être dans l'infanterie, mais ce n'était pas vrai dans l'armée de l'air. On ne voyait jamais le visage de ses ennemis. Si jamais il m'arrivait de penser à eux, j'imaginais des ovales blancs et vides avec des cheveux blonds en brosse – jamais de franges, de boucles ni de tresses, alors que je savais que nos bombes aplatissaient pas mal de femmes et de gamins aussi. Parfois, on choisissait une grande ville au hasard et on la bombardait à mort. À d'autres occasions, si on ne pouvait pas atteindre notre cible initiale, en général une installation militaire ou une usine, à la place on mettait le cap sur un « objectif inopiné ». Ces objectifs, on les surnommait AWS, abréviation de « *Auf Wiedersehen*, salopards ». En vertu d'une consigne implicite, on ne revenait pas au bercail avec nos bombes. Lors de ma dernière sortie, des orages nous ont interdit d'approcher le dépôt de munitions qu'on était censés frapper, de sorte qu'au final on a largué la totalité de notre charge sur un grand parc bourré de réfugiés. Les renseignements nous avaient appris qu'il abritait des soldats SS qui cherchaient à se protéger au milieu des civils. N'empêche, on a tué des milliers d'innocents avec eux. De retour à la base, quand on a fait notre rapport de mission au commandant, il nous a félicités pour le bon boulot accompli.

Quelques secondes avant que je ne tamponne cette fichue vache, elle a tourné la tête et m'a regardé droit dans les yeux. Elle aurait pu bouger, mais non. Elle est juste restée vissée là à me fixer pendant que je lui fonçais dessus.

J'imagine que j'aurais pu parler de la guerre avec Henry, mais chaque fois que j'amenais le sujet sur le tapis, je me surprenais à lancer une blague ou à inventer une histoire. Il n'aurait pas compris ce que j'avais ressenti. L'horreur, oui, mais pas la culpabilité, et certainement pas l'envie dingue que j'avais eue à certains moments de lancer mon avion contre un chasseur ennemi pour nous transformer tous deux en un petit soleil. Henry, en mal d'amnésie… cette idée même était risible. Mon frère, ce qu'il désirait, il l'avait sous les pieds, sous les bottes qu'il s'appliquait à gratter gentiment tous les soirs. La ferme était son élément, de même que le ciel avait été le mien avant. C'était l'autre raison qui m'empêchait de me confier à lui : je n'avais pas envie de saloper son bonheur.

Le whisky était la seule chose qui tenait les cauchemars à distance. Après l'accident, Henry, Laura et Pappy m'ont eu à l'œil ; le sachant, je veillais à ne jamais boire plus de deux bières devant eux. Mais sinon, je buvais en secret. J'avais des bouteilles planquées partout – sur le toit des latrines, dans la grange, sous une lame du plancher du porche de devant – et je circulais toujours avec une boîte de pastilles au citron pour masquer mon haleine. Je ne me soûlais jamais à tomber raide, je me contentais de m'infuser régulièrement d'un bout à l'autre de la journée. J'en transpirais une grande partie. Le reste, je m'en servais. J'étais le charmeur désigné de la maison, responsable de la bonne humeur de chacun. Pour jouer mon rôle, il me fallait de l'alcool.

Je le jouais brillamment, si je peux me permettre de donner mon avis. Pas un seul d'entre eux n'a deviné mon secret, à part Florence Jackson. Ses yeux perçants ne laissaient pas passer grand-chose. Un jour, j'ai découvert une bouteille de Jack Daniel's à demi vide glissée sous mon oreiller, tel un cadeau de la fée Bourbon. J'ai compris que c'était Florence qui l'avait collée là, parce que c'était le jour de la lessive et que les draps avaient été changés. J'avais dû l'oublier quelque part, elle était tombée dessus et me l'avait rendue. Abstraction faite de ce geste de gentillesse, le seul, elle ne m'aimait guère. J'ai essayé de la gagner à ma cause, mais elle n'était pas sensible à mon charme – une des rares femmes à ne pas l'être parmi toutes celles que j'ai pu rencontrer. Je pense qu'elle a dû sentir le rôle que j'allais jouer dans les événements à venir. Henry se moquerait de moi pour ce que je vais dire, mais je crois que les Noirs ont la faculté innée, qui nous manque à nous autres Blancs, de pressentir les choses, une sorte de prémonition. Elle se différencie de la raison, dont nous sommes plus pourvus qu'eux, et provient d'une contrée plus ancienne, plus sombre.

Il se peut que Florence ait pressenti quelque chose, mais moi je n'avais pas idée de ce que je mettais en branle le jour où j'ai remonté Ronsel Jackson de Marietta. C'était juste après le nouvel an. Ça ne faisait que quatre mois que j'étais revenu dans le Mississippi, mais j'avais plutôt l'impression qu'on frisait les quatre ans. J'étais descendu en ville, histoire de me faire couper les cheveux et de m'occuper des courses de Laura et de mon bourbon. En général, j'achetais mon whisky à Tchula ou Belzoni, mais ce jour-là je n'avais pas eu le temps. Je sortais de chez Tricklebank avec mes achats quand j'ai entendu une explosion bruyante à ma gauche. Je me suis jeté à terre, les mains sur la tête pour me protéger, en lâchant les provisions qui se sont répandues sur la chaussée.

« Ce n'est pas grave, m'a lancé une voix sonore derrière moi. Ce n'était qu'une bagnole. »

Un grand Noir en salopette est apparu de derrière un camion garé là. Il m'a montré une vieille Ford Model A qui s'éloignait.

« Un raté, c'est tout, a-t-il poursuivi. La soupape d'admission a dû rester collée. »

J'ai alors reconnu Ronsel Jackson. Un peu tard. Je ne lui avais parlé que deux fois et seulement de problèmes agricoles, mais je savais par Henry qu'il avait combattu dans un des bataillons de couleur.

Quelqu'un a gloussé et, en levant la tête, j'ai vu, sous une dizaine de chapeaux, des paires d'yeux fixées sur nous. Les habitués du samedi après-midi étaient sur le porche de chez Tricklebank à échanger leurs avis sur tout ce qui pouvait passer pour des nouvelles à Marietta – présentement, c'est sûr, le frère à Henry McAllan, le loufoque qui avait bousillé une vache à Greenville. Le visage en feu, j'ai remis les provisions dans le carton. Ronsel m'a aidé en me tendant des oranges qui avaient roulé dans sa direction. La ficelle fermant le sac de farine s'était défaite et la moitié du contenu s'était renversé dans la poussière, mais Dieu merci le whisky était intact. Quand je l'ai ramassé, mes mains tremblaient si fort que je l'ai laissé retomber.

Si Ronsel avait dit quoi que ce soit, s'il avait fait ne serait-ce qu'un bruit se voulant compatissant ou apaisant, j'aurais peut-être reculé d'un pas pour lui coller une châtaigne – Dieu sait que ça me démangeait de cogner. Mais il ne m'a pas fourni ce prétexte. Il a juste tendu la main, la paume tournée vers le sol, afin que je voie qu'elle tremblait aussi fort que la mienne. J'ai lu sur son visage une frustration semblable à celle que je ressentais, et la même fureur, plus exacerbée peut-être.

« Vous croyez que ça s'arrêtera un jour ? a-t-il marmonné en fixant sa main.

— Il paraît que oui, à la longue. T'es descendu à pied ?

— Oui, m'sieu. Papa a pris le mulet pour labourer les champs.

— Viens, je vais te remonter. »

Il s'est dirigé vers le plateau du pick-up. J'allais lui dire qu'il pouvait grimper dans la cabine avec moi – il faisait froid et il commençait à bruiner –, mais j'ai remarqué que les gars sur le porche nous surveillaient et je me suis rappelé qu'Henry m'avait confié que Ronsel avait eu des problèmes à Marietta quelque temps auparavant. J'ai attendu qu'on ait quitté la ville, puis je me suis arrêté, j'ai sorti la tête par la fenêtre et j'ai crié :

« Pourquoi tu viens pas devant ?

— Je suis très bien ici derrière », m'a-t-il répondu sur le même ton.

La bruine s'était transformée en pluie. Je ne le voyais pas, mais il était gelé et mouillé, c'était sûr, et ça ne pouvait qu'empirer.

« Monte, soldat ! ai-je beuglé. C'est un ordre ! »

J'ai senti le pick-up balancer quand il a sauté à terre, puis la porte côté passager s'est ouverte et il est entré, accompagné par une odeur de laine mouillée et de sueur. Je m'attendais à ce qu'il me remercie. Ce qu'il a dit, ça a été :

« Comment vous saviez que vous étiez mon supérieur ? »

J'ai éclaté de rire.

« Tu as obéi à mon ordre, non ? En plus, j'étais capitaine. »

Il a relevé le menton.

« Il y avait des capitaines noirs. J'ai servi sous bon nombre d'entre eux.

— Attends que je devine. Tu étais sergent.

— Exact. »

J'ai plongé la main dans le carton entre nous, retiré le bouchon du whisky et me suis offert une bonne rasade.

« Alors, sergent, ça te plaît d'être revenu dans le Delta ? »

Il n'a pas répondu, a juste tourné la tête pour regarder par la fenêtre de son côté. Au début, j'ai cru que je l'avais foutu en rogne, puis je me suis rendu compte qu'il me donnait un peu d'intimité pour boire. *Un type bien, ce Ronsel Jackson,* me suis-je dit en avalant une autre goulée. Après, j'ai pris conscience d'un autre truc, plus juste : il ne me regardait pas parce qu'il pensait que je n'allais pas lui en offrir. Il protégeait sa dignité et m'accordait en même temps la latitude de me comporter en salopard. Vexé, je lui ai tendu la bouteille.

« Tiens, prends une rasade.

— Non, merci.

— T'es toujours aussi têtu ou bien c'est seulement quand t'es avec des Blancs qu'essaient d'être sympa avec toi ? »

Il a accepté la bouteille et pris une petite gorgée sans me quitter des yeux une seconde. À la vérité, il y avait encore peu de temps, je ne lui aurais rien proposé, sauf si ça avait été la dernière lampée. Maintenant, je m'en foutais. Était-ce une bonne ou une mauvaise chose ? J'en savais trop rien.

« Quel genre de sous-off t'es ? » me suis-je écrié quand il a essayé de me rendre la bouteille juste après.

Cette fois, il s'est enfilé une généreuse lampée, tellement généreuse qu'il a avalé de travers et en a renversé un peu sur sa salopette.

« Gâche pas, voyons. C'est mon remède, je veux pas en perdre une goutte. »

Quand je lui ai repris la bouteille, j'ai vu qu'il avait repéré qu'il me manquait un doigt.

« C'est à la guerre que vous avez eu ça ?

— Oui. Une gelure.

— Comment un pilote peut-il avoir une gelure ?

— T'imagines un peu le froid qu'il fait à six mille cinq cents mètres d'altitude avec le vent qui s'engouffre furieusement là-dedans ? Je te parle de moins trente, moins trente-cinq degrés.

— Pourquoi vous laissiez la vitre ouverte ?

— Bien obligé. Il n'y avait pas d'essuie-glaces. Quand il pleuvait, il fallait que tu sortes ta tronche pour y voir quelque chose.

— Et moi qui croyais que j'en bavais, coincé dans une boîte de conserve à roulettes, s'est-il exclamé en hochant la tête.

— T'étais tankiste ?

— Sûr. Fer de lance pour Patton.

— T'as déjà pissé dans ton casque ?

— Oui, des paquets de fois.

— Nous on avait des tubes pour se soulager dans le cockpit, mais des fois c'était plus simple d'utiliser nos casques pare-balles. Et à six mille cinq cents mètres, la pisse gèle en moins d'une minute. Un jour, j'ai lâché les écluses dans mon casque, puis j'y ai plus pensé. C'était une mission longue. En approchant de l'objectif, j'ai remis mon casque. On avait terminé l'attaque et on rentrait en évitant la DCA ennemie quand j'ai senti un truc mouillé me dégouliner sur la figure. Puis j'ai reniflé et j'ai compris ce que c'était. »

Ronsel est parti d'un grand rire tonitruant.

« De retour au mess des officiers, vous avez dû en entendre de belles.

— Mes potes m'ont jamais laissé oublier ça. Enfin, ceux qui ont survécu.

— Ouais. Je vous reçois. »

Il faisait presque nuit et assez froid, de sorte que je voyais son souffle et le mien se mêler. J'ai embrayé et on s'est tapé le reste du trajet sans rien dire jusqu'à la ferme, en laissant le bourbon nous servir de conversation et faire la navette entre nous deux. Quand on s'est arrêtés devant chez les Jackson, Hap était dehors en train de remplir un seau à la pompe. Lorsqu'il a vu son fils dans la cabine du pick-up, son visage a reflété une inquiétude tellement exagérée que c'en était cocasse.

J'ai baissé ma vitre.

« Bonsoir, Hap.

— Tout va bien, m'sieu Jamie ?

— Tout va très bien. J'ai juste remonté Ronsel de la ville. »

Ronsel a ouvert sa portière et il est descendu en chancelant un peu.

« Merci de m'avoir ramené.

— Il n'y a pas de quoi. »

Il allait fermer la portière quand j'ai ajouté :

« Je pense que je redescendrai à Marietta samedi après-midi de la semaine prochaine. Si ça te tente, je passerai voir si tu veux profiter de l'occasion. »

Ronsel a jeté un coup d'œil sur son père, puis sur moi de nouveau. Il a hoché la tête une fois, avec une solennité de juge. Et, là, il a scellé son destin.

Peut-être que c'est lâche de ma part de faire de Ronsel l'élément déclencheur. Il y a d'autres façons de voir les choses, d'autres moments décisifs que je pourrais retenir, ce-se-ra-toi-que-je-choi-si-rai : quand la bagnole a eu son raté. Quand il est monté dans la cabine du pick-up. Quand je lui ai filé le whisky. Mais moi, je pense que c'est juste là, quand il a hoché la tête, à moitié bourré sous la pluie. Et je crois que Ronsel vous dirait la même chose, si vous pouviez lui poser la question et s'il pouvait vous répondre.

III

Laura

Je suis tombée amoureuse de mon beau-frère comme on s'endort dans une voiture conduite par quelqu'un en qui on a confiance – peu à peu, par degrés imperceptibles, en se laissant bercer par le mouvement jusqu'à ce que vos paupières se ferment. *En se laissant,* c'est l'expression-clé. J'aurais pu m'en empêcher. J'aurais pu refouler ces sentiments dans un coin sombre de mon esprit et les boucler là, ainsi que je l'avais fait pour tant d'autres sentiments que j'avais jugés dérangeants. J'ai essayé un moment, mais ça a été un effort tout au plus timide, voué à l'échec.

Dès le jour de son arrivée, Jamie s'est employé à gagner mon affection. À me complimenter sur ma cuisine et à se charger de diverses bricoles pour m'aider dans la maison. Des bricoles qui signifiaient : *Je te vois. Je pense à ce qui pourrait te faire plaisir.* Ayant été privée de ce genre d'égards, je les ai absorbés comme un pain la sauce. Henry n'avait jamais été un homme prévenant, pas pour ces petites choses du quotidien qui comptent tant pour une femme. À Memphis, au milieu des dizaines de Chappell et de Fairbairn débordant d'amour, ça ne m'avait pas trop dérangée, mais à La Bourbière le manque d'attentions me pesait cruellement. Henry était monopolisé par la ferme. Il se serait davantage occupé de moi si une queue m'avait poussé et si je m'étais mise à braire.

Je tiens à clarifier un point : lorsque je dis que Jamie s'est employé à gagner mon affection, je ne sous-entends pas qu'il a cherché à me séduire. Oh, il flirtait beaucoup avec moi, cela dit il flirtait avec tout le monde, y compris avec des hommes. Il aimait conquérir son entourage. Ça peut paraître un jeu, et ça l'est peut-être pour un certain type d'individus, mais Jamie n'était pas un débauché. Il avait besoin de conquérir. Je n'ai pas vu ça à l'époque. Je n'ai vu que la façon dont il se penchait en avant quand je parlais, la tête légèrement inclinée de côté comme pour mieux saisir mes paroles. J'ai vu les fleurs des champs qu'il laissait à mon intention dans une bouteille de lait sur la table de cuisine et les sourires heureux de mes filles quand il les taquinait.

Isabelle était sa chouchoute et ça me faisait plaisir. Jamais je ne lui manifestais assez d'amour, assez d'attention à son goût. Jamie avait remarqué ce manque chez elle et y répondait en lui prodiguant des trésors d'affection qu'elle lui rendait bien. Quand il était là, plus un seul d'entre nous n'existait pour elle. Il revenait crasseux et épuisé par son travail aux champs et elle tendait ses bras potelés vers lui, tel un prédicateur baptiste invoquant le nom du Tout-Puissant. Jamie secouait la tête et disait : « Ce soir, je suis trop fatigué pour te porter, ma petite Bella. » Elle tapait du pied impérieusement et, pas dupe, insistait tant et si bien qu'il lui fondait dessus et la prenait dans ses bras pour la faire tournoyer et tournoyer, et elle, ravie, poussait des cris perçants. Ce n'était pas seulement qu'il l'aimait ; c'était qu'il l'aimait elle, en particulier. Pour Isabelle, c'était l'essentiel. Elle n'a pas tardé à exiger que nous l'appelions tous Bella, a refusé de répondre au prénom d'Isabelle, même après qu'Henry l'eut fessée pour ça. Mais c'est sa fille autant que la mienne, du moins pour ce qui est de l'entêtement, et elle a fini par obtenir ce qu'elle voulait.

Même s'il avait perdu de son éclat, Jamie nous charmait tous et avait une influence positive sur chacun d'entre nous. Pappy se montrait moins critique, Henry riait plus souvent et dormait plus profondément. Quant à moi, je débordais d'une vitalité qui m'avait désertée depuis la fausse couche. J'avais moins d'animosité envers Henry et les privations de la ferme me tourmentaient moins. Mon mari a dû comprendre que c'était grâce à Jamie que mon humeur s'était améliorée, mais si ça l'a contrarié il n'en a rien montré. Il semblait accepter que « les filles rayonnent » en présence de Jamie, ainsi qu'il l'avait affirmé plusieurs années auparavant. Pour Henry, il aurait été impensable que sa femme éprouve une attirance sexuelle envers son petit frère.

Or, c'était exactement ce que j'éprouvais : une attirance sexuelle d'une intensité que je n'avais jamais connue dans ma vie. Un rien pouvait la susciter : le fait de découper une tomate en rondelles, de désherber le jardin, de passer un peigne dans mes cheveux. Mes sens étaient aiguisés. La nourriture était meilleure, les odeurs plus piquantes. J'avais davantage d'appétit et je transpirais davantage. Même durant ma grossesse, mon corps ne m'avait pas paru plus déconcertant.

Malgré tout, il ne se serait peut-être rien passé si Jamie ne m'avait pas fabriqué cette douche. Elle est devenue le creuset des sentiments que je lui portais. Pour comprendre pourquoi, il faut que vous imaginiez la vie sans eau courante ni salle de bains. La toilette de la famille était une affaire qui monopolisait la totalité de la journée, de sorte qu'on ne se baignait que le samedi. Durant les mois d'été, je remplissais la lessiveuse et laissais le soleil du matin chauffer l'eau. Je lavais les filles en premier, puis moi en priant pour que personne ne débarque à ce moment-là. Afin de ménager notre intimité, on accrochait des draps à deux cordes à linge et on plaçait la lessiveuse entre – arrangement qui exposait le baigneur sur deux côtés et donnait aux voisins la possibilité de bien se rincer l'œil par grand vent. Mon bain terminé, je remplissais la lessiveuse pour Pappy. Lorsqu'il avait fini, je la vidais et la remplissais de nouveau – il m'aidait à l'occasion, de mauvais gré, mais le plus souvent je m'en chargeais seule – pour Henry et Jamie lorsqu'ils rentreraient des champs. L'hiver, il fallait traîner ladite lessiveuse dans la cuisine, pomper l'eau et la chauffer sur la cuisinière. Pourtant, en dépit du labeur que ça nécessitait, samedi était le jour de la semaine que je préférais. C'était le seul jour où je me sentais vraiment propre.

Le reste du temps, on empestait. On peut raconter ce qu'on veut, honnête ou pas, pour moi, la sueur sent toujours la sueur. Ça n'avait pas l'air de déranger Henry, mais personnellement je ne m'y suis jamais habituée. Je repensais à ma petite salle de bains sur Evergreen Street avec une nostalgie étourdissante. J'avais trouvé tout naturel d'en disposer, j'avais même ronchonné à l'occasion contre le manque de pression et les éclats sur la porcelaine de la baignoire. À présent que je me débrouillais d'un seau d'eau froide pour faire des toilettes de chat dans la cuisine, cette petite salle de bains me paraissait le comble du luxe.

Le pire pour moi, c'était pendant mes règles. J'avais l'impression que les relents douceâtres et musqués du sang imprégnant mes vêtements infestaient la maison et m'empêchaient de respirer. J'attendais que les autres soient endormis, puis gagnais la cuisine sur la pointe des pieds pour me laver et frotter mon linge. Une nuit, alors que j'étais accroupie au-dessus de la cuvette, la chemise remontée autour de la taille, et à me passer gauchement la main entre les cuisses, Henry a déboulé à l'improviste. Il s'est vite détourné et s'est éloigné, mais, oh, que j'ai eu honte !

Jamie devait avoir deviné ce que je ressentais. Un jour en mars, en rentrant de Greenville – j'étais allée faire des courses et avais dormi sur place –, j'ai découvert derrière la maison une étroite cabine en bois surmontée d'un système de poulie auquel était attaché un grand seau. Jamie achevait cette installation quand les filles et moi sommes descendues de voiture.

« C'est quoi, oncle Jamie ? a demandé Amanda Leigh.

— C'est une douche, mon pétunia.

— Moi, j'aime pas les douches, j'aime les bains ! a crié Bella.

— Ce n'est pas pour toi que j'ai construit ça, ma chérie. Je l'ai construit pour ta maman. »

À ces mots, Bella s'est renfrognée. Jamie lui a ébouriffé les cheveux, mais ses yeux étaient rivés sur moi.

« Eh bien, m'a-t-il lancé, qu'en penses-tu ?

— Je pense que c'est la chose la plus merveilleuse que j'ai jamais vue. »

Et ça l'était. Bien entendu, comme tout à La Bourbière, la douche exigeait des efforts. Il fallait quand même chauffer de l'eau sur la cuisinière, puis la traîner dehors – deux ou trois seaux pleins, selon que vous vous laviez les cheveux ou pas. Vous abaissiez le grand seau de la douche pour y verser l'eau chaude, puis vous le remontiez à l'aide de la corde autour de la poulie. Une fois entré dans la cabine, vous vous dévêtiez et déposiez vos vêtements par-dessus une des parois. Ensuite, vous tiriez doucement sur une seconde corde attachée au couvercle du seau, lequel s'inclinait et relâchait juste assez d'eau pour vous permettre de vous savonner. Pour vous rincer, il fallait tirer de nouveau sur la corde jusqu'à ce que le seau soit vide.

J'ai pris ma première douche ce soir-là. C'était une de ces chaudes et douces soirées du début de printemps où l'air ressemble à un être vivant qui vous entourerait et vous soutiendrait gentiment. Dès que j'eus pénétré dans la cabine et refermé la porte, je me suis retrouvée dans un univers à part. De l'autre côté des cloisons, j'entendais les cris sonores des insectes, des grenouilles et des crapauds, incessante musique du Delta, et plus loin les voix des hommes mêlées aux gammes d'Amanda Leigh. J'ai retiré mes vêtements et passé plusieurs minutes figée dans cette chaude atmosphère qui m'enveloppait. Au-dessus de ma tête flottaient de gros nuages auxquels le soleil couchant prêtait de fantastiques nuances roses et or. J'ai tiré sur la corde, et en sentant l'eau dégouliner sur mon corps, j'ai songé à mon beau-frère, à ses mains en train de scier les planches, de les assembler, de les clouer. Il m'avait même, je m'en suis rendu compte, fabriqué un porte-savon à lamelles, où il avait placé un petit pain de savon mauve avec une inscription en relief, du genre qu'on trouvait dans les magasins de luxe de Memphis. En le portant à mon nez, j'ai retrouvé la douceur terreuse et piquante de la lavande. C'était mon parfum préféré ; j'avais fait cette confidence à Jamie dans le temps, des années auparavant. Et il s'en était souvenu.

Je me suis savonnée en me demandant si, pendant qu'il construisait cette douche, il m'avait imaginée dedans, nue et libre sous le ciel de plus en plus sombre ? J'ignore ce qui me bouleversait le plus, l'idée même ou le violent frisson de plaisir qu'elle me procurait.

Henry a bénéficié de toute cette ardeur nouvelle. C'était pratiquement toujours lui qui avait pris l'initiative de nos ébats, mais désormais il m'arrivait, à sa grande surprise et à la mienne, de le solliciter. Parfois, il se refusait. Il ne me fournissait jamais d'explication, se contentait de prendre ma main baladeuse, de la repousser vers moi avec une petite tape dédaigneuse et se tournait de son côté. La colère qui m'envahissait alors était si brûlante et si vive que j'étais étonnée que le lit ne prenne pas feu. Pas une seule fois durant toutes nos années de mariage, je ne m'étais refusée à lui. Comment osait-il m'écarter comme un animal importun ?

J'essayais de dissimuler mes sentiments à l'égard de Jamie, mais je n'ai jamais été douée pour les subterfuges ; « Ma petite trompette », me surnommait mon père autrefois, en référence à la manière dont mon visage trahissait la moindre de mes émotions. Un jour qu'on était ensemble dans la maison, Florence et moi, elle au tri du linge sale, moi aux fourneaux, elle a remarqué :

« Misteur Jamie, i va un peu mieux.

— Oui, je crois », ai-je répondu.

Sept mois à la ferme lui avaient fait du bien. Il n'était pas complètement rétabli, je n'avais pas d'illusions à ce sujet, mais il faisait moins de cauchemars et, physiquement, il semblait plus costaud. Ma cuisine l'avait un peu étoffé ; j'en étais particulièrement fière.

« I s'est trouvé une femme, v'là pourquoi », m'a confié Florence avec un sourire malin.

J'ai senti que je m'étranglais, comme si une pierre s'était logée dans ma gorge.

« Qu'est-ce que tu racontes ?

— Zavez vu, là ? »

Elle a brandi une des chemises de Jamie. Il y avait une traînée rouge sur le col.

« C'est du sang, ai-je affirmé. Il a dû se couper en se rasant. »

Mais je n'étais pas dupe. Si ça avait été du sang séché, ça aurait été marron.

« Eh ben alors, c'est du sang qui sent rudement bon, vous pouvez y aller », a insisté Florence.

La pierre dans ma gorge m'a donné la sensation de se dilater jusqu'à m'empêcher de déglutir.

« C'est pas bon pour un homme de pas avoir une femme, a-t-elle poursuivi sur le ton de la conversation. Alors qu'une femme, même si elle aime un homme, elle peut très bien se débrouiller seule. Le Tout-Puissant l'a fait ainsi. Mais un homme, i sera jamais bien sans une femme à son côté. I va chercher tant qui pourra jusquà ce qui l'en trouve une. Bien sûr, misteur Jamie, l'est du genre qu'elles viennent facilement. Vont ête alignées comme des paquerettes sur le bord de la route à attende qui les cueille. L'a jusse à tendre la main et…

— Ferme ta bouche, l'ai-je interrompue. Je ne veux pas entendre un seul mot de plus de ces racontars déplaisants. »

On s'est dévisagées un moment, puis Florence a baissé la tête, mais j'ai eu le temps de surprendre une lueur entendue dans ses yeux noirs.

« Maintenant, va chercher de l'eau, ai-je décrété. J'ai envie de faire du café. »

Elle a obéi et s'est éloignée avec une lenteur qui frisait l'insolence. Quand la porte d'entrée s'est refermée derrière elle, je me suis approchée de la table et j'ai ramassé la chemise. Je l'ai portée à mon nez et j'ai senti une écœurante odeur de muguet. J'ai essayé d'imaginer le genre de femme qui pouvait mettre pareil parfum. Robes au décolleté généreux et vernis à ongles de la même teinte carmin que le rouge à lèvres. Rire rauque, interminable fume-cigarette au bout des doigts et jambes croisées pour mieux montrer sa combinaison. *Une petite coureuse et rien de plus,* ai-je pensé.

« Tu renifles un truc qui te plaît, ma fille ? »

Je me suis tournée et j'ai découvert Pappy dans l'encadrement de la fenêtre de devant. Le feu m'est monté aux joues. Depuis combien de temps était-il planté là et qu'avait-il surpris au juste ? Depuis assez longtemps et pas mal de choses, à en juger par son sourire suffisant.

D'un geste nonchalant, du moins je l'espérais, j'ai flanqué la chemise dans le panier.

« De la sueur, c'est tout, ai-je riposté. Vous savez, l'odeur corporelle des gens qui travaillent vraiment. Vous en avez peut-être entendu parler ? »

J'ai quitté la pièce avant qu'il puisse répondre.

Les problèmes ont commencé le premier samedi d'avril. Je descendais le vieux en ville quand on est tombé sur Jamie qui remontait au volant du pick-up. En approchant, j'ai remarqué Ronsel Jackson sur le siège passager. Il s'était sagement fait oublier depuis son retour, un an plus tôt. On le voyait rarement, juste une silhouette au loin dans les champs, courbée sur sa charrue. Cette vision semblait calmer Pappy ; du moins ne fulminait-il plus tous les jours contre cette « grande gueule de nègre ».

« C'est qui, là, avec Jamie ? » a marmonné Pappy en plissant les yeux.

Le vieux était trop vaniteux pour porter des lunettes en public, de sorte qu'il s'en remettait souvent à nous. Pour une fois, je m'en suis réjouie.

« Je ne sais pas. Je n'arrive pas à voir. »

La route était trop étroite pour deux véhicules en même temps. Jamie s'est arrêté pour nous céder le passage et j'ai dû me mettre au pas. Quand on les a croisés, Jamie nous a salués d'une main levée. Assis à sa droite, Ronsel regardait devant lui.

« Stoppe la voiture ! » m'a ordonné Pappy.

J'ai freiné, mais Jamie a redémarré. Pappy a tourné brutalement la tête vers la vitre arrière pour suivre le pick-up.

« T'as vu ça ? Je crois qu'il avait ce fichu négro avec lui.

— De qui parlez-vous ?

— Du fils Jackson, la grande gueule. Tu l'as pas vu ?

— Non. J'avais le soleil dans la figure. »

Pappy m'a fixée de son regard reptilien.

« Tu me racontes des craques, ma fille ?

— Bien sûr que non, Pappy », ai-je répliqué du ton le plus innocent possible.

Il a grogné et s'est remis face à la route, les bras croisés sur le torse.

« Moi, je te préviens, i vaudrait mieux que ç'ait pas été ce nègre. »

On a fait nos courses et on est revenus à la ferme quelques heures plus tard. J'espérais avoir la possibilité de dire un mot en privé à Jamie avant que Pappy ne lui parle, mais, comme par un fait exprès, Henry et lui étaient devant à bricoler le pick-up quand on s'est arrêtés. Les enfants ont accouru en nous réclamant à grands cris les bonbons que je leur avais promis.

« Je vous les donne à la maison, ai-je dit. Jamie, tu veux bien m'aider à porter ces provisions jusqu'à la cuisine ?

— Attends donc une minute, bordel, a lancé Pappy à Jamie. Qui c'était que t'avais dans le pick-up ? »

Jamie m'a regardée en battant des paupières. J'ai esquissé un léger non de la tête en espérant qu'il comprendrait et inventerait quelque chose.

« Alors ? Tu vas me répondre, oui ou non ?

— Les filles, rentrez, ai-je dit. J'arrive. »

Elles ont obéi à contrecœur. Jamie a attendu qu'elles soient hors de portée de voix pour réagir :

« Eh bien, c'était Ronsel Jackson. Qu'est-ce que ça peut te faire ? »

Sa voix était ferme, mais, à voir ses joues, il était nerveux. Je me suis demandé s'il avait recommencé à boire.

« Qu'est-ce qu'il y a ? s'est enquis Henry.

— J'ai remonté Ronsel qui était descendu en ville. Évidemment, notre papa n'est pas d'accord.

— Pas s'il s'assied dans la cabine avec toi, non, et je parie que ton frère non plus », a insisté Pappy.

Henry s'est montré effaré.

« Tu l'as laissé s'asseoir dans la cabine du pick-up tout le long du chemin ? a-t-il marmonné.

— Et alors ? Quelle importance ?

— Quelqu'un t'a vu ?

— Non, et quand bien même je m'en fiche. »

Ils se sont regardés, Jamie avec un air de défi, Henry avec une expression de colère, de souffrance et de stupéfaction que je connaissais bien et qui, la fois d'avant, m'avait été destinée. Henry a hoché la tête.

« Je ne te reconnais plus. Et je me demande si toi tu te reconnais. »

Il a tourné les talons et s'est dirigé vers la maison. Jamie l'a suivi du regard comme s'il voulait le retenir, mais n'a pas bougé.

« Attention que je te surprenne plus jamais à trimbaler ce moricaud, l'a averti Pappy.

— Sinon quoi ? Tu vas me donner des coups de canne ? »

Le vieux a souri en découvrant ses longues dents jaunes. Il souriait rarement ; quand il le faisait, l'effet était à la fois bizarre et répugnant.

« Oh, i s'agit pas de ce que je te ferais à toi. »

Pappy a été rejoindre Henry à l'intérieur, me laissant seule avec Jamie. Son corps paraissait tendu, prêt à céder à la violence ou à fuir. Quant à moi, j'étais déchirée entre l'envie de l'apaiser et celle de le gronder.

« Je ne peux pas rester ici, a-t-il marmonné. Je vais en ville. »

Retrouver cette femme, ai-je pensé.

« Ça me ferait plaisir que tu changes d'avis, ai-je protesté. Je nous prépare un ragoût de lapin pour le dîner. »

Il a tendu le bras et, d'un doigt, m'a effleuré la joue. Je vous jure que j'ai senti cette caresse dans toutes mes terminaisons nerveuses.

« Adorable Laura », a-t-il murmuré.

Je l'ai regardé partir. Pendant que le pick-up et son sillage de poussière s'amenuisaient, puis disparaissaient, j'ai pensé : *Un ragoût de lapin ; c'est tout ce que j'ai été fichue de lui offrir.* C'était tout ce que je pourrais jamais lui offrir. Ce constat avait l'amertume de la bile.

Florence

Trois fois, j'a passé le balai sur son pied.

« Désolé, misteur Jamie, suis bien maladroite aujourd'hui », je disais.

La troisième fois, mam McAllan m'a grondée et elle m'a envoyée dehors pour finir le balayage elle-même. Moi, ce qui pensaient, elle ou lui, je m'en moquais. Je voulais jusse qui s'en aille. Mais l'est pas parti, même après que j'avais jeté du sel dans ses pas et que j'avais caché un *mojo* de stramoine et de catchouchou sous son lit. L'a continué à revenir, pas moyen de se débarrasser de ce vaurien.

Pourtant, on i aurait donné le bon Dieu sans confession, avec sa belle bouille et son sourire de petit garçon. Les gens avaient spontanément de la sympathie pour lui, c'était plus fort qu'eux, c'est comme le gamin qui veut absolument une baie de houx. I sait pas que c'est du poison, i voit jusse quéque chose de joli et de rouge et i veut se la fourrer dans le bec. Et quand on i retire, i crie comme si que vous i arrachez le cœur. I a beaucoup de choses mauvaises sur terre qui sont jolies en apparence.

Jamie McAllan était pas mauvais, pas comme son papa, mais i faisait l'œuvre à Satan tout pareil. C'était un fragile vaisseau. Haleine de whisky dès midi et odeur de femmes partout sur ses habits tous les lundis. Bien sûr, un homme, i peut aimer ses inclinations naturelles et même son petit canon et ête quand même la créature à Dieu, mais Jamie McAllan avait un trou à l'âme, du genre qui plaît au diable. Pour Satan, c'est comme une porte ouverte, qui i permet d'entrer et de faire sa sale ouvrage. J'a pensé que peut-ête l'avait attrapé ça à la guerre et que le temps le refermerait, mais ça s'est agrandi de plus en plus. Personne le voyait sauf moi. Jamie McAllan les dindonnait tous, surtout mam McAllan. Vu comment qu'elle le regardait, on aurait cru que c'était lui son mari et pas son frère. Mais Henry McAllan avait pas l'air dérangé, si tant est qui remarquait quoi que ce soye. Moi, je vous dis une chose, si ma sœur roule un jour des grands yeux comme ça à Hap, j'i arrache avec mes griffes.

Même mon fils i s'est fait avoir par lui. J'étais au courant de leurs balades en voiture le samedi après-midi, et d'autres fois aussi quand Ronsel sortait la nuit. Dans le coin, le seul endroit ousque les gens de couleur vont la nuit, c'est les latrines, pour i aller et en revenir, en tout cas si zont deux sous de bon sens. Non, je savais exactement où i l'était. L'était dans la vieille scierie à côté de la rivière, celle qui tombait en ruine, à se soûler avec Jamie McAllan. J'a vu Ronsel aller par là des tas de fois et je l'a entendu rentrer tard en trébuchant. J'a essayé di dire de se tenir à distance de c't homme-là, mais i voulait pas écouter.

« Quesse tu fais à traîner avec ce Blanc ? j'i a demandé.

— Rien. On parle, c'est tout.

— Tu cherches les ennuis, v'là ce que tu fais. »

Ronsel a hoché la tête.

« Il est pas comme le reste.

— T'as raison. Jamie McAllan, l'a un serpent dans sa poche et i le trimbale partout où qui va. Mais le jour où ce serpent sera prêt à mordre, c'est pas lui qui mordra, oh non. I plongera ses crochets dans la première personne qui sera à côté. Et tu ferais mieux de t'assurer que c'est pas toi.

— Tu le connais pas.

— Je sais qui boit du whisky tous les jours en cachette de sa famille. »

Ronsel a détourné les yeux.

« Il chasse ses fantômes, c'est tout », i m'a dit.

Mon fils en avait une tripotée lui aussi, je le savais, mais i voulait pas m'en causer. Depuis qui l'était revenu de cette fichue guerre, l'était comme une maison barricadée, rien pouvait entrer dedans ni en sortir – au moins rien rapport à nous. Jamie McAllan recevait plus de Ronsel que nous.

J'avais pas rapporté à Hap que les deux buvaient ensemble. J'aime pas cacher des choses à mon mari, mais Ronsel et lui arrêtaient pas de se chicaner. C'était la faute à Hap, i poussait Ronsel à parler à Henry McAllan pour reprendre les surfaces aux Atwood. Une nouvelle famille de métayers était dessus, mais misteur McAllan était pas content d'eux, i l'avait dit à Hap. Ronsel avait répondu à son papa qui réfléchirait, mais l'avait autant envie de ses terrains qu'un chat de faire trempette dans une mare. Et Hap le poussait, le poussait, c'était la convoitise de la terre qui parlait, voilà ce que c'était.

« Si t'arrêtes pas, tu vas le pousser droit vers la porte, j'a dit à Hap.

— C'est un homme, un adulte, Hap a répondu. L'a besoin d'avoir sa maison à lui, de fonder sa famille. Pourquoi pas ici ? Un des jumeaux peut l'aider. Si à nous quatre on cultive vingt hectares et si les prix du coton i restent au-dessus des trente cents la livre, en trois quatre ans, on aura assez pour acheter notre terre à nous. »

Ronsel se fichait pas mal d'avoir une terre à lui, mais ça servait à rien de dire ça à mon mari. Autant piler de l'eau dans un mortier. Quand Hap a une idée en tête, l'est sourd et aveugle à tout ce qui rentre pas dans le moule. C'est pour ça que c'est un bon prédicateur, sa foi vacille jamais. Les gens voient ça chez lui et ça les ravigore. Mais des fois ce qui marche en chaire va pas à la table de votre cuisine. Tout ce que Ronsel voyait, c'est que son papa s'occupait pas de ce que son fils voulait. Et ce qui voulait, c'était partir. L'idée qui parte m'était insupportable, mais je savais qui fallait qui le fasse vite, comme moi i fallait que je le laisse aller sans broncher.

Au printemps, i se soulait avec Jamie McAllan un jour sur deux. Donc, quand le vieux misteur McAllan les a vus ensemble dans le pick-up, ça m'a soulagée. J'a cru que ça mettrait le holà à tout ce trafic.

Ronsel nous en avait pas causé. Exactement comme la fois d'avant, i a fallu qu'on apprenne ce qui s'était passé de la bouche d'Henry McAllan. L'a déboulé un après-midi, dans tous ses états, i voulait parler avec Hap et Ronsel. Et, exactement comme la fois d'avant, j'a écouté en secret. J'estimais que j'avais le droit de savoir ce qui se disait sur mon prope porche, que les hommes i soyent d'accord ou pas.

« Je suppose que tu sais pourquoi je suis ici, Ronsel.

— Non, m'sieu.

— Mon frère m'a dit qu'il t'a remonté de la ville aujourd'hui.

— Oui, m'sieu.

— Je présume que ce n'était pas la première fois.

— Non, ce n'était pas la première fois.

— Depuis combien de temps exactement ça dure, ce manège ?

— Je ne peux pas le dire précisément.

— Hap, est-ce que tu sais de quoi je parle ?

— Non, misteur McAllan.

— Eh bien, attends que je te raconte. Apparemment, ton fils ici présent et mon frère sillonnent la campagne à bord de mon pick-up depuis je ne sais combien de temps, assis dans la cabine, copains comme cochons. Mon père les a vus aujourd'hui revenir de la ville. Tu dis que tu n'étais pas du tout au courant de ça ?

— Non, m'sieu. Enfin, je savais que misteur Jamie i raccompagnait Ronsel une fois de temps en temps, mais je savais pas qui s'assoyait devant avec lui. »

Mais Hap le savait très bien, à cause qui les avait vus ensemble la première fois. Vous pouvez me croire qui l'avait remonté les bretelles à Ronsel ce jour-là, en i espliquant de jamais s'asseoir encore à l'avant de la voiture d'un Blanc, sauf si l'était le chauffeur et qui porte une casquette noire pour le prouver.

« Et maintenant que tu sais, a repris misteur McAllan, qu'est-ce que tu as à dire là-dessus ? »

Un silence s'est abattu entre eux. Je sentais que Hap bataillait, qui l'essayait de choisir sa réponse. C'était pas jusse que Henry McAllan i demande de prendre parti comme ça contre son prope fils. Si misteur McAllan voulait humilier Ronsel, l'aurait dû se débrouiller tout seul au lieu de compter que Hap le fasse pour lui. *Va pas faire ça, Hap,* j'a pensé.

Mais l'a pas eu le temps de répondre que Ronsel a pris la parole :

« Je ne crois pas que mon père ait quoi que ce soit à dire là-dessus, vu qu'il ne savait rien. C'est à moi que vous devriez poser la question.

— Alors quoi ? a répliqué Henry McAllan. Qu'est-ce que tu avais donc en tête ?

— L'homme blanc me dit de monter dans son pick-up, je monte. »

Il y avait une fausse humilité dans la voix de Ronsel, même moi je l'a remarqué.

« Tu te moques de moi, mon garçon ?

— Non, m'sieu, bien sûr que non, a bredouillé Hap. L'essaie jusse de s'espliquer.

— Eh bien, attends que je t'explique quelque chose, Ronsel. Si je t'attrape encore une fois assis en voiture avec mon frère, tu vas avoir un paquet d'ennuis, et il s'agira pas d'une gentille causette comme celle qu'on a en ce moment. Quand il est en pétard, mon papa est pas du genre phraseur, si tu comprends ce que je veux dire. Alors, la prochaine fois que Jamie te propose de te raccompagner, tu réponds que tu as besoin d'exercice, t'entends ?

— Oui, m'sieur.

— Tu sais, Hap, a ajouté Henry McAllan, j'escomptais davantage de bon sens de la part de ton fils. »

D'une voix plus forte, il a ajouté :

« Et c'est valable pour toi aussi, Florence. »

Après son départ, j'a été à la porte et j'a regardé. Ronsel était debout à la limite du porche et fixait le pick-up à Henry McAllan, et Hap, sur sa chaise à bascule, i fixait le dos à Ronsel.

« Eh bien, papa, a grommelé Ronsel, tu dis pas : Je t'avais prévenu ?

— I a pas besoin de le dire.

— Allez, je sais que ça te démange. Alors, dis-le.

— I a pas besoin. »

Pendant un long moment, on a jusse entendu les grillons, les rainettes et le grincement de la chaise de Hap. Puis Ronsel s'est éclairci la gorge. *Ça i est,* j'a pensé.

« Je resterai jusqu'à ce que le coton soit remisé, l'a dit. Puis je m'en irai.

— Ousque tu vas aller, mon fils ? Dans une grande ville au nord où t'as pas de maison et pas de famille ? C'est pas une vie.

— Où que j'aille et quelle que soit la façon dont je vivrai, Ronsel a répondu, je suis sûr que ce sera mieux qu'ici. »

Henry

À l'heure de planter, j'étais près d'étriper mon frère, tête en compote ou pas. Ce n'était pas seulement qu'il s'était remis à boire en cachette alors qu'il m'avait juré qu'il allait arrêter. C'était son égoïsme qui me tapait sur le système. Il faisait ce que bon lui semblait sans s'interroger une seconde sur la manière dont ça pouvait affecter les autres. J'étais là à bosser dur pour nous faire une place à Marietta, à moi et ma famille, et c'est sûr que ça ne m'aidait pas d'avoir un frère ivrogne qui frayait avec des putains et des nègres. Et pour couronner le tout, il fallait que j'écoute Laura lui trouver de bonnes excuses pendant que mon père affichait un sourire goguenard. Pappy croyait que je ne voyais rien, mais il se trompait. Quand bien même je n'aurais pas eu de bons yeux, mes oreilles m'auraient alerté.

Si Jamie était dans les parages, elle chantait. Et quand il n'y avait que moi, elle fredonnait.

Pourtant, je n'avais pas eu l'intention de dire ce que j'avais dit, pas comme ça. Mais Jamie m'a poussé à bout, et les mots me sont sortis, c'est tout, et une fois sortis je n'ai pas pu les reprendre.

On était dans la grange, tous les deux. Jamie venait de traire la vache et il rapportait le seau à la maison lorsqu'il a trébuché et s'est affalé, répandant le lait partout sur le sol et sur lui. Il s'est mis à rire, à faire comme si ce n'était pas grave. Et j'imagine que, au fond, ça ne l'était pas, mais là ça m'a foutu en rogne.

« Tu trouves ça drôle de renverser du bon lait ! me suis-je écrié.

— Ben, tu connais le dicton : rien ne sert de pleurer sur le lait renversé. »

À la façon dont il mangeait ses mots et titubait, j'ai compris qu'il avait bu. Ça m'a foutu encore plus en rogne.

« Non, surtout quand c'est pas le tien. »

Quand il a entendu ça, son sourire s'est effacé.

« Je vois, a-t-il rétorqué d'un ton sarcastique. Combien je te dois, Henry ? »

Il a glissé la main dans sa poche et en a extrait une poignée de piécettes.

« Voyons, il devait y avoir une douzaine de litres dans ce seau, ça nous fait quoi, environ deux dollars ? Disons deux dollars et vingt-cinq cents pour être plus sûr. Je ne voudrais pas t'escroquer. »

Il a compté sa monnaie.

« Fais pas l'imbécile.

— Oh non, frangin, j'insiste. »

Il m'a tendu les pièces. Quand j'ai refusé, il a allongé le bras et a essayé de les glisser dans ma poche de chemise. Je l'ai repoussé d'un geste brusque et les pièces sont tombées par terre.

« Pour l'amour de Dieu, il ne s'agit pas d'argent et tu le sais.

— De quoi s'agit-il alors ? Qu'est-ce que tu voudrais que je fasse, Henry ?

— Déjà, que tu arrêtes de boire. Que tu te prennes en charge et que tu te comportes en adulte, en homme.

— Un seau de lait renversé, et je ne suis pas un homme ?

— Ces derniers temps, tu ne te comportes pas comme tel, c'est sûr. »

Ses yeux sont devenus tout petits et mauvais, exactement comme notre père quand il se fâchait après quelqu'un.

« Et comment devrais-je me comporter, frangin… comme toi ? a-t-il répliqué. À me promener ici comme Dieu Tout-Puissant au milieu de sa création, à faire la loi, tellement obsédé par ma petite personne que je suis infichu de voir que ma femme est malheureuse ? C'est ça le genre d'homme que je devrais être ? Hein ? »

Je n'avais jamais frappé mon frère, mais là j'ai vraiment failli.

« Sois le genre d'homme que tu veux, mais fais ça ailleurs.

— Très bien. Je vais aller en ville. »

Il s'est dirigé vers la porte.

« Je ne parle pas seulement de cette nuit », ai-je ajouté.

Alors je l'ai vue sur son visage, cette expression proche de celle qu'il affichait, gamin, quand une des piques de Pappy le blessait en profondeur. Puis elle s'est effacée derrière un masque d'indifférence. Il a haussé les épaules.

« Ouais, bon. De toute façon, je commençais à en avoir marre de cet endroit. »

Il n'a rien, ai-je songé. *Ni femme ni enfants, ni maison à lui. Ni aucune idée de ce qu'il est vraiment et de ce sur quoi il pourrait se construire.*

« Écoute, ai-je marmonné, je ne pensais pas vraiment ce que je t'ai dit.

— Ah oui ? J'ai eu l'impression que ça t'était sorti facilement, comme si tu y avais réfléchi depuis un bout de temps.

— Je crois juste que tu as besoin de redémarrer de zéro quelque part. On sait bien, toi et moi, que tu n'es pas un fermier.

— Je m'en irai demain, si c'est pas trop tard pour toi. »

Je ne voulais pas qu'il s'en aille sous le coup de la colère et sans s'y être préparé.

« Ce n'est pas la peine. En plus, je compte sur ton aide pour les semailles. »

Il a fait celui qui n'avait pas entendu.

« Je vais attraper le premier car, demain matin.

— Je te demande de rester un peu plus longtemps, ai-je insisté. Jusqu'à ce qu'on ait planté la graine. »

Il m'a regardé un long moment, puis m'a lancé un sourire amer.

« Je ferais n'importe quoi pour mon grand frère », a-t-il conclu.

Là-dessus, il est sorti, le dos droit et raide comme un soldat. Jamie le nierait, mais sur un point il est exactement comme Pappy. Jamais il n'oublie ni ne pardonne un affront.

Laura

Si Henry n'avait pas été aussi têtu.

S'il n'y avait pas eu de match.

Si Eboline s'était mieux occupée de ses arbres.

On était le 12 avril, une semaine après l'incident avec Ronsel. Henry, Jamie, Pappy et moi déjeunions au Dex's. Les filles étaient chez Rose où elles devaient goûter et passer la nuit, deux plaisirs très attendus, à l'occasion du septième anniversaire de Ruth Ann.

Au milieu du repas, Bill Tricklebank a débarqué, il nous cherchait. Eboline avait appelé l'épicerie, elle était folle d'inquiétude. Le matin même, une branche morte de son orme s'était abattue sur son toit. Personne n'avait été blessé, mais la salle de séjour était exposée aux intempéries et un gros orage arrivait. Il était censé frapper Greenville dans la journée de lundi.

« Bon sang, a grommelé Henry une fois Bill reparti, il fallait que ça tombe en pleines semailles !

— Je vais y aller, a proposé Jamie.

— Non. Ce n'est pas une bonne idée, a décrété Henry.

— Pourquoi ? » s'est récrié Jamie, la bouche pincée.

Les choses étaient toujours tendues entre Henry et lui. Personnellement, je me tenais à distance ; les deux fois où j'avais essayé d'en discuter avec Henry, il m'avait presque enguirlandée.

« Tu le sais.

— Allez, ça fait six mois. Charlie Partain ne fera rien, même si par hasard il me voyait. Ce qui ne se produira pas.

— Exact, a répliqué Henry, parce que tu n'iras pas.

— C'est qui Charlie Partain ? ai-je voulu savoir.

— Le shérif de Greenville, m'a expliqué Pappy. Il aime pas trop notre famille.

— Après l'accident, il m'a demandé que Jamie ne remette pas les pieds en ville, a précisé Henry, et j'ai bien l'intention qu'il en soit ainsi.

— Il ne s'agit pas de Charlie Partain, s'est récrié Jamie. Tu ne veux pas que j'y aille parce que tu n'as pas confiance en moi. Pas vrai, frangin ? »

Henry s'est levé, a sorti un billet de dix dollars de son portefeuille et l'a posé sur la table. À moi, il a lancé :

« Téléphone à Eboline pour lui dire que je suis en route. Puis trouve-toi quelqu'un qui te raccompagne, chez Tricklebank. Je serai de retour d'ici quelques jours. »

Il s'est penché et m'a donné un baiser pressé. Il tournait les talons quand Jamie l'a retenu par le bras.

« Alors ? » a-t-il insisté.

Henry a baissé les yeux vers la main sur son bras, puis vers Jamie.

« Préviens les métayers qu'un orage arrive, lui a-t-il dit. Rentre le tracteur dans la grange et fixe le volet qui a du jeu, celui de la chambre des filles. Et tu ferais bien de vérifier le toit de la baraque, de clouer tout ce qui menace de s'envoler. »

Jamie a acquiescé avec brusquerie et Henry est parti. On a fini de déjeuner et on est allés chez les Tricklebank. Jamie et Pappy sont restés dehors pendant que j'appelais Eboline. Après, j'ai acheté quelques provisions à Bill. Quand je suis ressortie, Pappy était à un bout du porche avec d'autres hommes en train d'écouter un match à la radio. Jamie était assis seul à l'autre bout, il fumait et fixait la rue d'un air maussade. Je me suis approchée de lui et lui ai demandé s'il nous avait arrangé une voiture.

Il a opiné.

« Tom Rossi nous remontera. Il est allé chercher des aliments pour bétail chez Stokes et m'a proposé qu'on le rejoigne là-bas. »

Tom était propriétaire de la ferme à l'ouest de la nôtre. Il était aussi shérif adjoint à mi-temps de Marietta. Ça me paraissait curieusement déprimant de vivre dans un endroit où, vu le peu d'importance de leurs démêlés avec la loi, les citoyens avaient à se contenter d'un représentant de l'ordre et demi.

« Vous êtes prêt à partir ? ai-je crié à Pappy.

— Est-ce que j'en ai l'air, ma fille ? Le match vient juste de commencer.

— Je le ramènerai, a beuglé un des gars à côté de lui.

— On dîne à six heures », ai-je précisé.

Pappy nous a fait au revoir de la main, et Jamie et moi sommes allés rejoindre Tom.

Durant le trajet de retour, assise entre eux deux, j'ai échangé des banalités entortillées avec Tom pendant que Jamie ruminait de sombres pensées à côté de moi. Dès que Tom nous a eu déposés, Jamie a sauté dans le pick-up pour aller alerter les métayers de l'orage imminent. Quand je l'ai entendu revenir, je suis sortie. Les cheveux flamboyants sous le soleil, il se dirigeait vers la grange à grandes enjambées furieuses. Je l'ai appelé.

« Il faut que j'aille chercher l'échelle et que je vérifie le toit, m'a-t-il crié sans ralentir l'allure.

— Ça peut attendre un petit moment. Je veux te parler. »

Il s'est arrêté, mais ne s'est pas retourné. Il était raide et serrait les poings. Je me suis plantée devant lui.

« Si tu penses qu'Henry n'a pas confiance en toi, tu te trompes.

— Tu crois ça, hein ?

— Tu ne vois donc pas que c'était ce qu'il essayait de te dire en te demandant de prévenir les métayers et tout le reste ? Qu'il avait confiance en toi ?

— Ouais, a répliqué Jamie avec un rire amer, il a tellement confiance en moi qu'il veut que je me barre.

— Ne sois pas idiot. Il est juste fâché contre toi à cause de cette histoire avec Ronsel. Ça va lui passer. »

Jamie a penché la tête.

« Il ne t'a pas encore parlé, alors. C'est bien ce que je pensais.

— Parlé de quoi ?

— Il m'a foutu dehors.

— Qu'est-ce que tu racontes ?

— Hier, il m'a demandé de partir. Je m'en irai dès qu'on aura fini de semer. Sans doute la semaine prochaine. »

J'ai éprouvé une vive douleur quelque part près du centre de mon corps, puis la sensation que je me vidais, ce qui m'a valu un léger tournis. Ça m'a rappelé ce que je ressentais quand je donnais mon sang dans le cadre de l'effort de guerre. Seulement là, c'était tout qui me quittait, la vie et la couleur en moi, et qui se perdait dans la terre à mes pieds. Quand Jamie serait parti et moi vidée, je redeviendrais invisible, exactement comme avant son arrivée. Or je ne pouvais pas recommencer à être cette femme soumise que nul ne voyait, celle qui jouait ses rôles sans vraiment les habiter. Je ne le voulais pas. *Non.*

Pour me rendre compte que j'avais prononcé ce mot à voix haute, il a fallu que Jamie s'écrie :

« Je n'ai pas le choix, Laura. Henry a raison sur un point, il faut que je redémarre de zéro. Et je suis foutrement sûr de ne pas pouvoir y arriver ici. »

D'un geste, il a embrassé tout ce qui l'entourait : la baraque minable, les dépendances, les vilains champs marron. Et moi, bien entendu, je faisais aussi partie de ce paysage affligeant. Le paysage d'Henry. La fureur s'est massée dans mon ventre, a monté, m'a brûlé la gorge. Là, j'ai vraiment haï mon mari.

« Je ferais mieux de m'occuper des tâches qu'il m'a confiées », a ajouté Jamie.

Il s'est dirigé vers la grange. Devant la porte, il s'est arrêté et m'a regardée.

« Je n'aurais jamais pensé que mon frère se retournerait comme ça contre moi, m'a-t-il dit. Je ne l'en aurais jamais cru capable. »

Je n'ai rien trouvé à répondre. Rien qui l'aurait réconforté. Rien qui l'aurait retenu.

Je l'ai écouté rentrer le tracteur, clouer les volets, grimper à l'échelle et vérifier le toit. Bruits banals qui m'ont emplie de tristesse. Je ne pensais plus qu'à une chose : au silence à venir.

Quand il a eu terminé, il a passé la tête par la fenêtre de devant.

« Le toit a l'air bien, m'a-t-il confié. J'ai fait le reste.

— Tu veux du café ?

— Non, merci. Je crois que je vais aller roupiller. »

Il dormait depuis une vingtaine de minutes peut-être quand je l'ai entendu gémir et crier. Je me suis précipitée vers l'appentis, mais à la porte, finalement, j'ai hésité. J'ai vu ma main sur le loquet et j'ai songé à toutes les choses qu'elle avait pu accomplir depuis mon arrivée à La Bourbière, des choses qui autrefois m'auraient effrayée ou choquée. J'ai vu les ongles esquintés, les phalanges rouges et boursouflées, le mince anneau d'or sur mon annulaire. J'ai regardé ma main soulever le loquet.

Jamie était couché de tout son long sur le dos, bras écartés. À part ses chaussures et ses chaussettes, il était encore habillé. Ses pieds étaient longs, pâles et fins avec un réseau de veines bleutées sur la cambrure. J'ai éprouvé une envie terrible de presser ma bouche dessus. Il a crié et a levé le bras, comme s'il repoussait quelque chose. Je me suis assise sur le bord du lit, ai attrapé son bras et l'ai reposé sur le drap. De mon autre main, j'ai rejeté en arrière ses cheveux collés sur son front moite.

« Jamie, réveille-toi. »

Il s'est dégagé et m'a saisie aux épaules en plantant ses doigts dans ma peau. J'ai redit son prénom et ses yeux se sont ouverts et ont fouillé éperdument la pièce avant de s'arrêter sur mon visage. J'ai vu qu'il reprenait ses esprits, qu'il réalisait qui j'étais et où nous étions.

« Laura. »

J'aurais pu détourner le regard, mais je ne l'ai pas fait. Je suis restée immobile, sans me cacher alors que je savais qu'il allait voir tout ce que je ressentais. Ça a été le geste le plus intime de ma vie, plus intime encore que ceux qui ont suivi. Jamie n'a pas bougé, mais, à la manière dont ses mains m'agrippaient, j'ai perçu le changement qui s'opérait en lui. Ses yeux ont glissé vers ma bouche et mon cœur a fait un bond contre ma cage thoracique. J'ai attendu qu'il m'enlace, mais en vain et je me suis finalement rendu compte qu'il ne broncherait pas ; que c'était à moi de prendre l'initiative. J'ai repensé à la première fois où Henry m'avait embrassée, il avait pris mon visage dans ses mains comme s'il en avait le droit. C'était ça la différence entre hommes et femmes, me suis-je dit : les hommes prennent les choses qu'ils veulent, les femmes attendent qu'on les leur donne. Moi, je ne voulais plus attendre davantage. Je me suis penchée et mes lèvres ont effleuré celles de Jamie : elles avaient un goût de whisky, de cigarettes, de colère et d'un désir qui, je le savais, ne s'adressait pas seulement à moi. Ça m'était égal. J'ai pris le tout, sans la moindre question, ni de sa part ni de la mienne. Ses mains m'ont attirée sur lui, elles ont déboutonné mon chemisier, défait mes jarretelles. Résolues, impatientes, elles nous ont précipités au-delà des si et des pourquoi. J'ai suivi de mon plein gré le cours du désir de Jamie.

Et puis, subitement, il s'est arrêté. Il m'a fait rouler sur le côté, s'est levé et j'ai pensé : *Il a changé d'avis. Naturellement.* Il m'a pris la main, m'a relevée et obligée à me camper devant lui. Mortifiée, j'ai baissé la tête et commencé à reboutonner mon chemisier. Il m'a soulevé le menton.

« Regarde-moi. »

Je me suis forcée. Son regard était résolu et farouche. Il a passé son pouce sur ma bouche, a rabattu ma lèvre inférieure d'une caresse, puis sa main s'est risquée plus bas. Des doigts, il m'a agacé les seins dans un sens, puis dans l'autre. Mes mamelons ont durci, mes jambes se sont mises à trembler. Mon corps me paraissait dense et lourd, comme une encombrante masse liquide. J'ai failli m'effondrer, mais ses prunelles m'ont retenue. Elles reflétaient une exigence et une gravité que je n'avais encore jamais rencontrée. Alors, j'ai compris : nous ne serions pas emportés par la passion, contrairement à ce que j'avais toujours imaginé. Jamie ne le voulait pas. Ce serait un geste délibéré. Un choix.

Sans le quitter des yeux, j'ai tendu la main, trouvé la boucle de sa ceinture et dégagé la languette en cuir. Lorsque j'ai défait le fermoir, il a poussé un long soupir. Ses bras m'ont enlacée et sa bouche s'est posée sur la mienne.

Quand il a été au-dessus de moi, je n'ai pas pensé à Henry ni à mes enfants, ni à des mots du genre *adultère, péché, conséquences*. Je n'ai pensé qu'à nous deux. Et quand je l'ai attiré en moi, je n'ai pensé à rien du tout.

Il s'est endormi sur moi, comme Henry parfois quand il est fatigué, mais je n'ai absolument pas ressenti l'irritation ni l'énervement que je ressens d'habitude. Le poids de Jamie était exquis. Désireuse d'exclure toute autre sensation, désireuse que son poids imprime la forme de son corps dans ma chair, j'ai fermé les yeux.

C'est de penser à Pappy qui m'a incitée à bouger. D'après la teinte dorée de la lumière qui entrait par la fenêtre, l'après-midi était bien avancé ; il allait revenir d'un moment à l'autre. Prudemment, je me suis dégagée en essayant de ne pas réveiller Jamie. Il a remué et gémi, mais n'a pas ouvert les paupières. J'ai ramassé mes vêtements par terre, les ai époussetés et me suis habillée. Je me suis approchée du miroir. J'avais les cheveux en désordre, mais à part ça j'avais la même tête que d'habitude : Laura McAllan par un samedi après-midi normal. Tout avait changé ; rien n'avait changé. Stupéfiant.

J'ai entendu les ressorts du petit lit grincer légèrement dans mon dos, et j'ai deviné que Jamie s'était réveillé et m'observait. *Il faudrait que je me retourne vers lui,* ai-je songé, mais mon corps a refusé d'obéir. J'ai vite quitté l'appentis sans regarder Jamie ni lui parler. J'avais peur de découvrir de la honte dans ses yeux ou de surprendre un regret dans sa voix.

Environ une demi-heure plus tard, j'ai entendu le pick-up démarrer et s'éloigner.

Hap

Ce lundi après-midi, j'étais dehors à côté de la grange à attacher le mulet après la remorque à guano quand Ronsel s'a enfin décidé à remonter de la ville. À ce stade, j'étais rudement fâché après lui. L'était descendu faire une course à sa maman, mais l'était resté parti beaucoup trop longtemps. Encore à rêvasser qui fichait le camp à New York ou à Chicago ou loin quéque part, je m'étais dit, dans un de ces endroits qui nous cornait toujours aux oreilles pendant que moi, ici, j'aurais eu besoin d'autant de paires de bras que possible pour mettre l'engrais dans les champs.

« Où t'étais ? j'a demandé. La moitié de la journée a passé. »

L'a pas répondu, on aurait dit qui m'avait pas entendu ou même qui m'avait pas vu. I regardait jusse dans le vague avec une drôle de figure, comme si l'était vidé de son air.

« Ronsel ! j'a beuglé. Quesse qui i a ? »

L'a sursauté et m'a fixé.

« Pardon, papa. Je crois que j'étais ailleurs.

— Viens m'aider à charger l'engrais.

— J'arrive. »

L'est rentré dans la maison. Une minute après, i déboule à fond de train sur le porche, regarde partout comme si l'a perdu quéque chose.

« T'as vu un bout de papier quelque part ?

— Quel genre de papier ?

— Une enveloppe, avec quelque chose d'écrit dessus.

— Non, j'a rien vu de pareil. »

L'a ratissé la cour, en s'énervant davantage à chaque seconde.

« Putain ! Elle a dû tomber de ma poche sur le chemin du retour !

— Ronsel ! Quesse qui a dans cette enveloppe ? »

Mais i m'a pas répondu. Son regard s'a posé sur la route.

« Je parie qu'elle est tombée dans ce fichu fossé. Il faut que j'aille la récupérer.

— Je croyais que t'allais m'aider avec cet engrais.

— Ça, ça ne peut pas attendre, papa. »

I s'a lancé à toutes jambes. Ça a été la dernière fois que j'a entendu la voix à mon fils.

Ronsel

L'enveloppe portait un timbre allemand au coin. Elle était sale et abîmée d'avoir parcouru tant de kilomètres et d'être passée entre tant de mains. L'écriture, ornée et penchée, était celle d'une femme. J'ai compris au premier coup d'œil qu'elle venait de Resl. Les censeurs l'avaient ouverte, puis refermée avec du scotch. Ça m'a hérissé de penser qu'ils avaient lu avant moi ce qu'elle m'avait destiné.

Quand j'ai sorti la lettre, une photographie est tombée par terre au milieu de la poste. Je l'ai ramassée et regardée. Stupéfiant comme un carré de papier brillant peut changer votre vie à tout jamais. J'ai senti que j'avais la bouche sèche et que mon cœur battait plus vite. J'ai déplié la lettre en espérant que les censeurs n'avaient pas tout noirci, mais pour une fois le texte était complet.

Lieber Ronsel,

Cette lettre, je t'écris avec l'Aide de mon Amie Bertha que tu peut-être te souviens. Je sais pas si ça arrive pour toi, mais j'espère oui. Peut-être tu es surpris d'entendre de moi.

D'abord, je pense que j'écris pas toi mais après je décide que je dois faire ça, parce que c'est pas bien qu'un Homme sait pas qu'il a un Fils. C'est ça que je veux dire toi : tu as un Fils. Je le donne le nom de mon Père et de son Père, Franz Ronsel. Il était né la Nuit du 14 novembre à 22h. dans l'Hôpital de Teisendorf. Je demande moi que tu fais Maintenant. J'essaye imaginer que tu fais dans ton Missippi plat, mais je peux pas faire cette Image dans mon Esprit, seulement je vois ton Visage tous les jours quand je regarde petit Franz. J'envoie toi une Foto pour que tu le vois. Il a tes Yeux et ton Sourire.

À ton départ je savais pas que je porte ton Enfant en moi et, quand j'ai appris ça, ma Fierté a pas permis que je te écris. Mais maintenant j'ai ce beau Fils et je pense au Jour quand il sait qu'il a pas de Père et son sourire meurt. Comparé à ça, ma Fierté est pas important. Pour Franz, je demande toi s'il te plaît, tu vas revenir vivre avec nous issi, avec moi, Maria et ton Fils. Je sais c'est pas facile, mais j'ai la Maison et je crois ensemble on fait une goot Vie. Merci répond vite et dis moi que tu reviens à nous.

Avec l'Amour,

Ta Resl

La lettre, datée du 2 février 1947, remontait à plus de deux mois. Ça m'a serré le cœur de penser qu'elle avait attendu une réponse en vain tout ce temps. J'ai porté la feuille à mon nez, mais si son odeur l'avait marquée elle s'était évanouie depuis longtemps. J'ai regardé de nouveau la photo. Il y avait Resl, l'air toujours aussi adorable et jolie, le bébé niché dans ses bras. Sur le cliché, sa peau était d'un noir assez clair, moins foncée que la mienne l'aurait été, j'ai donc supposé qu'il était pain d'épice comme mon père. Resl brandissait une de ses menottes et l'agitait devant l'objectif.

Ma Resl. Mon fils.

Un fils, j'ai un fils. Je n'avais que ça en tête quand je suis revenu à pied de Marietta avec cette lettre dans ma poche. Maintenant que je savais que j'étais père, le monde m'offrait des contours plus définis. Le ciel semblait plus bleu et les cabanes ramassées dessous plus minables. Les champs récemment plantés à ma droite et à ma gauche me donnaient l'impression de se déployer à perte de vue tel un océan brunâtre qui nous aurait séparés, lui et moi. Mais comment diable retourner en Allemagne ? Et une fois là-bas, que faire ? Je ne parlais pas la langue, je n'avais aucun moyen d'entretenir une famille sur place. Pourtant, je ne pouvais pas les abandonner. Peut-être que je pourrais les faire venir tous les trois, pas dans le Mississippi mais ailleurs, quelque part où les gens se ficheraient qu'elle soit blanche et moi noir. Ça devait exister un endroit pareil, peut-être en Californie ou dans le Nord. Je pouvais consulter Jimmy, si ça se trouve, il aurait une idée. Pétard, il y avait trop de probabilités, c'était le problème. Il fallait que je réfléchisse sérieusement et que j'établisse un plan. Entre-temps, je les aiderais comme je pourrais. Il ne me restait plus beaucoup d'argent, peut-être quelques centaines de dollars cachés dans mes bottes au fond de mon paquetage. J'allais écrire au capitaine Scott du camp Hood, il saurait les faire passer à Resl. Mais d'abord j'allais lui écrire et lui dire que je l'aimais toujours et que je travaillais à un plan, elle pourrait chuchoter ça à l'oreille de mon fils.

J'étais tellement pris par mes idées que le pick-up était pratiquement sur moi quand je l'ai entendu. Je me suis retourné et, toc, il était là, me fonçait droit dessus. Des réflexes de soldat, voilà ce qui m'a sauvé. J'ai plongé dans le fossé qui bordait la route et atterri dans la boue. Le pick-up m'est passé si près du crâne qu'il a failli me tailler les cheveux en brosse, puis il s'est enquillé direct dans le fossé juste devant moi. Là, je l'ai reconnu, c'était le pick-up des McAllan. J'ai cru une minute que le vieux McAllan avait essayé de m'écrabouiller, mais quand la portière s'est ouverte, c'est Jamie qui est descendu. Enfin, qui est tombé de là plutôt, il était plus soûl que je ne l'avais jamais vu, c'est dire. Il tenait une bouteille dans une main et une cigarette dans l'autre. Il est venu vers moi en titubant.

« C'est toi, Ronsel ?

— Ouais, c'est moi.

— Ça va ?

— Je suis crotté pareil qu'un cochon dans sa bauge, mais sinon ça va.

— Tu devrais pas marcher en plein milieu de la route comme ça, tu risques de te faire tuer.

— C'est pas un aviateur blanc et bourré qui me fera moucher ma chandelle », ai-je répliqué.

Il s'est marré et s'est laissé choir sur le bord du fossé pendant que je m'extirpais de mon bourbier, puis m'asseyais à côté de lui. Il avait l'air horriblement mal en point. Yeux rouges, pas rasé, la peau luisante de sueur. Il a avalé une goulée, puis m'a offert sa bouteille. Elle était déjà aux trois-quarts vide au moins.

« Non merci, vaut mieux que je m'abstienne, ai-je répondu. Peut-être que vous feriez bien de faire pareil. »

Jamie a agité son doigt devant moi.

« Ne croyez pas, messieurs, que je sois ivre. »

Il a levé sa main gauche et a ajouté :

« Voici mon enseigne, voici ma main droite. »

Puis il a levé la main tenant la bouteille. Du whisky a coulé sur la jambe de son pantalon, mais apparemment il ne s'est aperçu de rien.

« Et voici la gauche. Dieu ! Dire que les hommes se collent un ennemi dans la bouche pour qu'il leur dérobe leur cervelle ! Dire que dans la joie, les plaisirs, la fête... la fête... et c'est quoi le quatrième, bon sang ? »

Il m'a regardé comme si j'étais censé le savoir. J'ai juste haussé les épaules.

« Dans la joie, les plaisirs, la fête et... sous les applaudissements... c'est ça, sous les applaudissements... nous nous transformons en bêtes furieuses ! »

Il a fait tourner sa main gauche en l'air et a incliné le buste en un simulacre de courbette. Il aurait basculé dans le fossé si je ne l'avais pas vivement rattrapé par le col de la chemise.

« Eh, il y a quelque chose qui ne va pas ? »

Il a hoché la tête et fixé la bouteille dont il a gratté l'étiquette avec son ongle. Il a gardé le silence un long moment, puis m'a demandé :

« C'est quoi, le pire truc que t'aies jamais fait ?

— Flinguer Hollis, j'imagine. »

Une nuit à la scierie, je lui avais raconté cette histoire : j'avais tiré dans la tête de mon pote Hollis qui avait perdu ses deux jambes en sautant sur une grenade et me suppliait de l'achever.

« Non, un truc qui ferait vraiment mal à quelqu'un. Un truc que tu te pardonnerais jamais. T'as déjà fait quelque chose comme ça ? »

Ouais, j'ai pensé, *j'ai quitté Resl.* J'ai vraiment failli lui parler d'elle. J'avais envie de dire ces mots à voix haute : *Je suis papa, j'ai un fils*. Je lui avais déjà raconté un paquet d'histoires : la mort d'Hollis par exemple, le refus de laisser des petits Blancs monter dans nos tanks, et la fois à Paris où Jimmy et moi on était entrés dans un cabaret où les entraîneuses étaient carrément à poil. Mais il y avait une méchante différence entre ça et le fait que j'aie un enfant avec une femme blanche. Jamie McAllan était né dans le Mississippi et il y avait grandi. S'il se foutait en rogne et qu'il décide de me balancer, je pouvais me taper dix ans à Parchman – dans l'éventualité où on ne m'aurait pas lynché avant.

« Non, je vois pas.

— Moi oui. J'ai calomnié une dame, la princesse de ce pays.

— Qu'est-ce que vous racontez ? Quelle princesse ?

— Et elle, la pauvre âme en est folle, elle l'adore même, elle en est idolâtre, de cet homme douteux aussi bien qu'inconstant. Idolâtrie, idultérie… ah ! »

C'était donc ce qui le tourmentait. Pensant à Josie, j'ai lancé :

« C'est pas bon de fricoter avec des femmes mariées, vous allez juste au-devant de peines de cœur. Mieux vaut coller ça derrière vous et ne jamais la revoir. »

Il a acquiescé.

« Ouais. La semaine prochaine, je me barre d'ici.

— Où vous allez ?

— Je sais pas. Peut-être en Californie. J'ai toujours eu envie d'aller voir à quoi ça ressemblait.

— J'ai un copain qui habite à Los Angeles. D'après Jimmy, il fait jamais ni trop chaud ni trop froid et il ne pleut presque pas. Bien sûr, il m'a peut-être servi des bobards. »

Jamie m'a regardé, de ce regard dur et clair qu'un ivrogne vous balance des fois, c'est comme s'ils dégrisaient juste le temps de vous voir vraiment.

« Toi aussi, tu devrais te barrer, Ronsel. Hap peut se débrouiller sans toi maintenant.

— Je m'en vais, dès que la cueillette sera rentrée.

— Très bien. C'est pas un endroit pour toi, ici. »

Il a fini le whisky et jeté la bouteille dans le fossé. Quand il a tenté de se relever, ses jambes se sont dérobées sous lui. Je me suis redressé et l'ai aidé à se remettre sur pied.

« Je pense que vous feriez mieux de me laisser vous reconduire.

— Oui, je pense aussi. »

On a réussi, je ne sais trop comment, à dégager le pick-up du fossé, puis j'ai ramené Jamie jusqu'au pont et je suis descendu. Je présumais qu'à partir de là il pouvait se débrouiller et je n'avais pas envie qu'Henry McAllan ou le vieux nous voient ensemble.

« Roulez prudemment le reste du chemin. Essayez de pas pousser d'autres Noirs dans le fossé. »

Il a souri et m'a tendu la main. On a échangé une poignée de main.

« Je crois pas que je te reverrai avant mon départ, m'a-t-il dit. Prends soin de toi, d'accord ?

— Vous aussi.

— T'as été un ami. Je veux que tu le saches. »

Il n'a pas attendu que je réagisse, s'est contenté de me saluer de la main et a démarré. J'ai suivi le pick-up sur la route qui me ramenait à la maison ; il avançait en brimbalant et je me suis dit que ce monde pouvait être vraiment surprenant des fois.

C'est peut-être une demi-heure plus tard que je me suis rendu compte que la lettre avait disparu. Ma première idée a été qu'elle avait glissé dans ce fichu fossé. Je suis retourné là-bas en courant et j'ai cherché, mais je n'ai trouvé que la bouteille de whisky de Jamie. Je me suis tapé toute la route jusqu'à la ville, sans résultat. La poste était fermée, mais j'étais sûr de pas l'avoir laissée là. Il y avait que deux endroits où elle pouvait être : dans la poche de quelqu'un qui l'aurait ramassée ou dans le pick-up des McAllan. Je me suis forcé à rester calme. Si je l'avais laissée dans le pick-up, Jamie avait peut-être mis la main dessus. Il la montrerait à personne, il me la garderait. Peut-être qu'à cet instant précis il était chez moi, qu'il cherchait à me la rendre. Et, si elle était encore dans le pick-up, je pourrais me faufiler à la nuit tombée et la récupérer avant que quelqu'un la découvre.

Lorsque je suis reparti à la maison, le jour commençait à décliner et il pleuvait dru. J'étais sorti sans mon chapeau, de sorte que j'étais trempé. J'étais à mi-chemin quand, pour la seconde fois de la journée, j'ai entendu un bruit de véhicule qui me fonçait dessus. Je me suis tourné et j'ai vu deux paires de phares. J'ai sauté dans le fossé, mais au lieu de me dépasser ils se sont arrêtés juste à ma hauteur. Je n'avais pas reconnu la voiture de tête, mais le pick-up derrière oui. Il y avait des silhouettes blanches à l'intérieur, quatre dans la voiture et peut-être trois dans le pick-up. On aurait cru qu'elles luisaient dans l'obscurité. Quand elles sont descendues, j'ai compris pourquoi.

Laura

Jamie n'est pas rentré le samedi, ni le dimanche. Lorsque Rose a ramené les filles le dimanche matin, je lui ai demandé si elle l'avait vu en ville et elle m'a dit que non. Ils ont été bien longs, ces deux jours. La tendre meurtrissure entre mes cuisses me rappelait constamment ce que nous avions fait, Jamie et moi. J'avais de vagues remords – en voyant le pantalon de pyjama d'Henry tristement accroché à une patère dans notre chambre, son peigne sur la table de toilette, un cheveu blanc sur son oreiller –, mais pas de honte ni de regret véritables. À la place, j'éprouvais un sentiment d'émerveillement extraordinaire. Je ne m'étais jamais crue capable ni d'une grande audace ni d'une grande passion et étais abasourdie de découvrir que je possédais de grandes réserves des deux. Sans cesse, je me revoyais avec Jamie. J'ai laissé le gruau de maïs sur le feu, oublié de nourrir les bêtes, je me suis brûlé le bras sur la cuisinière.

Pappy était encore plus acariâtre que d'habitude. À court de cigarettes, il pestait contre Jamie qui nous avait laissés en plan sans moyen de transport. Il a fumé sa dernière le lundi matin tôt et, du coup, il a passé la journée à me punir de ce qu'il lui arrivait. Mes petits pains étaient trop secs, est-ce que je cherchais à l'étouffer ? Mes planchers étaient tellement crasseux que même un nègre aurait pas marché dessus. Mes mioches faisaient trop de raffut. Mon café était un vrai jus de chaussettes, combien de fois ne m'avait-il pas répété qu'il l'aimait fort ?

À moins de descendre à pied, il était impossible d'aller en ville tant qu'Henry ou Jamie n'était pas rentré.

« Putain de merde, i l'est où ? a beuglé Pappy pour la énième fois.

— Surveillez votre langage, lui ai-je crié. Les enfants vous entendent. »

Il scrutait la route depuis le porche, ce qui était mieux que l'avoir dans la maison avec nous. Florence était repartie chez elle. Je cousais de nouvelles robes pour les filles qui fabriquaient des poupées en papier. Les bottes de Pappy qui passait et repassait devant la fenêtre martelaient les planches.

« C'est bien de lui, a-t-il grommelé, un truc pareil. I pense qu'à lui, les autres, i s'en fout carrément. »

C'était tellement cocasse d'entendre Pappy se plaindre de l'égoïsme de Jamie - ou de qui que ce soit d'ailleurs - que j'ai éclaté de rire. Les volets se sont ouverts bruyamment sur la bouille renfrognée de mon beau-père. Il m'a fait penser à un coucou d'horloge, un coucou malveillant.

« Pourquoi tu ricanes ? m'a-t-il lancé.

— Un truc que Bella vient de faire.

— Tu trouves ça drôle, un vieil homme privé de ses cigarettes ! Attends de voir ce que ça te fera de vieillir sans pouvoir profiter de tes petits plaisirs parce que personne t'aime assez pour s'occuper de toi.

— Vous pourriez toujours prendre un des mulets pour descendre en ville ? » lui ai-je suggéré, pince-sans-rire.

Pappy détestait les bêtes, surtout les grandes. Je crois qu'il en avait peur, même s'il ne l'aurait jamais admis. C'était pour ça que nous n'avions pas d'animaux de compagnie à la ferme ; il ne les aurait pas supportés.

« Je ferai pas un truc pareil. Pourquoi que tu demandes pas à la négresse ? Dis-i que j'i donnerai vingt-cinq cents.

— Je suis sûre que Florence a mieux à faire que d'aller vous chercher des cigarettes. »

Son visage a disparu aussi brusquement qu'il était apparu.

« Pas grave, a-t-il marmonné. Je vois le pick-up qu'arrive. »

Les filles se sont précipitées sur le porche pour accueillir leur oncle. Quant à moi, j'ai commencé par inspirer à fond avant de leur emboîter le pas. Si je voulais éviter d'éveiller les soupçons de Pappy, il allait falloir que je fasse très attention à mon comportement avec Jamie.

« Encore soûl », a déclaré Pappy d'un ton méprisant.

Le pick-up zigzaguait. À un moment donné, il a quitté la route et foncé dans les champs fraîchement semés. J'ai été contente qu'Henry ne soit pas là, il en aurait fait une attaque. Jamie s'est arrêté devant la maison et est sorti du véhicule. Bella s'est précipitée, mais je l'ai retenue. Jamie était chiffonné et pas rasé. Un pan de sa chemise pendait sur le devant de son pantalon.

« Bon après-midi, Laura, Pappy et les petits pétunias, a-t-il bredouillé tout en titubant.

— T'as des clopes ? a aboyé le vieil homme.

— Bonjour, mon fils, a répliqué Jamie d'une voix pâteuse. Je suis tellement content de te voir, comment vas-tu aujourd'hui ? Ah, papa, merci de me poser la question, je vais bien, et toi, comment vas-tu ?

— Tu peux causer tout seul tant que ça te chante, commence déjà par m'en filer une. »

Jamie a fouillé sa poche de chemise et en a tiré un paquet de Lucky Strikes qu'il a jeté à son père. Le lancer ayant été un peu court, Pappy a été obligé de se pencher pour le ramasser.

« Il en reste qu'une.

— J'imagine que j'ai fumé les autres.

— Tu vaux pas tripette, tu le sais, non ?

— Ben, je vaux une clope. C'est déjà ça. À moins que tu la veuilles pas.

— Passe-moi juste les clés du pick-up. »

Jamie les a brandies et les lui a agitées sous le nez.

« Demande gentiment et peut-être que je te les donnerai. »

Pappy a marché sur Jamie d'un pas lent et menaçant.

« T'essaies de te frotter à moi ? Hein, monsieur le grand héros ? »

Le vieux avait sa canne dans sa main gauche, mais il ne s'appuyait pas dessus ; il la tenait comme un gourdin.

« Continue donc à dégoiser et on verra bien, de toi ou de moi, qui qu'est un homme et qui l'est pas. Tu vois, je connais la réponse, mais toi non, i me semble. Je crois que t'es pas au clair là-dessus. C'est pour ça que tu t'obstines à la ramener avec moi, tu veux que je te remette sur le droit chemin. Hein, mon garçon ? »

Quand il est arrivé devant Jamie, il s'est arrêté et s'est penché jusqu'à ce que leurs visages soient proches à se toucher. Qu'est-ce qu'ils se ressemblaient ! Je ne m'en étais encore jamais aperçue – j'avais toujours trouvé que Pappy était laid –, mais ils avaient des traits fondamentalement identiques : les sourcils arqués en une expression sardonique, les pommettes accusées, la bouche charnue, un peu boudeuse.

« Hein ? » a répété le vieux bonhomme.

Mes muscles se sont tendus ; l'envie d'intervenir était presque irrésistible. Subitement, Pappy a brandi sa canne vers le visage de Jamie – une ruse, mais Jamie a tressailli et reculé d'un pas.

« C'est bien ce que je pensais, a braillé Pappy. Maintenant file-moi ces clés, bordel. »

Jamie les a lâchées dans la main tendue. Le vieil homme a tapé sur le paquet pour en extraire la cigarette, l'a allumée, puis a soufflé sa fumée dans la figure de Jamie. Ce dernier est tombé à genoux avec un haut-le-cœur. Un jet de liquide sans le moindre solide dedans a fusé. Je me suis demandé à quand remontait son dernier repas. Je me suis agenouillée à côté de lui, sans rien pouvoir faire que lui tapoter doucement le dos alors que des spasmes le secouaient. Sa chemise était trempée de sueur.

J'ai entendu un ricanement sarcastique et relevé la tête. De la cabine du pick-up, le vieil homme nous avait observés.

« Eh ben, vous en faites un joli couple !

— Allez-vous-en !

— T'es impatiente de l'avoir pour toi toute seule, hein, ma fille ? Dommage qui soit trop imbibé pour te servir à grand-chose.

— Qu'est-ce que vous racontez ?

— Tu sais très bien ce que je veux dire.

— Non, pas du tout.

— Alors, pourquoi que t'es si rouge, hein ? »

Pappy a démarré le pick-up.

« Le laisse pas s'endormir sur le dos, a-t-il ajouté. Si i recommence à dégueuler, i serait capable de s'étouffer et d'en crever. »

Il est parti. J'ai baissé les yeux vers Jamie. Ses haut-le-cœur avaient cessé, il était affalé sur le côté.

« Dans ses meilleurs jours, il est un poil plus mauvais qu'un homme, a déclaré Jamie d'une voix rauque, et, à ses pires moments, il vaut à peine mieux qu'une bête féroce.

— Qu'est-ce qu'il a qui ne va pas, oncle Jamie ? » a crié Amanda Leigh.

Je me suis retournée et j'ai vu les petites qui nous regardaient. Je les avais complètement oubliées.

« Il a mal au ventre, c'est tout. Rends-moi service, ma chérie, va me chercher un gant de toilette. Plonge-le dans le seau, essore-le et apporte-le-moi. Et un verre d'eau aussi.

— Oui, maman. »

Tant bien que mal, j'ai réussi à ramener Jamie à l'appentis. Il est tombé sur son lit et est resté allongé sur le dos, sans bouger. Je lui ai retiré ses chaussures. Il n'avait plus de chaussettes. Une image nette et importune de chaussettes abandonnées sous un lit de femme m'est venue à l'esprit. J'ai eu un peu de mal à le rouler sur le côté. Quand j'ai eu réussi, j'ai baissé les yeux et l'ai surpris qui me fixait d'un air impénétrable.

« Adorable Laura, a-t-il murmuré. Mon ange de miséricorde. »

Sa main s'est levée et refermée autour de mon sein, de manière possessive, avec familiarité. J'ai éprouvé une flambée de désir. Il a battu des paupières, ses yeux se sont fermés et sa main est retombée sur le lit. J'ai entendu un crépitement familier sur le toit ; doucement d'abord, puis plus marqué et plus insistant. Il avait commencé à pleuvoir.

C'est deux heures plus tard à peu près que la porte de devant s'est ouverte à la volée et que Florence est entrée avec fracas. Les filles et moi venions de nous asseoir pour un dîner tardif. Pappy n'était toujours pas revenu et je n'étais pas disposée à l'attendre plus longtemps. Les enfants avaient faim et moi aussi.

« Où est misteur Jamie ? » m'a demandé Florence sans préambule.

Elle était trempée jusqu'aux os et respirait péniblement, comme si elle avait couru.

« Il fait un somme dans l'appentis. Qu'est-ce qu'il y a ?

— Où est le pick-up alors ?

— Pappy est descendu en ville. Voyons, qu'est-ce qu'il t'arrive au juste ?

— Ronsel est descendu en ville avant et l'est pas rentré. À quelle heure misteur Jamie l'est retourné ? »

Devant son attitude cavalière, la moutarde m'a monté au nez.

« Pas longtemps après que tu es partie. Mais je ne vois pas en quoi ça te regarde.

— L'est arrivé quéque chose à mon fils et misteur Jamie y est mêlé d'une façon ou d'une autre, je sais.

— Tu dis des sottises. Depuis combien de temps Ronsel est-il absent ?

— Depuis cinq heures à peu près. I devrait ête rentré maintenant.

— Eh bien, ça n'a rien à voir avec Jamie. Comme je te l'ai dit, il est ici depuis trois heures et demie environ. Ronsel a dû tomber sur un ami en ville et oublier l'heure. Tu connais les jeunes. »

Florence a secoué la tête, une seule fois, mais ce geste m'a paru aussi brutal que si elle m'avait bousculée.

« Non. L'a pas d'amis ici, sauf misteur Jamie.

— Amis ? Qu'est-ce que tu racontes ?

— Faut que vous le réveillez pour i demander. »

Je me suis levée.

« Je ne ferai pas ça. Jamie est épuisé et il a besoin de se reposer. »

Ses narines ont frémi et elle a regardé la porte en battant des cils. *Elle a l'intention de passer quand même et d'aller le tirer du sommeil*, ai-je pensé. Je n'étais pas en mesure de l'en empêcher ; elle faisait trente centimètres et une bonne vingtaine de kilos de plus que moi. Pour la première fois depuis que je la connaissais, j'ai eu peur d'elle.

« Vaudrait mieux que tu rentres, lui ai-je conseillé. Je parie que Ronsel est déjà chez vous et qu'il se demande où tu es. »

Une véritable animosité se lisait dans le regard de Florence, ce qui a déclenché ma propre colère. Comment osait-elle me menacer, et sous mon propre toit ? Je me suis rappelé Pappy disant aux filles que Lilly May n'était pas leur amie et ne le serait jamais ; que si un jour il y avait une guerre entre nègres et Blancs, elle prendrait parti pour les nègres et n'hésiterait pas à les trucider toutes les deux. Sur le moment, ses propos m'avaient mise en fureur, mais je me demandais à présent s'ils ne renfermaient pas un méchant grain de vérité.

Bella a toussé, elle avait avalé son lait de travers. Je l'ai tapotée dans le dos, puis j'ai regardé Florence. J'ai repensé à notre première rencontre ; j'étais alors folle d'inquiétude pour mes enfants. Ce souvenir m'a fait l'effet d'une bonne bouffée d'air, il a nettoyé mon cerveau de ces inepties. Je n'avais pas en face de moi une Noire cruelle, mais une mère anxieuse.

« Surveille les filles, lui ai-je lancé. Je vais lui demander. »

J'ai frappé à la porte de l'appentis, mais personne ne m'a répondu et, quand j'ai allumé la lanterne, j'ai découvert deux lits vides. L'oreiller de Jamie s'est révélé froid sous ma main. J'ai été voir du côté des latrines, mais il n'y était pas non plus et il n'y avait pas de lumière dans la grange. Où pouvait-il être allé, à pied et dans l'état pitoyable où il se trouvait ? Impossible qu'il ait dégrisé, ça faisait moins de trois heures qu'il était rentré. Et où était Pappy ? Le magasin Tricklebank avait fermé depuis longtemps, et le vieux n'avait pas l'habitude de sauter un repas ni de laisser passer une occasion de se plaindre de ma cuisine.

C'est avec un sentiment d'effroi croissant que je suis retournée à la maison.

« Jamie n'est pas là, ai-je dit à Florence. Il a dû aller se balader pour se remettre les idées en place. Ça lui arrive parfois le soir. Je suis sûre que ça n'a aucun rapport avec Ronsel. »

Florence a vite franchi la porte. Je l'ai suivie jusqu'aux marches.

« J'enverrai Jamie chez toi dès qu'il sera revenu, lui ai-je crié, juste pour te tranquilliser. Je suis sûre que tu t'inquiètes pour rien. »

Mais je parlais au vent. Les ténèbres l'avaient engloutie.

Jamie

La pluie m'a réveillé en sursaut. Le raffut d'un orage du Delta contre un toit en tôle est pratiquement ce qu'on peut trouver de plus proche du bruit du combat. Pendant une minute terrifiante, je me suis retrouvé dans le ciel allemand, cerné de Messerschmitt ennemis. Puis j'ai réalisé où j'étais et pourquoi.

Allongé dans l'obscurité de l'appentis, j'ai fait l'inventaire des dégâts : j'avais mal à la tête et la bouche pâteuse. J'étais encore un peu éméché, mais pas assez, et de loin, pour affronter Pappy et Laura. Il y avait eu une vilaine scène, ça, je m'en souvenais, mais les détails me demeuraient imprécis, ce qui m'allait très bien. L'amnésie est un des grands bienfaits de l'alcool et je ne suis pas du genre à refuser ça. À tâtons, j'ai cherché sous le lit la bouteille que je planquais là, mais quand je l'ai eue en main, elle m'a paru légère. Il ne restait plus que deux gorgées que je me suis enfilées, puis j'ai refermé les paupières et attendu que le whisky me requinque. J'avais l'estomac vide, ça n'a donc pas pris longtemps. J'aurais peut-être pu me rendormir, mais j'avais trop envie de pisser. J'ai cherché à tâtons la lanterne sur la table de chevet et l'ai allumée. Le lit de Pappy était vide. Sur le chevet, il y avait également une cruche d'eau, une cuvette, une serviette éponge impeccablement pliée et du pain de maïs enveloppé dans un torchon. Laura devait avoir laissé ça là pour moi.

Laura. Tout m'est alors revenu dans un flot d'images : ses cheveux en cascade autour de mon visage. Ses seins comblant mes mains. Sa douce odeur musquée. La femme de mon frère.

Je suis sorti de l'appentis. Il faisait nuit noire, mais, dans la maison, les lumières étaient allumées. Debout à la limite du porche, j'ai ajouté ma propre contribution au déluge tout en m'interrogeant sur l'heure qu'il était. Un éclair a illuminé la cour et j'ai vu que ni la voiture ni le pick-up n'étaient là. Nous n'attendions pas Henry avant le lendemain, mais pourquoi Pappy n'était-il pas rentré ? Peut-être que le vieux avait été coincé par la flotte. Peut-être était-il assis dans le pick-up au fond d'un fossé en train de nous maudire, le mauvais temps et ma pomme. Cette perspective m'a mis en joie.

J'étais en train de remonter la fermeture Éclair de mon pantalon quand j'ai aperçu une lumière qui bougeait pas loin de la vieille scierie. Au début, j'ai cru que c'était Pappy qui rentrait, mais non, ce n'était pas des phares approchant de la maison. La lumière suivait la rivière en tressautant, elle clignotait comme si une personne munie d'une lanterne avançait entre les arbres, puis elle a disparu. La personne en question avait dû entrer dans la scierie. Ronsel sans doute, ou un vagabond qui cherchait à s'abriter. Libres à eux. Je ne risquais pas d'aller voir de quoi il s'agissait, pas sous cette pluie torrentielle.

Je suis rentré et me suis nettoyé. Je n'avais pas envie de puer la sueur, le vomi et le whisky devant Laura et les petites. J'étais à moitié habillé quand j'ai repensé à la bouteille que j'avais planquée dans la scierie. Ça m'a titillé illico. Sans elle, je serais livré à moi-même en face de Laura, puis de mon père et d'Henry quand ils se pointeraient. Je savais que Ronsel ne boirait pas mon whisky sans que je le lui aie proposé, mais un vagabond, s'il tombait dessus, si. L'idée qu'un clodo se lampe mon Jack a eu raison de ma répugnance à me mouiller. Je me suis collé un peu de pain de maïs dans la bouche, et j'ai mis ma veste et mon chapeau. À la dernière seconde, j'ai attrapé mon colt 38 et l'ai fourré dans ma poche.

Il n'y avait pas trois secondes que j'avais quitté le porche que j'étais trempé jusqu'aux os. Le vent m'a arraché mon chapeau tandis qu'à chaque pas la boue essayait de me délester de mes bottes. Il faisait tellement noir que, sans les éclairs, je n'aurais rien vu. J'ai d'ailleurs failli percuter un véhicule garé à côté de la scierie. Le capot était chaud. L'éclair d'après, j'ai reconnu le pick-up d'Henry. Et il y avait une autre bagnole à côté. *Que se passait-il donc, bordel ?*

J'ai contourné le bâtiment. Derrière, des bandes de lumière filtraient entre les planches et j'ai collé mon œil contre le bois. Au début, je n'ai vu que du blanc. Puis ça a bougé, et j'ai compris que je fixais la nuque de quelqu'un qui portait une capuche blanche. Il n'était pas seul. Ils étaient peut-être huit et formaient un vague cercle.

« Combien de fois tu l'as baisée ? » a braillé quelqu'un.

Une des silhouettes s'est déplacée et j'ai aperçu Ronsel à genoux au centre. Pieds et poings liés, mains dans le dos, un nœud coulant autour du cou. L'homme qui tenait l'autre bout de la corde jetée par-dessus une poutre du plafond a tiré dessus d'un coup sec. Suffoqué, Ronsel a relevé la tête.

« Réponds-lui, sale nègre ! » a gueulé mon père.

Ronsel

Je me suis mis à courir, mais j'ai entendu un bruit de fusil qu'on arme. J'ai stoppé net et j'ai levé les mains. Une voix haut perchée m'a lancé :

« Si j'étais toi, mon garçon, je resterais où que je suis. »

On aurait juré Doc Turpin, ce salopard qui avait esquinté la jambe de papa. Chez Tricklebank le jour de mon retour, il parlait du nez comme ça. Et papa m'avait dit qu'avant il appartenait au Klan.

« Foutez-le dans la bagnole. »

Cette voix-là, je l'ai reconnue sans hésitation – c'était le vieux McAllan. Je me suis demandé si Henry McAllan était là aussi sous une de ces capuches. Quelqu'un a surgi derrière moi et m'a jeté un sac en grosse toile sur la tête. J'ai battu des bras et il m'a collé un coup dans les reins, puis quelqu'un d'autre m'a attrapé les bras et me les a attachés dans le dos. Ils m'ont traîné jusqu'à la voiture et poussé dedans. Je me suis retrouvé assis entre deux types, puis on a démarré.

Le sac humide sur ma tête sentait comme le café, j'ai pensé qu'ils l'avaient récupéré chez Tricklebank. Ils avaient dû se rassembler là-bas avant de se lancer à ma recherche. Ça m'a donné un petit espoir. Si Mme Tricklebank les avait entendus discuter, elle avait vraisemblablement appelé le shérif Tacker aussitôt après leur départ. Ce dernier n'était pas un grand ami des nègres, mais il n'allait sûrement pas rester sans rien faire et accepter qu'un de nous soit lynché. Non, sûrement pas.

« Écoutez, ai-je dit. Je vais quitter la ville.

— Ta gueule, le négro, a répliqué l'homme que je croyais être Turpin.

— Je m'en irai ce soir et plus jamais je ne...

— Il a dit "Ta gueule", a répété rageusement un des types assis à côté de moi.

Un truc m'a heurté violemment le flanc et j'en ai eu le souffle coupé. Ça m'a fait horriblement mal, comme si j'avais des côtes cassées. Après ça, je me suis tu et eux pareil. Quelqu'un a allumé une cigarette. J'ai jamais été un grand fumeur, mais, quand mes narines ont surpris cette odeur, j'ai vraiment eu très envie d'une clope. Curieux, la manière dont le corps continue obstinément à réclamer ce qui lui fait envie alors même qu'il se croit près de mourir.

La voiture a bifurqué et on a brinquebalé, je me suis dit qu'on avait quitté la route. Deux minutes plus tard, on s'est arrêtés. Ils m'ont sorti brutalement du véhicule et m'ont fait marcher tambour battant jusqu'à un bâtiment. La pluie martelait le toit comme si des centaines de personnes les encourageaient en applaudissant. Ils m'ont fait tomber à genoux d'une bourrade et m'ont glissé une corde autour du cou. Ils l'ont serrée, pas assez pour m'étouffer, mais un petit plus aurait suffi. Il faisait très chaud sous le sac et j'avais du mal à respirer. La sueur et le café me piquaient les yeux, et la figure me démangeait à cause de la grosse toile. Combien de temps ça prenait de mourir étouffé ? Si j'avais de la chance, mon cou se briserait et je partirais vite, mais sinon... J'ai senti la panique me saisir et l'ai combattue en inspirant et en expirant plus lentement, comme on nous l'avait appris pendant notre stage de survie. J'allais garder mon calme, j'attendrais une occasion de m'échapper. Et si je n'y arrivais pas, s'ils décidaient de me tuer, je montrerais à ces crapules comment meurt un homme, un vrai. J'étais un sous-off du 761ᵉ régiment de chars, une Panthère. Ils ne feraient pas de moi un nègre péteux.

D'un geste brusque, l'un d'eux a retiré le sac qui couvrait mon visage. Au début, je n'ai vu que des jambes, puis ils ont reculé un peu et j'ai compris où j'étais : dans la vieille scierie où j'avais passé tant de nuits à boire du whisky avec Jamie McAllan. Sept ou huit types faisaient cercle autour de moi. La plupart ne portaient qu'une taie d'oreiller blanche, mais deux avaient la vraie tenue du Klan avec la capuche pointue et, sur le torse, un écusson rond frappé d'une croix rectangulaire bordée de noir et ornée d'une virgule rouge rappelant une goutte de sang. J'ai relevé la tête vers la corde autour de la poutre puis mon regard est descendu vers la main de celui qui la tenait. Grand, plus d'un mètre quatre-vingt-dix peut-être, il était bâti comme un ours. Ce ne pouvait être qu'Orris Stokes, c'était le plus grand type à Marietta. Un jour où j'étais chez Tricklebank, j'avais aidé sa femme enceinte à charrier ses courses jusque chez eux.

« Tu sais pourquoi t'es ici, sale négro ?

— Non, monsieur, monsieur Stokes. »

Il a confié la corde à un autre gars, puis il a allongé le bras et m'a collé un revers. Ma tête est partie brutalement en arrière, une de mes dents a bougé.

« Redis ce nom ou n'importe quel autre et t'auras encore plus de raisons de te plaindre que maintenant, compris ?

— Oui, monsieur. »

L'autre homme en aube du Klan s'est avancé. C'était Doc Turpin, j'en étais sûr à présent. Je voyais sa bedaine pointer sous le tissu et ses petits yeux couleur de bière qui brillaient à travers les trous de sa capuche. Il était clair que Stokes et lui étaient les meneurs.

« Passez-nous la pièce à conviction », a braillé Turpin.

On lui a remis quelque chose. Dès que j'ai vu la vieille main aux doigts jaunis, j'ai deviné ce qu'elle tenait. Turpin a pris la lettre et la photo que lui tendait le vieux McAllan, et me les a fourrées sous le nez. Resl et Franz me souriaient. J'ai regretté de ne pas pouvoir sauter dans cette photo, dans cet autre monde, avec eux.

« As-tu copulé avec cette femme ? » m'a demandé Turpin.

Je n'ai pas répondu, alors qu'il avait la lettre en main. Ils pouvaient me faire pire que me tuer.

« On sait que tu l'as fait, négro, a déclaré McAllan. On veut juste te l'entendre dire. »

Un autre a tiré sèchement sur la corde et le nœud m'a serré la trachée.

« Allez, dis-le ! » m'a-t-il crié.

Il avait la voix grave et éraillée du gros fumeur. Aucun doute sur son identité : c'était Dex Deweese, le propriétaire du petit resto de Marietta.

« Oui.

— Oui, quoi ? a insisté Turpin.

— Oui, j'ai... été avec elle.

— Tu as souillé une femme blanche. Avoue. »

J'ai fait non de la tête. Stokes m'a refrappé, avec son poing cette fois, et a fini de me décrocher la dent. Je l'ai crachée par terre.

« J'ai souillé une femme blanche.

— Combien de fois tu l'as baisée ? » a poursuivi Turpin.

J'ai refait non. Pour dire les choses telles qu'elles étaient, au début j'avais baisé Resl. J'avais pris ce qu'elle m'offrait sans penser à rien sinon à mon plaisir, sachant que je ne tarderais pas à avoir une autre affectation. Quand était-ce devenu plus important que ça ? J'ai fermé les yeux en essayant de me rappeler, en essayant de retrouver son odeur. Mais tout ce que j'ai réussi à sentir, ça a été ma sueur et leur haine. La puanteur animale de cette dernière infestait la scierie.

Deweese a tiré d'un coup sec sur la corde et j'ai eu un haut-le-cœur.

« Réponds-lui, sale négro ! a beuglé le vieux McAllan.

— Je ne sais pas », ai-je balbutié dans un filet de voix.

Turpin a agité la photo en l'air.

« Suffisamment pour lui coller ça – j'appellerai pas ça un enfant –, cette... abomination ! Cette immonde pollution de la race blanche ! »

Les autres hommes ont remué les pieds, marmonné. Turpin les chauffait bien.

« Et quel est le prix de cette abomination ?

— La mort ! a hurlé Stokes.

— Moi, je propose qu'on le châtre », a suggéré l'un d'eux.

La peur qui s'est emparée de moi ne ressemblait à rien de ce que j'avais jamais pu ressentir dans ma vie.

J'avais les tripes en révolution et j'ai dû me retenir à quatre mains pour ne pas me chier dessus.

« Et si une femme s'approche d'un animal et s'accouple avec lui, tu tueras la femme et l'animal. Ils seront mis à mort et leur sang retombera sur eux, a rappelé Turpin.

— Pendez-le », a conclu le vieux McAllan.

Juste à ce moment-là, la porte s'est ouverte brutalement et a mobilisé notre attention à tous. Jamie McAllan, ruisselant, s'est encadré sur le seuil. Il tenait un pistolet braqué sur Deweese.

« Lâchez la corde », a-t-il ordonné.

Jamie

« Lâchez-la », ai-je lancé.

Un autre type a bougé et a levé le canon de son fusil de chasse. Je l'ai mis en joue.

« Jetez votre arme ! »

Il a hésité. Durant quelques secondes, ils se sont tous figés. Puis mon père a dit :

« I bluffe et en plus l'est à moitié bourré. Braque le nègre. Vas-i, i va pas te tirer dessus. Mon fils a pas les couilles de descendre un mec à bout portant. »

Il s'est planté devant le type et m'a masqué ma cible. Je me suis retrouvé à fixer le guidon de mon pistolet dirigé sur les yeux clairs de mon père dans leur cadre de coton blanc.

« Hein, mon fils ? »

Derrière lui, j'ai vu le canon du fusil maintenant pointé sur la tête de Ronsel. Pappy a fait un pas vers moi, puis un autre. J'entendais un rugissement dans mes oreilles, et ma main sur le colt tremblait. J'ai glissé mon autre main sous la crosse de mon arme pour la stabiliser.

« Arrête-toi là », lui ai-je conseillé.

Il a fait un pas de plus dans ma direction.

« Tu serais prêt à trahir ton père pour un négro ?

— Reste où t'es. Je te préviens.

— Flingue-moi, le moricaud canera quand même. »

La haine - de lui, de moi - m'a envahi. J'avais perdu, on le savait aussi bien l'un que l'autre. Je n'avais plus qu'un coup à jouer.

« Si vous le tuez, autant me tuer, ai-je lancé à la cantonade. Parce que si Ronsel meurt, j'irai tout droit chez le shérif. Je vous jure que je le ferai.

— Qu'est-ce que tu lui diras, mon garçon ? m'a demandé le gros vêtu d'une aube du Klan. À part ton père, t'es pas fichu d'identifier un seul des nôtres. »

Sans quitter Pappy des yeux, j'ai répliqué :

« Vous savez, Doc, le blanc vous va pas. Ça vous grossit. Dex, lui, il est tellement maigre que c'est pas grave ; quant à Orris, eh bien, il peut porter ce qu'il veut, il aura toujours l'air mastoc. Mais à votre place, Doc, je m'en tiendrais au marron et au noir.

— Merde, a beuglé Deweese.

— Ta gueule, a rétorqué Stokes. I peut rien prouver.

— Et je n'en ai pas envie, ai-je précisé. Je me barre d'ici quelques jours. Laissez juste partir Ronsel, il quittera la ville, je quitterai la ville, et ni lui ni moi ne dirons jamais un mot là-dessus à personne. Pas vrai, Ronsel ? »

Ce dernier a acquiescé frénétiquement.

« Lâchez la corde, Dex. Allez, maintenant, lâchez-la et c'est tout. »

Ça aurait pu marcher ; Ronsel Jackson et moi, on aurait peut-être pu se tirer de là, si mon père n'avait pas ricané. J'ai toujours détesté son rire. Aussi discordant et impitoyable qu'un croassement de corbeau, il a brisé le sortilège que j'avais essayé de tresser. Stokes et un autre mec m'ont foncé dessus. J'aurais eu le temps d'en flinguer un, mais j'ai hésité. Ils m'ont percuté et on s'est écrasés par terre. Stokes m'a collé un gnon dans la tronche. Ils m'ont tordu les bras, me les ont mis dans le dos, et quelqu'un m'a balancé un coup de pied dans le bide. Je ne sais plus quand, j'ai perdu mon arme.

« Espèce de pote à négros, a braillé Turpin. Judas ! »

Les gnons et les coups de pied pleuvaient de partout à présent. J'ai entendu Pappy crier :

« Arrêtez ! Ça suffit ! »

À la fin, une botte m'a atteint à la nuque, et ça a réglé la question. *Bonne nuit, Pappy. Bonne nuit, Ronsel. Bonne nuit.*

Hap

« Je t'en prie, Jésus, guide ton fils Ronsel, protège-le du mal et éclaire son chemin pour qui nous revienne. » Je priais à voix haute rapport à l'orage, je beuglais à l'adresse du Seigneur comme si autrement I m'aurait pas entendu. Donc, quand ça a frappé à la porte, on a tous sauté de peur, tous sauf Florence. On aurait dit qu'elle si attendait. Elle a même pas ouvert les yeux, a jusse continué à prier. Mais quand je m'a levé pour répondre, elle m'a attrapé par la jambe et s'est tellement cramponnée que j'a pas pu avancer.

« Réponds pas », qu'elle m'a dit.

Je la sentais trembler contre moi, elle avait des contractions pareil qu'un mulet qu'est à bout. Dans toutes nos années de mariage, j'avais jamais vu ma femme si à bout et si épouvantée. Ça m'a fendu le cœur. Lilly May a fondu en larmes pendant que les jumeaux, à genoux et dans les bras l'un de l'autre, se balançaient d'avant en arrière.

« Allez maintenant, j'a dit. C'est pas le moment d'ête faible. Faut qu'on soye courageux. »

On a refrappé, plus fort cette fois, et Florence m'a relâché. Ruel et Marlon ont échangé un regard comme i font quand i parlent sans mots, puis i zont aidé leur mère à se relever et i l'ont encadrée. I se sont redressés comme des hommes et i zont placé les bras autour de Florence et de Lilly May.

J'a été ouvrir. I avait un gars sur le porche, au début, j'a pas vu qui c'était à cause qui l'avait la tête basse, puis l'a pointé le menton et j'a reconnu le shérif Tacker et j'a pensé : *L'est mort. Mon garçon est mort.*

« J'ai de mauvaises nouvelles, Hap, a dit le shérif. Ça concerne Ronsel. »

L'a regardé derrière moi, dans la direction de Florence et des enfants.

« Tu ferais mieux de sortir avec moi, l'a ajouté.

— Non, a fait Florence. Ce que vous devez dire, vous le dites devant tout le monde. »

Le shérif s'est dandiné et l'a baissé les yeux vers le chapeau qui l'avait dans les mains.

« Il semble que, ce soir, votre fils s'est mis à dos un méchant groupe d'hommes. Il est vivant, mais il est salement blessé. Ils étaient drôlement survoltés.

« L'est où ? j'a demandé.

— Salement comment ? » Florence a demandé.

I m'a répondu à moi, pas à elle.

« Mon adjoint l'a emmené à Belzoni. Je vous y descends tout de suite si vous voulez. »

Florence est venue se poster à côté de moi. M'a pris la main et l'a serré fort.

« Salement comment ? » elle a répété au shérif.

L'a fouillé sa poche et a sorti un bout de papier.

« On a trouvé ça par terre à côté de lui. »

Le shérif Tacker me l'a tendu. C'était une lettre et i avait plein de sang dessus ; au début j'a cru que c'était jusse des coulures, mais quand je l'a penchée j'a vu qu'un doigt avait écrit un nom et des chiffres avec du sang : Ézéchiel, 7:4.

« Ça dit quoi ? » Florence m'a demandé.

Mais j'a pas pu répondre, la peur me serrait le gosier comme un nœud coulant.

« Apparemment, votre fils avait des rapports avec une femme blanche, a espliqué le shérif.

— Quoi ? Quelle femme blanche ? a crié Florence.

— Une Allemande. Cette lettre vient d'elle, elle lui annonce qu'il est le père de son fils.

— C'est pas vrai, a dit Florence. Ronsel ferait pas ça. »

Je voulais pas le croire non plus, mais c'était là sur le papier, j'arrivais à le lire au milieu du sang. *Tu as un Fils*, l'était marqué. *Franz Ronsel.*

« Elle dit qu'il y a une photo avec, mais on ne l'a pas trouvée, a ajouté le shérif.

— I zi ont fait quoi ? » a insisté Florence.

Je sentais plus ma main tellement qu'elle la pressait fort.

« Ils auraient pu le pendre, a poursuivi le shérif. Il a de la chance d'être vivant.

— Vous allez me dire ce qui zi ont fait », a redit Florence.

Mon œil ne s'apitoiera pas, je serai sans merci ; je ferai valoir contre toi ce qui est conforme à tes voies ; tes abominations seront présentes au milieu de toi et vous saurez que je suis Iahvé qui frappe. Ézéchiel 7:4 [1].

« Ils lui ont coupé la langue », a répondu le shérif.

---

1. La Bible, Ancien Testament, édition sous la direction d'Édouard Dhorme, Gallimard. *(N.d.T.)*

Florence

La langue à mon fils.

« Mon Dieu, Hap s'est écrié. Mon Dieu, comment ça peut ête vrai ? »

I zi ont coupé la langue.

« Ils auraient pu le pendre », a redit le shérif.

I zétaient donc plusieurs.

« Qui qu'a fait ça ? j'a demandé.

— On ne sait pas. Ils étaient partis quand on est arrivés sur les lieux. »

I mentait, même un gamin de cinq ans l'aurait vu.

« C'était où ? j'a insisté.

— À la vieille scierie. »

Du coup, j'a compris qui qu'était derrière c'te affaire.

« Comment que vous avez pensé à le chercher là, déjà ?

— Quelqu'un nous a signalé qu'il risquait d'y avoir des problèmes.

— Qui ça ?

— C'est pas important. Ce qui compte, c'est que votre garçon est vivant et en train d'aller chez le docteur. Si vous voulez le rejoindre, il faut qu'on parte maintenant.

— Pourquoi que vous l'envoyez à Belzoni ? C'est loin. Pourquoi que vous l'avez pas emmené à Doc Turpin en ville ? »

Là, le shérif a fui mon regard et j'a compris une chose de plus.

« L'était du lot, hein ? Qui d'autre i avait en plus de lui et du vieux McAllan ? »

La tête au shérif s'est faite plus dure et l'a plissé les yeux.

« Alors, écoute-moi, l'a dit. Je comprends que tu sois rudement bouleversée, mais tu n'as aucune raison de montrer du doigt Doc Turpin ou qui que ce soit d'autre. Si j'étais toi, je ferais davantage attention à ce que je raconte.

— Sinon quoi ? Vous allez me couper la langue ? »

Sa pomme d'Adam a monté d'un coup. Je l'a obligé à baisser le nez. C'était un petit gars décharné, pas plus de chair dessus que sur une caille affamée. J'aurais pu i tordre le cou en deux temps trois mouvements.

« Tu as de la chance qu'on se soit penchés sur ce signalement. C'est une chance qu'on l'ait retrouvé avant qu'il se vide de son sang. »

Son visage ressemblait à celui d'un enfant. Je voyais tout dessus. Sa peur de nous. Sa colère après mon fils qu'avait touché une femme blanche. Son dégoût de ce que les autres avaient fait à Ronsel et sa solidarité avec ces monstres. La pointe de honte qui l'éprouvait à les couvrir. Son impatience d'en finir avec cette histoire de nègres et de rentrer retrouver sa femme et son dîner.

« Oui, m'sieu le shérif, j'a dit, elle en a de la chance, notre famille. »

Il a mis son chapeau.

« Bon, je m'en vais. Vous voulez que je vous emmène à Belzoni ou pas ? »

Hap a acquiescé.

« Oui, m'sieu. Ma femme va aller avec vous.

— Non, Hap, j'a dit. T'i vas toi. Je vas rester ici avec les enfants.

— T'es sûre ? i m'a demandé, surpris. Ronsel va vouloir sa mère.

— C'est mieux si c'est toi. »

Mon mari m'a lancé un regard perçant et sévère et l'a dit :

« Tu gardes cette porte fermée. »

Entendre : *Reste donc tranquille et va pas faire de bêtises.*

J'i a retourné son regard et j'a répliqué :

« T'inquiète pas de nous, occupe-toi de Ronsel et c'est tout. »

Entendre : *Et je vas m'occuper de tout ce qui faut que je m'occupe.*

Je prendrais le couteau à écorcher de Hap. C'était pas notre plus grand couteau, mais l'avait la lame la plus fine. À mon avis, c'était celui qui rentrerait le plus facilement.

Laura

Des jurons et un fracas terrible m'ont tirée du sommeil : la voix de Pappy ponctuée de coups de poing contre la porte.

« Réveille-toi, bon sang ! Ouvre-moi ! »

Je m'étais endormie sur le canapé. Il régnait une obscurité totale dans la pièce ; la lanterne avait dû s'éteindre. Et j'avais mis la barre, chose que je ne faisais plus que rarement, mais, après le départ de Florence, une peur inexplicable m'avait saisie. J'avais eu l'impression que la nuit portait en germe une horreur qui attendait de se matérialiser sous une forme monstrueuse pour me fondre dessus. Comme si une mince porte en bois fermée par un vieux bout de planche pouvait nous protéger de quoi que ce soit !

« Une minute, j'arrive », ai-je crié.

Soit Pappy ne m'avait pas entendue soit il s'amusait trop pour arrêter, parce que le tintamarre a continué alors que je rallumais la lanterne, puis que j'allais lui ouvrir.

« L'était temps, m'a-t-il lancé d'un ton mauvais quand j'ai ouvert. Ça fait cinq minutes que je poireaute. »

Les chaussures pleines de boue, il est passé devant moi en salissant tout le plancher et a jeté un coup d'œil autour de lui.

« Jamie n'est toujours pas revenu ?

— Non, à moins qu'il ne soit endormi dans l'appentis.

— J'ai déjà regardé. I est pas. »

Il y avait dans sa voix une dureté que je ne lui avais encore jamais entendue. Il a enlevé son chapeau ruisselant, l'a accroché à une patère, puis est reparti vers l'entrée d'où il a scruté la nuit.

« L'a peut-être manqué la ferme dans le noir, a-t-il marmonné. L'était à pied et t'avais pas laissé la lumière. »

Conformément à leur objectif, ses paroles ont suscité une énorme vague de culpabilité chez moi. Puis j'ai saisi leur véritable signification.

« Comment savez-vous qu'il était à pied ? Vous l'avez vu ?

— L'a pas de voiture, voilà pourquoi je le sais. Donc s'il est parti d'ici, l'a bien fallu qu'il s'en aille à pied. »

Le vieil homme me tournait le dos, mais je n'avais pas besoin de le voir pour deviner que sa bouche aux dents jaunes me servait des mensonges.

« Vous m'avez demandé s'il n'était toujours pas revenu. Si vous ne l'avez pas vu, comment savez-vous qu'il a quitté la maison ? »

Il a plongé la main dans sa poche de chemise et en a sorti un paquet de cigarettes. Il l'a secoué, en a extrait une, puis a écrasé rageusement paquet et cigarettes et a jeté le tout vers le porche.

« Merde ! Elles sont trempées. »

Je me suis approchée de lui, l'ai agrippé par l'épaule et obligé à me regarder. C'était la première fois que je le touchais délibérément depuis le jour de mon mariage, où je lui avais donné un baiser respectueux – et foncièrement hypocrite – sur la joue.

« Qu'est-ce qui ne va pas ? Il lui est arrivé quelque chose ? »

Il s'est dégagé de mon emprise.

« Fous-moi la paix, ma fille. Je suis sûr qui va bien. »

Il ne paraissait pourtant pas si sûr de ce qu'il affirmait ; il paraissait au contraire coupable et étonnamment provocant en même temps, comme un sale môme ayant enfreint un interdit qu'il rêvait d'enfreindre depuis des lustres : frapper sa sœur ou noyer un chat. Un sombre soupçon s'est emparé de moi.

« Est-ce que ça a un rapport avec la disparition de Ronsel Jackson ? ai-je demandé sans le quitter des yeux.

— Qui dit qui l'a disparu ?

— Sa mère. Elle est passée vers sept heures, elle le cherchait. »

Il a haussé les épaules.

« Les nègres, ça disparaît tout le temps.

— Si vous avez fait du mal à ce garçon ou à Jamie… »

Ses traits se sont déformés et la haine a éclairé ses prunelles.

« Tu feras quoi ? Dis-moi ce que tu feras, s'est-il écrié en me postillonnant à la figure. Tu crois pouvoir me menacer, ma fille ? Tu ferais mieux di réfléchir à deux fois. Je t'ai vu renifler après Jamie comme une truie en rut. Henry est peut-être trop bête pour s'en apercevoir, mais moi non, et j'ai pas peur non plus di souffler dans le cornet. »

J'ai senti mes joues s'empourprer, mais j'ai fanfaronné.

« Mon mari ne croirait jamais ça. »

Il a penché la tête de côté, calculateur.

« Ben, peut-être que oui, peut-être que non, mais je te parie que ça i restera en travers du gosier. Henry a pas beaucoup d'imagination, mais pour ce genre de trucs, i en a pas b'soin. Pour ce genre de trucs, un homme se posera toujours des questions. I aura toujours une petite part de doute.

— Vous êtes méprisable.

— Je suis mouillé. Va me chercher une serviette. »

Il s'est nonchalamment approché de la table de cuisine, s'est calé sur une des chaises et a attendu. L'espace d'un moment, paralysée par les sentiments qui m'écartelaient – honte, colère, peur – et qui, tous, cherchaient à prendre le dessus, je n'ai pas bougé. Puis, comme s'ils se mouvaient de leur propre chef, mes membres m'ont conduite jusqu'à l'armoire à linge d'où ils m'ont fait sortir une serviette avant de me pousser à revenir vers lui. Pappy m'a arraché la serviette.

« Maintenant, prépare-moi à manger. J'ai faim. »

Tel un jouet mécanique, je suis allée à la cuisinière, j'ai retiré du pain de maïs du four, puis j'ai préparé une assiette de chili. En pensant à Henry et à ce qu'il éprouverait si Pappy mettait sa menace à exécution et lui parlait. J'ai posé l'assiette devant le vieux et me suis apprêtée à quitter la pièce.

« Si t'entends Jamie revenir, a-t-il ajouté, la bouche pleine de pain de maïs, réveille-moi. Et si Henry ou n'importe qui te demande où j'étais ce soir, réponds que j'ai passé la soirée à la maison, avec toi, compris ? »

J'ai imaginé ces pâles yeux haineux clos, la bouche fermée, la peau cireuse. Ai imaginé cette peau se décomposer jusqu'à ce qu'il ne reste plus que des os lisses et blancs qui s'effriteraient peu à peu.

« Oui, Pappy », ai-je répondu.

Sachant qu'il avait gagné, il m'a décoché un sourire méchant. N'empêche, ai-je songé, dans une ferme, un vieux bonhomme pouvait mourir d'un tas de façons différentes. On ne savait jamais quand la tragédie risquait de frapper.

Allongée sur mon lit, les yeux ouverts, j'ai patienté jusqu'à ce que Pappy ait fini de manger et soit parti se coucher. Après avoir entendu la porte s'ouvrir et se refermer, je me suis levée pour aller voir les enfants. Elles dormaient avec un abandon paisible que je leur ai envié. Puis j'ai nettoyé les saletés du vieux, soulagée d'avoir de quoi occuper mon esprit égaré pendant que j'attendais Jamie et tout ce qui pourrait bien se produire durant cette drôle de nuit. Pourtant, cet interlude ménager ne m'a pas apaisée. *Une truie en rut.* Avais-je vraiment été si transparente ? Était-ce ce que Jamie pensait de moi ? *Pour ce genre de trucs, un homme se posera toujours des questions.* Causer tout ce mal à Henry, c'était insupportable, alors, oui, j'étais prête à obéir à Pappy et à mentir. En revanche, s'il avait fait du mal à Jamie…

Me rappelant subitement que le vieil homme avait évoqué la possibilité que Jamie se soit perdu dans l'obscurité, j'ai pris une lanterne et suis sortie sur le porche avec l'intention de l'y laisser en guise de balise. C'est là que j'ai aperçu la lumière dans la grange. Jamie… ce ne pouvait être que lui.

Je ne suis même pas rentrée chausser mes bottes ni enfiler mon manteau. Ne pensant qu'à le retrouver, je me suis simplement élancée sous l'orage. La nuit était déchaînée : pluie cinglante, furieuses rafales de vent qui me fouettaient les cheveux et les vêtements. La porte de la grange était fermée et il m'a fallu peser de tout mon poids pour l'ouvrir. Roulé en boule sur le sol en terre battue, Jamie sanglotait. Les sons qui émanaient de lui étaient tellement angoissés qu'ils en étaient presque inhumains. Ils se mêlaient aux meuglements plaintifs de notre vache, très agitée dans sa stalle.

J'ai couru m'agenouiller près de lui. Il avait été passé à tabac. Il avait une entaille au-dessus de l'arcade sourcilière et une joue rouge et tuméfiée. J'ai posé sa tête sur mes genoux et senti une grosse bosse sur l'occiput. Une brûlante fureur m'a envahie. C'était Pappy qui lui avait fait ça, j'en étais certaine.

« Je vais aller chercher de l'eau et un linge propre.

— Non, s'est-il écrié en nouant les bras autour de ma taille. Ne me laisse pas. »

Il m'a agrippée en frissonnant. Je lui ai murmuré des sottises apaisantes et j'ai tamponné sa coupure au front avec ma manche. Une fois ses sanglots calmés, je lui ai demandé ce qu'il s'était passé, mais il s'est contenté de faire non de la tête et a fermé les yeux. Je me suis lovée autour de lui et j'ai caressé ses cheveux, en écoutant le crépitement monotone de la pluie contre le toit. Le temps a passé, dix ou vingt minutes. Un des mulets s'est mis à braire et j'ai perçu, plutôt qu'entendu, un mouvement, un déplacement d'air. J'ai ouvert les yeux et vu Florence dans l'encadrement de la porte. Sa robe était à tordre et elle était crottée jusqu'aux genoux. Son visage était complètement défait. Mes poils se sont hérissés et j'ai frissonné, car j'ai compris que quelque chose de terrible était arrivé à Ronsel. Puis j'ai vu le couteau dans sa main. *Ronsel est mort,* ai-je pensé avec une certitude absolue, *et elle a l'intention de nous tuer pour le venger.* Bizarrement, je n'ai pas eu peur. Mon sentiment dominant, c'était la pitié – pour Florence et son fils, ainsi que pour Henry et les petites qui découvriraient nos corps dans la grange, pleureraient et s'interrogeraient. Je n'avais aucun moyen de l'arrêter ; je n'ai même pas réfléchi à la manière dont j'aurais pu m'y prendre. J'ai refermé les paupières et me suis plaquée contre le dos de Jamie en attendant ce qui allait suivre. J'ai perçu un nouveau mouvement d'air, entendu un bruissement de pieds nus sur le sol en terre battue. Quand j'ai rouvert les yeux, elle était partie. L'incident avait peut-être duré quinze secondes en tout.

Un long moment, je suis juste restée allongée ; mon cœur cognait à tout-va, puis lentement il s'est apaisé et a repris un rythme analogue à celui de Jamie. Le tonnerre a retenti et j'ai pensé aux filles. Si elles se réveillaient et que je ne sois pas là, elles auraient peur. Ensuite, j'ai pensé à Pappy qui dormait seul dans l'appentis. Et j'ai compris où Florence était allée.

Je me suis assise. Jamie a poussé une sorte de gémissement et ramené les genoux contre son torse. Avant de quitter la grange, j'ai attrapé une couverture de cheval que j'ai posée sur lui. Puis je me suis agenouillée à côté de lui et l'ai embrassé sur le front.

« Jamie chéri », ai-je murmuré.

Il dormait, inconscient, et un léger sifflement accompagnait chacune de ses exhalaisons.

Je rêvais de miel, doré et visqueux. Je flottais dedans, comme un embryon. Il m'emplissait les yeux, le nez, les oreilles, me coupait du monde. C'était tellement agréable de flotter sans rien faire dans toute cette douceur sucrée.

« Maman, réveille-toi ! »

Les voix étaient perçantes, insistantes. J'ai essayé de les ignorer – je n'avais pas envie de quitter cet univers si doux –, mais elles ont continué à m'appeler, à vouloir me tirer de là.

« Maman, s'il te plaît ! Réveille-toi ! »

J'ai ouvert les yeux sur Amanda Leigh et Bella qui se penchaient sur moi. La bouche et le menton barbouillés de miel et piquetés de miettes de pain de maïs, elles m'agrippaient avec des mains poisseuses. J'ai consulté la pendule sur la table de chevet ; il était plus de neuf heures. Probablement affamées, elles s'étaient préparé un petit déjeuner.

« Pappy veut pas se réveiller, a déclaré Amanda Leigh, et il n'est plus dans ses yeux.

— Quoi ?

— Il est dans son lit, mais pas dans ses yeux.

— On trouve pas oncle Jamie », a ajouté Bella.

Oncle Jamie. Je l'ai vu au-dessus de moi, la bouche ouverte, la tête rejetée en arrière sous l'aiguillon du plaisir ; je l'ai vu tel que je l'avais laissé la nuit dernière, roulé en boule sur le sol de la grange.

Je me suis levée, et j'ai enfilé mon peignoir et des chaussons pour aller à l'appentis avec les petites. La pluie avait cessé, mais malheureusement ce n'était qu'un répit ; aussi loin que je pouvais voir, les nuages étaient très sombres. La porte a grincé bruyamment lorsque je l'ai poussée. Je savais ce que j'allais découvrir à l'intérieur, mais je n'avais pas anticipé l'allégresse qui m'a envahie quand, sur le petit lit en métal, j'ai vu Pappy raide mort, enfin privé de toute malveillance.

« Il est mort ? a bredouillé Amanda Leigh.

— Oui, ma chérie.

— Alors, comment ça se fait qu'il a les yeux ouverts ? »

Elle avait la bouche pincée et, entre les sourcils, un pli vertical que je connaissais bien – pareil, en plus modeste, à celui qui creusait le front d'Henry quand quelque chose le tracassait. Je le lui ai lissé d'un baiser, puis lui ai expliqué :

« Ils devaient être comme ça quand il est mort. On va les lui fermer. »

Du bout du bout des doigts, j'ai appuyé sur les paupières de Pappy en m'efforçant de ne pas toucher les globes oculaires, mais elles ont refusé de s'abaisser – même mort, ce vieux vous embêtait son monde. Désireuse de me débarrasser de la sensation que m'avait laissée cette chair froide et coriace, j'ai frotté mes doigts sur mon peignoir.

« Il veut pas que tu les fermes ? a chuchoté Bella.

— Non, chérie. Son corps est trop rigide pour l'instant, c'est tout. C'est normal quand on est mort. Demain, on pourra. »

Il n'y avait ni sang ni coup de couteau, mais l'oreiller de Jamie traînait par terre. Elle avait dû décider de l'étouffer. Ça m'a fait plaisir : une plaie aurait suscité des questions indésirables. Je me suis penchée pour ramasser l'oreiller et le remettre sur le lit. Dessous il y avait un tissu blanc – une taie d'oreiller, à ce que j'ai constaté. Ce n'était pas une des nôtres ; le coton était miteux et d'un tissage grossier. Puis, en la retournant, j'ai vu les trous pour les yeux taillés dedans et un relent de bile a remonté au fond de ma gorge. J'ai vite roulé cette horreur en boule et l'ai fourrée dans la poche de mon peignoir, décidée à la brûler dans la cuisinière.

« C'est quoi, maman ?

— Une vieille taie d'oreiller sale. »

Impossible de ne pas imaginer la scène : ces types sardoniques avec leurs capuches blanches, et le visage noir terrifié et luisant de sueur au milieu d'eux. Je me suis demandé combien ils étaient en tout et où ils avaient fait ça ; s'ils l'avaient pendu ou s'ils l'avaient tué d'une autre façon. Jamie avait dû découvrir ce qu'il s'était passé – c'était pour ça qu'il était tellement désespéré la nuit dernière. Je me suis demandé s'il avait assisté à la scène. S'il avait vu son père supprimer ce malheureux garçon.

« Pappy, il est au ciel maintenant ? » a murmuré Bella.

La figure du vieil homme était inexpressive et son regard vide ne révélait rien de ce qu'il avait ressenti dans ses derniers instants. J'espérais qu'il avait vu Florence lui fondre dessus et qu'il avait eu peur ; qu'il l'avait suppliée, qu'il avait lutté et vécu le supplice de celui qui ne peut se défendre, comme Ronsel avait dû le vivre. J'espérais qu'elle avait pris plaisir à l'éliminer, et que la certitude d'avoir vengé son fils lui procurerait une sorte de sinistre apaisement.

« Il est entre les mains de Dieu, ai-je grommelé.

— On dit une prière pour lui ? a suggéré Amanda Leigh.

— Oui, je présume que ce serait bien. Venez ici, toutes les deux. N'ayez pas peur. »

Elles se sont agenouillées à côté de moi, l'une à ma gauche, l'autre à ma droite. La boue qui souillait le plancher a imprégné le coton fin de ma chemise de nuit. Une grosse goutte d'eau s'est écrasée sur mon crâne avec un floc, puis une autre ; le toit fuyait. Les filles, pressant leurs petits corps doux contre le mien, attendaient que je commence. J'ai fermé les yeux, mais rien ne m'est venu. Je ne voulais pas prier pour l'âme de Pappy ; ç'aurait été la pire hypocrisie qui soit. J'aurais pu prier pour Florence, afin que Dieu comprenne et lui pardonne cette vengeance de mère, mais pas devant les enfants. Alors, j'ai gardé le silence. Je n'avais pas de mots à leur offrir, ni à elles ni à Lui.

Une ombre s'est profilée, je me suis tournée et j'ai aperçu Jamie sur le seuil. Il était à contre-jour, de sorte qu'il m'a été impossible de déchiffrer son expression. Bella s'est relevée, a couru vers lui et l'a agrippé par les genoux.

« Pappy est mort, oncle Jamie ! a-t-elle crié.

— C'est vrai, ai-je ajouté. Je suis désolée. »

Il a soulevé Bella de terre et s'est posté au pied du lit. Il avait toujours ses vêtements sales de la nuit dernière, mais il s'était peigné et avait lavé son visage tuméfié. Devant le cadavre de son père, j'ai vu de l'amertume dans ses prunelles, et du chagrin aussi. Je m'attendais à l'amertume, mais pas au chagrin. Ça m'a déchirée.

« On dirait qu'il est parti paisiblement dans son sommeil, ai-je bredouillé, hypocritement.

— C'est comme ça que j'aimerais partir, m'a confié Jamie dans un filet de voix. Dans mon sommeil. »

Il a alors baissé les yeux vers moi, des yeux tellement lourds de tendresse et d'affliction que ça m'a été presque insoutenable. J'ai vu dans ce regard la culpabilité du frère, mais ni la honte ni le mépris que j'avais redoutés. Il y avait juste de l'amour, de la souffrance, et autre chose que j'ai fini par identifier comme de la gratitude pour ce que je lui avais donné. Disparu le noble et intrépide aviateur de mon imagination, le héros rieur et sûr de lui. Pourtant, en dépit de la douleur que sa perte me causait, j'ai compris que ce Jamie-là n'aurait jamais eu besoin de mon réconfort et qu'il n'aurait jamais partagé sa couche avec moi.

Ce Jamie-là n'avait jamais vraiment existé.

Ce constat m'a sidérée, alors qu'il n'aurait pas dû. Jamie m'avait fourni tous les indices nécessaires pour que je voie sa faiblesse fondamentale et son tourment. Je les avais ignorés et j'avais préféré croire à la fiction. Une fiction que Jamie avait créée en jouant son rôle à la perfection ou presque ; il n'empêche que c'était moi qui avais tout gobé. J'étais tombée amoureuse d'une chimère, et s'il y avait quelqu'un à blâmer, c'était moi.

Je l'aimais toujours, mais sans désir, sans fièvre. Déjà, le souvenir de nos ébats commençait à me paraître lointain, comme s'ils avaient été vécus par une autre. Libérée de ces débordements charnels, je me suis sentie étrangement vide.

Je crois qu'il a lu ça dans mes yeux. Les siens se sont abaissés vers le sol. Il a reposé Bella, s'est agenouillé à côté de moi et a incliné la tête. Il attendait que je commence. Pour la seconde fois, je me suis retrouvée démunie. Quelle honnête prière pouvais-je Lui offrir vraiment, moi, une femme adultère à genoux avec mon amant devant le cadavre de cet homme abhorré qu'était mon beau-père ? Et soudain, j'ai su ; j'ai serré la main de Jamie dans la mienne et entonné :

Louez Dieu, pour tous ses bienfaits ;
Louez-Le, vous toutes mortelles créatures ;

Louez-Le là-haut, l'Hôte céleste ;
Louez le Père, le Fils et le Saint-Esprit. Amen.

Ma voix était forte et claire tandis que je chantais les paroles familières de *Thanksgiving*. Les filles se sont aussitôt jointes à moi – la doxologie était le premier hymne que je leur avais appris –, puis Jamie nous a imitées. Il avait la voix éraillée et elle s'est brisée sur le *Amen*. Je me suis surprise à penser qu'Henry n'aurait pas attendu que je commence. Il aurait conduit la prière sans hésiter et sa voix n'aurait pas flanché.

Jamie

La Bible est truffée d'interdits. Tu ne commettras point d'assassinat, et d'un. Tu ne porteras point de faux témoignage contre ton prochain, et de deux. Tu ne commettras point d'adultère, tu ne découvriras point la nudité de la femme de ton frère... et de trois et de quatre. Notez que pas un seul d'entre eux ne fournit la moindre échappatoire. Il n'existe pas de propositions subordonnées vous permettant de justifier vos péchés, du genre : Tu ne découvriras point la nudité de la femme de ton frère, à moins que tu ne sois en train d'errer dans l'enfer le plus noir, coupé de toi et de tout souvenir de lumière et de bonté, et que découvrir sa nudité soit le seul moyen de te retrouver. Non, dans la plupart des cas, la Bible est formelle. C'est pour ça que je ne crois pas en Dieu.

Il est parfois nécessaire de se fourvoyer. C'est parfois le seul moyen de réparer. Un Dieu qui ne comprend pas ça n'a qu'à aller se faire foutre.

Tu ne prendras point le nom de l'Éternel, ton Dieu, en vain... et de cinq.

Le lendemain du lynchage a passé avec la pesanteur d'un rêve, au ralenti. J'avais mal partout et une gueule de bois monstrueuse. Je n'arrêtais pas de penser à Ronsel, à l'éclair du couteau, au sang qui jaillissait, au hurlement étranglé qui n'en finissait pas.

Je me suis réfugié dans le travail. Il y avait de quoi faire : l'orage avait esquinté le poulailler, arraché la moitié de la toiture de la remise à coton et déclenché une agitation meurtrière chez les cochons. Henry n'était toujours pas revenu de Greenville, nous l'attendions d'une minute à l'autre. J'étais allé vérifier le pont un peu plus tôt et j'avais jugé qu'on pouvait le traverser, mais tout juste. D'après l'aspect menaçant des nuages, il ne resterait pas franchissable longtemps. Vu le temps, Henry comprendrait qu'il avait intérêt à se dépêcher de rentrer.

J'étais dans la grange en train de traire quand Laura est venue me trouver. Venus n'avait pas été traite depuis plus de vingt-quatre heures et elle avait la mamelle près d'éclater. À deux reprises déjà, elle m'avait puni en me giflant de sa queue bardée de lampourdes. Pourtant, c'était bon d'écouter, la joue plaquée contre sa peau chaude, le bruit du lait tambourinant contre le seau et de me laisser prendre par ce rythme qui me vidait l'esprit.

« Jamie. »

En levant la tête, j'ai vu Laura devant la stalle.

« Henry ne va pas tarder. Il faut qu'on parle avant qu'il arrive. »

Un peu à contrecœur, j'ai abandonné mon refuge et suis allé la rejoindre. Elle avait du rouge à lèvres, je l'ai noté, mais ça mis à part, elle était totalement dénuée d'artifices, sans doute était-elle la seule femme que j'aie jamais connue à être ainsi. Maintenant, ça allait changer, à cause de moi. J'avais fait d'elle une menteuse.

« Comment vont les filles ?

— Ça va. Elles dorment. Tout ça les a épuisées.

— Je crois bien. Ça perturbe, la mort. Surtout la première fois qu'on la voit.

— Elles ont voulu savoir si toi, Henry et moi on allait mourir un jour, et j'ai répondu que oui, dans longtemps. Puis elles m'ont demandé si elles allaient mourir. Je pense que c'était la première fois que ça leur venait à l'esprit.

— Qu'est-ce que tu leur as dit ?

— La vérité. Pourtant, j'ai l'impression que Bella ne m'a pas crue.

— Bien. Laisse-la profiter de son immortalité tant qu'elle pourra. »

Laura a hésité avant de déclarer :

« Il faut que je te demande quelque chose. »

Elle a tiré de sa poche un bout de tissu blanc froissé. Avant même de voir les trous pour les yeux, j'ai compris de quoi il s'agissait.

« J'ai ramassé ça par terre dans l'appentis. J'imagine que c'était à Pappy. »

Devant mon silence, elle s'est écriée :

« Tu l'as déjà vu, non ? »

J'ai confirmé, les souvenirs explosant comme des grenades sous mon crâne.

« Dis-moi ce qu'il s'est passé, Jamie. »

Je lui ai raconté que j'avais aperçu la lumière près de la scierie et que j'y étais allé ; que j'avais découvert Ronsel, une corde autour du cou, dans une salle remplie d'hommes encapuchonnés, avec mon père parmi eux ; que je leur étais tombé dessus et que j'avais essayé de sortir Ronsel de là, que j'avais échoué.

« Je n'ai même pas tiré un coup de feu.

— Écoute-moi, ce n'est pas ta faute ce qui est arrivé à ce garçon. Tu as tenté de le sauver, c'est plus que ce que la plupart des gens auraient fait. Je suis sûre que Ronsel l'a compris. Je suis sûre qu'il y a été sensible.

— Ouais, je parie qu'il déborde de gratitude envers moi. Il est probablement impatient de me remercier.

— Il est vivant ?

— Oui.

— Dieu soit loué ! s'est-elle exclamée en fermant les yeux de soulagement.

— Enfin, il l'était quand je suis parti. »

Là-dessus, je lui ai servi un premier mensonge : j'avais repris connaissance, le shérif Tacker penché sur moi, les autres partis, et j'avais appris qu'ils avaient coupé la langue de Ronsel. La main de Laura s'est plaquée sur sa bouche. La mienne, je m'en souvenais, avait fait pareil.

« Tom Rossi l'a conduit chez le docteur, ai-je poursuivi. Il avait perdu beaucoup de sang. »

Il y en avait partout : ça avait trempé sa chemise, inondé le sol, giclé sur l'aube blanche de Turpin.

« Pourquoi ? a-t-elle insisté. Pourquoi ils ont fait ça ? »

J'ai fouillé ma poche et j'en ai sorti la photo que je lui ai tendue. Elle l'a regardée, puis a levé les yeux vers moi.

« C'est qui ?

— La maîtresse allemande de Ronsel et l'enfant qu'elle a eu de lui. Une lettre l'accompagnait, j'ignore ce qu'elle est devenue.

— Comment est-ce qu'ils ont mis la main dessus ?

— Je n'en ai pas idée. (Deuxième mensonge.) J'imagine que Ronsel a dû la laisser tomber.

— Et l'un d'eux l'a trouvée.

— Oui.

— Qui d'autre y avait-il à part Pappy ?

— Je n'ai reconnu personne. »

Troisième mensonge, pour sa propre sécurité, celui-là. Je suis sûr qu'elle n'a pas été dupe, mais elle n'a pas insisté. Elle m'a juste fixé d'un air pensif. J'ai eu le sentiment qu'elle me jaugeait et ne me trouvait pas à la hauteur. Ça m'a valu un pincement au cœur rare. J'avais allègrement déçu des dizaines de femmes. Pourquoi, avec Laura, m'était-ce aussi pénible ?

« Qu'est-ce que tu vas dire à Henry ? a-t-elle demandé.

— Je ne sais pas. Il sera bien assez secoué comme ça, pas la peine de lui révéler que notre père faisait partie des lyncheurs.

— Est-ce que Tom ou le shérif Tacker ont vu Pappy à la scierie ?

— Je ne pense pas. Mais même si c'est le cas, on est dans le Delta. S'il y a bien une chose que le shérif n'a pas envie de faire, c'est d'identifier ces gars.

— Et Ronsel ?

— Il ne parlera pas. Ils ont fait le nécessaire.

— Il pourrait écrire. »

J'ai secoué la tête. « En ce cas, qu'est-ce que tu crois qu'il lui arriverait ? Qu'il arriverait à sa famille ? »

Laura a écarquillé les yeux.

« Et nous, on est en danger ?

— Non. Non, du moment que je pars. »

Elle est allée jusqu'à la porte de la grange, les bras serrés sur la poitrine, a contemplé les champs brunâtres et le ciel prêt à nous fondre dessus.

« Qu'est-ce que je déteste cet endroit », a-t-elle murmuré.

J'ai repensé à la vigueur de ses bras autour de moi, à l'autorité surprenante avec laquelle sa main m'avait empoigné et guidé en elle. Je me suis demandé si elle se montrait aussi ardente et directive avec mon frère. Si elle criait son nom comme elle avait crié le mien.

« Je ne vois aucune raison de dire à Henry que votre père était mêlé à ça, a-t-elle déclaré enfin. Ça ne ferait que le blesser inutilement, de connaître la vérité.

— D'accord. Si tu crois que c'est mieux. »

Elle s'est tournée et a soutenu mon regard durant de longues secondes.

« On n'en parlera jamais », a-t-elle conclu.

Lorsqu'il est arrivé à la maison, Henry était déjà fébrile à cause de l'orage. Avec Laura, on s'est avancés vers sa voiture, mais il nous a à peine jeté un coup d'œil, et s'est rué vers les champs où il s'est mis à genoux pour examiner un rang de coton fraîchement planté que les pluies avaient aplati. Il avait recommencé à pleuvoir et on se faisait tous tremper.

« Si ça dure, toutes les graines vont être emportées et on sera obligés de replanter, a-t-il grommelé. Nom d'un chien, l'almanach prédisait des pluies légères en avril. À quelle heure ça a démarré ici ?

— Hier à cinq heures environ, a répondu Laura. Il a plu à verse toute la nuit. »

On devinait une certaine tension dans sa voix. Henry l'a regardée, puis il a reporté son attention sur moi et froncé les sourcils.

« Qu'est-ce que tu t'es fait à la figure ? »

J'avais complètement oublié. J'ai essayé d'inventer une histoire pour expliquer les choses, mais j'avais l'esprit vide.

« Venus lui a donné un coup de pied, a lancé Laura. Hier soir pendant qu'il la trayait. Elle était agitée à cause de l'orage. Toutes les bêtes. Un des cochons est mort. Piétiné par les autres. »

Henry s'est de nouveau tourné vers moi.

« Qu'est-ce que vous avez, tous les deux ? »

Elle attendait que je le lui dise, mais j'ai secoué la tête. J'étais incapable de parler.

« Chéri, ton père n'est plus là. Il est mort dans son sommeil la nuit dernière. »

Elle s'est avancée vers lui, mais ne l'a pas touché. Il n'était pas encore prêt à ce qu'on le touche. *Comme elle le connaît bien*, ai-je pensé. *Comme ils vont bien ensemble.* Il a incliné la tête et fixé ses bottes boueuses. En tant qu'aîné, c'était lui le chef de notre famille maintenant : j'ai vu ce poids lui tomber sur les épaules.

« Il est... toujours dans son lit ? » m'a demandé Henry.

J'ai fait signe que oui.

« Je suppose que je ferais mieux d'aller le voir », a-t-il ajouté.

Tous les trois ensemble, on s'est rendus à l'appentis. Henry est entré le premier. Laura et moi ensuite, et on s'est postés de part et d'autre de lui. Il a rabattu le drap. Les yeux de Pappy, inexpressifs et saillants, nous fixaient. Henry a tendu la main pour les fermer, mais Laura a arrêté son geste et écarté doucement son bras.

« Non, chéri. On a déjà essayé. Il est encore trop raide. »

Henry a poussé un long soupir. J'ai passé le bras autour de lui et Laura a fait de même. Quand, accidentellement, nos mains se sont effleurées dans son dos, elle a retiré la sienne.

Je n'avais pas compté qu'Henry pleure, et en effet il n'a pas pleuré. Son visage est demeuré impassible tout le temps qu'il a regardé le cadavre de notre père. Puis il m'a lancé :

« Ça va, toi ? »

Une brûlante rancœur m'a saisi. Il n'en avait donc jamais marre d'être le fort, d'être stoïque, honorable et digne de confiance ? À ce moment-là, j'ai compris qu'en dépit de mon admiration, je lui en avais toujours voulu et que j'avais couché avec sa femme en partie pour le punir d'être tout ce que je n'étais pas.

« Ça va. »

Henry a opiné et m'a pressé l'épaule, puis il a baissé de nouveau les yeux vers Pappy.

« Je me demande ce qu'il a vu, à la fin.

— Il faisait nuit noire, ai-je dit. Pas de lune ni d'étoiles. Je ne crois pas qu'il ait vu grand-chose. »

Quatrième mensonge.

« Espèce de pote à négros ! a braillé Turpin. Judas ! »

À la fin, une botte m'a atteint à la nuque, et ça a réglé la question… pendant environ cinq minutes. Lorsque j'ai repris connaissance, quelqu'un me giflait la joue pas trop gentiment. J'étais couché sur le flanc, l'autre joue dans la poussière. L'endroit m'a paru être une image brouillée pleine de jambes et d'aubes blanches.

« Réveille-toi », m'a ordonné mon père en me secouant violemment. Une demi-douzaine de têtes encapuchonnées se sont superposées en tournoyant au-dessus de moi. J'ai voulu repousser Pappy. C'est là que je me suis aperçu que j'avais les mains attachées dans le dos. Il m'a tiré pour m'asseoir, puis m'a calé contre le mur. Ce brusque changement de position a fait tourner les lieux et j'ai senti que je basculais en avant. Pappy m'a retenu en m'attrapant sèchement par le col de ma veste.

« Tiens-toi et comporte-toi en homme, m'a-t-il glissé à l'oreille d'une voix sifflante. Tu fais un geste de travers et ces gars sont capables de te zigouiller. »

Une fois la scierie redevenue normale, j'ai aperçu Ronsel, toujours vivant, qui s'efforçait de tendre la tête pour éviter que le nœud coulant ne l'étrangle.

« Qu'est-ce qu'on va faire de lui ? a beuglé Deweese en me désignant.

— Pas la peine de rien faire, a répliqué Pappy. I parlera pas, i te l'a déjà dit. Pas vrai, mon fils ? »

Mon père avait la trouille, je m'en suis rendu compte. Il avait une trouille bleue et cherchait à me protéger. Je crois que c'est là que j'ai vraiment commencé à avoir peur moi aussi. Mon cœur s'est mis à cogner, et moi à ruisseler de sueur ; pourtant, j'ai réussi à garder un ton calme et confiant. Pour qu'on s'en sorte, Ronsel et moi, il allait falloir que je donne la prestation de ma vie.

« C'est vrai, ai-je renchéri. Laissez-le partir et, pour moi, il ne s'est rien passé. »

La silhouette massive d'Orris Stokes s'est dressée devant moi.

« Quand on est pote avec des négros, on est pas en état d'avoir des exigences. À ta place, je me bilerais plus pour ma peau que pour la sienne.

— Jamie ira pas trouver la police, a décrété mon père. Pas quand on lui aura raconté ce que le nègre a fait.

— Qu'est-ce qu'il a fait ? j'ai dit.

— Il a baisé une Blanche et l'a engrossée, m'a expliqué mon père.

— Foutaises ! Ronsel aurait pas fait un truc pareil.

— Ah non ? s'est écrié Turpin. Tu crois que tu le connais, hein ? Alors, qu'est-ce que tu dis de ça ? »

Il m'a collé sous les yeux la photo d'une jolie petite blonde avec un bébé mulâtre dans les bras. Elle n'avait assurément pas été prise dans le Mississippi. Un tapis de neige recouvrait le sol et une maison de style alpin s'élevait à l'arrière-plan.

« C'est qui ? ai-je demandé.

— Une Allemande, m'a répondu Turpin.

— Et qu'est-ce qui vous pousse à croire que Ronsel est le père ? »

Il a agité un bout de papier.

« C'est ce qu'elle clame là dans cette fichue lettre. Elle lui a même donné son prénom. »

Mes sentiments ont dû se lire sur ma tête.

« Voyez ? s'est exclamé Pappy. Je vous avais bien dit, les gars, que, pour ça, i serait de notre côté. »

J'ai jeté un coup d'œil sur Ronsel. Il a battu des paupières une fois, lentement, pour confirmer. Ses prunelles ne reflétaient aucune honte. Elles semblaient même me défier et dire : *Alors, quel genre de mec t'es finalement ? On va pas tarder à le savoir, hein ?* J'ai encore regardé la photo, et repensé à mon indignation la première fois où j'avais vu des GI noirs avec des filles blanches dans des pubs et des salles de bal en Europe. À la fin, je m'y étais habitué. Les soldats, on ne les changera jamais, m'étais-je dit, et les filles étaient manifestement consentantes. Mais je n'avais jamais été très à l'aise avec ça et ne l'étais toujours pas. Or si moi je ne l'étais pas, je pouvais bien imaginer ce que cette photographie avait déclenché chez ces hommes en aubes blanches – ça, plus la fierté discrète de Ronsel, laquelle avait dû les exaspérer. Je connaissais ce genre de types : verrouillés dans l'idée qu'ils se faisaient de leur glorieux passé, effrayés de perdre ce qu'ils croyaient leur appartenir en propre. Il fallait qu'ils réagissent. Je ne comprenais que trop bien, comme eux, je les comprenais pareil. Mais je ne pouvais pas les laisser pendre Ronsel. Et si je ne trouvais pas quelque chose vite fait, ils passeraient à l'acte.

« Les mecs, qu'est-ce que vous en avez à foutre d'une pute schleu ? » leur ai-je balancé.

Ça m'a valu un méchant coup de botte d'Orris dans la cuisse.

« Dis-leur juste que tu parleras pas », a insisté Pappy.

J'entendais le désespoir dans sa voix, et si je pouvais l'entendre, eux aussi. C'était dangereux. Rien de tel que l'odeur de la peur pour exciter une meute.

« Vous comprenez pas ce que je veux dire, ai-je poursuivi. Ces Fräulein, elles sont pas comme nos femmes à nous. Ce sont des salopes sans cœur qui vous font des sourires par-devant, mais vous plantent un poignard dans le dos à la première occasion. Un méchant paquet de nos gars a crevé là-bas à cause d'elles. Alors, si Ronsel a réussi à les venger un peu à travers l'une d'elles et qu'il te lui a laissé un souvenir, moi, je dis que c'est que justice. »

Un silence a suivi. Un léger espoir m'a saisi.

« Tu causes bien, mon garçon, a répliqué Turpin. Dommage que tu racontes des conneries.

— Écoutez, je dis pas qu'on devrait lui filer une médaille pour ça. Je dis simplement que ça paraît pas juste de zigouiller un soldat décoré pour une pute ennemie. »

Re-silence.

« I faut quand même punir le nègre, a claironné mon père.

— Et l'empêcher de recommencer, a ajouté Stokes. On sait comment i sont ces radis noirs dès l'instant qu'ils ont goûté à une femme blanche. Qu'est-ce qui le retiendra de courir après une d'ici ?

— Nous, on va le retenir, a lancé Turpin. Ici et maintenant. »

Il a ouvert une trousse en cuir par terre et en a sorti un scalpel. Quelqu'un a siffloté. L'excitation a pétillé partout dans la pièce. Ronsel et moi, on a pris la parole en même temps :

« Si vous plaît, m'sieu. Je vous en prie, si vous plaît, ne...

— Vous n'avez pas besoin de faire ça, il a compris la leçon... »

La voix de Doc Turpin a claqué comme un fouet.

« Si l'un d'eux dit encore un seul mot, abattez le nègre. »

Je l'ai bouclée et Ronsel pareil.

« Ce nègre a souillé une femme blanche, a poursuivi Turpin. Il a sali son corps avec ses yeux, ses mains, sa langue et sa semence, et, pour ça, il faut qu'il paye. Ce sera quoi, les gars ? »

Ils ont tous répondu en même temps :

« Châtre-le. Crève-lui les yeux. Tranche-lui tout ! »

J'ai senti une odeur d'urine et vu une tache humide s'étaler sur le devant du pantalon de Ronsel. Le mélange de pisse, de sueur et de musc était insupportable. J'ai dégluti pour pas gerber.

Puis mon père a suggéré :

« Je propose qu'on laisse mon fils décider.

— Pourquoi qu'on ferait ça ? a rétorqué Turpin, péremptoire.

— Ouais, a renchéri Stokes, pourquoi ça lui reviendrait à lui ?

— S'il décide, il est partie prenante, a expliqué mon père.

— Non, me suis-je écrié. Je ne ferai pas ça. »

Mon père s'est penché vers moi, les yeux réduits à l'état de fentes. Il a approché sa bouche de mon oreille.

« Tu sais où j'ai trouvé cette lettre ? Par terre dans la cabine de notre pick-up. Pour qu'elle ait atterri là, l'a fallu que tu l'laisses remonter avec toi, i a pas d'autre possibilité. Tout ça, c'est ton fait. Penses-y donc. »

J'ai hoché désespérement la tête, ne voulant pas y croire, mais sachant que c'était vrai. Pappy s'est reculé et a élevé la voix pour que les autres l'entendent.

« L'a fallu que tu fourres ton nez là-dedans ; que tu te pointes style Gary Cooper à agiter ton flingue et à nous balancer des menaces. Me menacer, moi, ton père, pour un nègre ! Eh ben, te v'là dedans maintenant, mon fils. Tu veux pas qu'il soye tué, très bien. Tu décides de sa punition.

— J'ai dit que je ferai pas ça.

— Si, a décrété Turpin. Sinon je m'en chargerai. Et m'est avis que ton gars i l'appréciera pas mon choix. »

Le geste ample, il a fait mine de lui trancher le sexe. Les autres se sont esclaffés, ils ont gloussé. Les muscles tendus sous les cordes qui le ligotaient, Ronsel a frissonné. Il m'a imploré des yeux.

« Ce sera quoi ? a insisté Turpin. Ses yeux, sa langue, ses mains ou ses couilles ? Choisis, monsieur le pote aux nègres. »

Devant mon silence, Deweese a tourné son arme pour la pointer sur moi. Mon père s'est écarté, me laissant seul sur la trajectoire de tir. Deweese a armé.

« Choisis », a-t-il répété.

Elle était là, l'amnésie que je recherchais depuis si longtemps. Je n'avais qu'à continuer à me taire, et je l'avais… C'en serait fini de la souffrance, de la peur et du vide. Elle était là, pourvu que j'aie le courage de tendre la main et de la saisir.

« Choisis, nom d'un chien », a crié mon père.

J'ai choisi.

Laura

Je suis descendue voir Florence le lendemain du jour où on a retrouvé Pappy mort. Je voulais savoir comment allait Ronsel. J'avais également besoin de discuter seule avec elle. Elle ne pouvait plus continuer à travailler pour moi. Il me semblait que, de toute façon, elle ne le voudrait plus, mais il fallait que je m'en assure, de ça et de son silence.

J'ai dit à Jamie où j'allais et l'ai prié de veiller sur les filles. Comme je sortais, il a tiré de sa poche quelque chose qu'il m'a confié : la photo de la maîtresse allemande de Ronsel et de leur enfant. Ça m'a donné la chair de poule : je n'avais pas envie de m'en charger et j'ai essayé de la lui rendre.

« Non, m'a-t-il répondu. Passe-la à Florence, pour Ronsel. Demande-lui de lui dire… »

Désemparé, il a secoué la tête. Il se détestait tellement qu'il en avait la bouche pincée.

Je lui ai pressé doucement la main.

« Je suis sûre qu'il sait. »

Je comptais y aller en voiture, malheureusement et la DeSoto et le pick-up étaient trop embourbés, alors j'ai pris mon parapluie et je suis partie à pied. La pluie s'était un peu calmée, mais elle tombait encore avec régularité. Je passais devant la grange quand Henry m'a vue et s'est approché de la porte.

« Où vas-tu ?

— Chez Florence. Elle n'est pas venue travailler, ni hier ni aujourd'hui. »

Henry n'était toujours pas au courant de ce qu'il était arrivé à Ronsel. Hap ne s'était pas manifesté et nous étions coupés de la ville depuis la nuit dernière. Jamie et moi n'avions rien dit, bien entendu. Nous n'étions pas censés savoir.

Henry a froncé les sourcils.

« Vu le bourbier, tu ne devrais pas sortir. J'irai là-bas un peu plus tard voir ce qu'il y a. Retourne à la maison. »

J'ai réagi vite.

« J'ai des questions à lui poser. Sur la façon de préparer le corps.

— Soit. Mais attention à ne pas tomber. La route est glissante. »

Ma gorge s'est serrée devant sa sollicitude.

« Je serai prudente. »

Lilly May m'a accueillie. Elle avait les yeux rougis et bouffis. J'ai demandé à parler à sa mère.

« Je vais voir. »

Elle m'a refermé la porte au nez. La peur m'a saisie brutalement. Et si Ronsel n'avait pas survécu à ses blessures ? Pour sa famille et pour Jamie, j'ai prié qu'il n'en soit rien. J'ai attendu sur le porche pendant cinq minutes peut-être, encore que ça m'a paru bien plus long. Finalement, la porte s'est rouverte et Florence est sortie. Elle avait les traits tirés, les yeux creux. J'ai de nouveau craint le pire quand, de la maison, s'est élevé un long gémissement guttural. C'était un son horrible, mais il signifiait que Ronsel était vivant. Ils devaient l'avoir ramené la veille dans l'après-midi, ai-je songé, avant que la rivière ne submerge le pont.

« Comment va-t-il ? »

Florence n'a pas répondu, elle m'a juste décoché un coup d'œil froid, entendu. Je le lui ai retourné, d'adultère à meurtrière. Histoire de lui rappeler que, moi aussi, je savais des choses.

« On part d'ici dès que la rivière baisse, m'a-t-elle annoncé sèchement. Hap ira prévenir votre mari plus tard dans la journée. »

Le soulagement m'a envahie et a englouti la petite pointe de honte qui l'accompagnait. Je ne serais plus obligée de la voir, même de loin ; plus rien ne me rappellerait quotidiennement que ma famille avait détruit la sienne.

« Où irez-vous ? »

Elle a haussé les épaules et a balayé du regard les champs inondés.

« Loin d'ici. »

Il y avait une chose que je pouvais lui offrir, une seule.

« Le vieux bonhomme est mort, ai-je déclaré. Il est mort avant-hier dans la nuit, dans son sommeil. »

J'ai mis l'accent sur la dernière partie de ma phrase, mais si ma remarque l'a rassurée, elle n'en a rien montré. J'ai eu l'impression qu'elle était peut-être même encore plus amère.

« Dieu saura quoi faire de lui », ai-je ajouté.

Elle a fait non de la tête.

« Dieu s'en fiche complètement. »

Comme pour lui donner raison, Ronsel a recommencé à gémir. Florence a fermé les yeux. Je ne sais pas ce qu'il y avait de pire : d'entendre ce bruit ou de voir Florence l'entendre. On aurait cru que c'était à elle qu'on avait ôté la langue. J'ai frissonné en imaginant ce que je pourrais éprouver si ce son provenait de la bouche d'Amanda Leigh ou de celle de Bella. J'ai songé à Vera Atwood. À ma mère qui pleurait encore, après tant d'années, la jumelle perdue de Teddy.

« J'ai quelque chose pour lui, de la part de Jamie », ai-je poursuivi.

J'ai sorti la photo et la lui ai remise.

« Elle a été prise en Allemagne. L'enfant est…

— Je sais qui c'est. »

Elle a glissé légèrement les doigts sur la photo, a touché le visage de ce petit-fils qu'elle ne verrait jamais. Puis elle l'a rangée dans sa poche et m'a regardée.

« Faut que je retourne près de lui.

— Je suis désolée. »

Trois mots, trois pauvres mots si mal adaptés pour exprimer la gravité de tout ce qui s'était passé, mais je les ai dits quand même.

Pas de votre faute. Quatre mots, une absolution que je ne méritais pas. J'aurais donné n'importe quoi pour que Florence les prononce, mais elle n'en a rien fait. Tout ce qu'elle m'a dit, c'est au revoir.

Jamie

On a pataugé dans la boue tous les cinq jusqu'à la fosse. Il pleuvait encore un peu, mais le vent avait forci, et soufflait en violentes rafales qui nous poussaient dans toutes les directions possibles et imaginables sauf celle qu'on voulait. Henry et moi portions le cercueil et les cordes. Laura marchait derrière avec les enfants, elle avait Bella dans les bras et Amanda Leigh s'accrochait à sa jupe.

Une fois devant le trou, on a posé notre fardeau par terre et glissé les cordes dessous, une à chaque extrémité. Henry s'est placé de l'autre côté de la fosse et je lui ai lancé les deux bouts de corde, mais quand on a essayé de soulever le tout, les cordes ont glissé vers le milieu et la caisse a vacillé, puis basculé. Le bois a gémi et on a entendu un crac sonore à l'intérieur – le crâne de Pappy contre la paroi. Une des planches sur le côté a fait saillie. Je me suis penché et j'ai renfoncé les clous avec mon pouce.

« Ça va pas marcher, ai-je affirmé. À nous deux, on n'y arrivera pas.

— Il faut que ça marche, a décrété Henry.

— Peut-être, si on se met chacun à un bout et qu'on passe les cordes dans le sens de la longueur.

— Non, s'est-il écrié. Le cercueil est trop étroit. S'il retombe, il risque de craquer. »

J'ai haussé les épaules… *Et alors ?*

Laura a tendu le doigt vers la route.

« Regardez. Les Jackson. »

Leur carriole s'est rapprochée. Hap et Florence étaient assis devant tandis que les jumeaux marchaient derrière. La carriole était bourrée de meubles. Peu à peu, j'ai vu qu'ils avaient improvisé un abri à l'arrière à l'aide d'une grosse toile. J'ai compris que Ronsel était dessous, avec sa souffrance.

Quand ils sont parvenus à notre hauteur, Henry a fait un geste pour les arrêter.

« Non ! s'est exclamée Laura. Laisse-les passer. »

Il lui a décoché un regard indigné.

« Ce n'est pas ma faute, ce qui est arrivé à ce garçon. Je l'avais prévenu. Je les avais prévenus tous les deux. Et maintenant, Hap me lâche en pleines semailles alors qu'il sait foutrement bien qu'il est trop tard pour que je trouve un autre locataire. Là, il peut au moins nous donner un petit coup de main. »

J'ai ouvert la bouche pour défendre Laura, mais, de la tête, elle m'a vite fait signe que non et j'ai ravalé mes paroles.

« Hap ! a crié Henry dans le vent. Tu peux nous aider, là ? »

Hap a stoppé le mulet d'un Hé-Ho et lui, Florence et les deux garçons se sont tournés vers nous. Malgré la trentaine de mètres qui nous séparaient, j'ai senti l'intensité de leur haine.

« On aurait bien besoin de davantage de bras ! » a hurlé Henry.

Je m'attendais à ce qu'ils refusent – moi, c'est sûr et certain que je n'aurais pas accepté. Mais voilà que Hap a confié les rênes à Florence afin de descendre. Elle l'a retenu par le bras et lui a dit quelque chose, mais il a fait non de la tête et a ajouté je ne sais quoi.

« Pourquoi ces hésitations ? » a grommelé Henry avec impatience.

Hap et Florence se querellaient carrément maintenant. Leurs voix ne portaient pas assez pour que je comprenne ce qu'ils disaient, mais je n'avais pas de mal à deviner.

« *Non, Hap. Va pas faire ça.*

— *C'est la volonté à Dieu qu'on passe là jusse maintenant et je va pas me disputer avec Lui. Allez, arrête, qu'on règle ça.*

— *Je va pas aider ce monstre à aller nulle part.*

— *Tu vas pas l'aider, il rôtit déjà en enfer. T'aides Dieu à accomplir Son œuvre.* »

J'ai vu Florence cracher par-dessus le bord de la carriole.

« *Tiens, v'là pour ton Dieu. L'aura rien de plus de moi. L'a déjà pris bien assez comme ça.*

— *Bon. Je sera pas long.* »

Hap a mis pied à terre. Il s'est tourné vers les deux garçons et Florence a poursuivi. Le sens de ses paroles était assez clair : « *Et va pas non plus demander aux jumeaux.* »

La tête baissée, les yeux rivés au sol, Hap a avancé seul à pas lourds jusqu'à la fosse. Quand il nous a rejoints, Henry lui a dit :

« Merci de t'être arrêté, Hap. On espérait que toi et un de tes garçons vous pourriez nous aider avec le cercueil.

— Moi, je va vous aider, pas eux. »

Henry s'est renfrogné et a plissé le front.

« Ce n'est pas grave, a bredouillé Laura précipitamment. Je peux le faire. »

Elle a posé Bella à côté d'Amanda Leigh et s'est emparée d'un bout de corde. Henry, Hap et moi, on a pris les trois autres. Ensemble, on a amené la caisse au-dessus du trou et on l'a descendue. Quand elle a touché le fond, on a réussi à dégager une des cordes en dessous, mais l'autre, coincée, a refusé de remonter. Henry a juré entre ses dents et abandonné le tout dans le trou. Puis il a consulté Laura du regard.

« Tu as apporté une bible ?

— Non. Ça m'a échappé. »

J'ai vu Hap lever les yeux vers le ciel, pencher la tête comme s'il écoutait quelque chose. Puis il s'est incliné et a dit :

« J'en ai une jusse là, misteur McAllan. »

De sa poche de chemise, il a sorti une petite bible mal en point.

« Je peux dire la dernière prière pour lui, si vous voulez. J'a idée que c'est pourquoi je suis là. »

J'ai cherché de l'ironie ou de la rancœur sur son visage, en vain.

« Non, Hap, a répondu Henry. Merci, mais non.

— L'a fait des tas de fois pour les miens, a répliqué Hap.

— Il ne l'aurait pas voulu, a expliqué Henry.

— Je propose qu'on laisse faire Hap, ai-je suggéré.

— Il ne l'aurait pas voulu, a répété Henry.

— Moi, je le veux », ai-je affirmé.

On a échangé un coup d'œil sombre.

Laura nous a sortis de l'impasse.

« Si, Henry, a-t-elle dit. Si Hap veut bien s'en charger, je crois qu'on devrait le laisser. C'est un homme d'Église.

— D'accord, Hap, a déclaré Henry après quelques secondes. Vas-y alors. »

Hap a feuilleté la bible. Il a ouvert la bouche, puis une lueur a éclairé ses prunelles et il est revenu à une page précédente. Je m'attendais à ce que ce soit « Le Seigneur est mon berger » ; j'ai dans l'idée que c'était ce qu'on attendait tous. On a eu quelque chose de complètement différent.

« *Appelle donc ! Y a-t-il quelqu'un qui te réponde ? Et vers lequel des Saints te tourneras-tu ?* »

La voix de Hap était puissante et vibrante. J'ai vu Laura relever la tête de surprise. Elle m'a confié plus tard que le passage venait de Job – pas trop le truc pour consoler les proches à un enterrement.

« *L'homme, né d'une femme, vivant peu de jours et en proie à l'agitation,* a poursuivi Hap, *comme une fleur germe et se fane et fuit comme l'ombre sans s'arrêter ! Et c'est sur lui que tu ouvres ton œil et c'est lui que tu amènes en justice avec toi ! Qui tirera le pur de l'impur ? Personne.* »

Henry s'est renfrogné. Je crois qu'il aurait stoppé la lecture si les nuages n'avaient crevé au même moment et ne s'étaient déversés sur nous. Pendant que Hap s'époumonait sur la mort et l'iniquité, Henry et moi avons attrapé les pelles pour combler le trou.

C'est ainsi que notre père a été enterré dans une tombe d'esclave au cours d'une cérémonie de bric et de broc et bâclée présidée par un prédicateur de couleur accusateur, tandis que la femme qui avait voulu le tuer suivait la scène à distance, droite comme un i et remplie d'une rage impuissante parce que quelqu'un d'autre l'avait prise de vitesse.

Peut-être Florence aurait-elle eu sa chance si Pappy s'était réveillé quand j'étais revenu avec la lanterne. Mais il ne s'était pas réveillé. Il avait continué à dormir paisiblement, les traits détendus, en respirant profondément et régulièrement, comme n'importe quel homme après une longue journée de travail satisfaisante. Ruisselant d'eau et de sang et en proie à une fureur grandissante, je l'avais regardé un bon moment. Je l'avais entendu grommeler « On croirait que j'a trois filles et pas deux » et « Mon fils a pas les couilles de descendre un mec à bout portant » et « I faut quand même punir le nègre ». Je ne me rappelle pas avoir attrapé l'oreiller sur mon lit, je me rappelle juste avoir baissé la tête et l'avoir vu dans mes mains.

« Réveille-toi », avais-je lancé à mon père.

Il s'était réveillé brusquement et m'avait dévisagé d'un air perplexe.

« Qu'est-ce que tu fabriques donc ?

— Je voulais te regarder en face. Je voulais que tu saches que c'était moi. »

Il avait écarquillé les yeux et ouvert la bouche.

« Tu...

— La ferme », lui avais-je ordonné en abaissant l'oreiller sur sa figure et en appuyant fort.

Il s'était débattu et m'avait griffé les mains en plantant ses ongles longs dans ma peau. J'avais juré et lâché une seconde, assez pour qu'il tourne la tête et reprenne une ultime goulée d'air. J'avais appuyé l'oreiller de plus belle en l'écrasant contre sa figure. Sa résistance avait faibli. Ses mains avaient desserré leur étau et libéré les miennes. J'avais patienté deux minutes de plus avant de soulever l'oreiller. Puis j'avais rajusté les couvertures et lui avais fermé la bouche. Je lui avais laissé les yeux ouverts.

J'avais pris la lanterne et j'étais allé à la grange. C'est là que Laura m'avait trouvé une demi-heure plus tard, et là que Florence nous avait trouvés tous les deux peu après. Laura avait cru que je dormais, mais non. J'avais vu Florence entrer avec le couteau, j'avais vu sa fureur, et compris ce qu'elle avait l'intention de faire. J'avais regretté de ne pas pouvoir lui dire que c'était déjà fait, qu'il n'était pas mort de sa belle mort. J'avais placardé ma culpabilité dans mon regard, en espérant qu'elle la verrait.

Ce qu'on ne peut dire tout haut, on le dit en silence.

Henry

Ici, c'est le ventre de la terre. Cette vaste étendue luxuriante entre deux fleuves s'est formée il y a quinze mille ans quand les glaciers ont fondu et gonflé le Mississippi et ses affluents, qui ont fini par déborder et inonder la moitié du continent. Lorsque les eaux ont reflué et réintégré leurs cours d'origine, elles ont rapporté une manne d'alluvions arrachées aux terres qu'elles avaient recouvertes. Elles les ont rapportées ici, dans le Delta, et les ont déposées sur les vallées en riches strates noires.

J'ai enterré mon père dans ce sol-là, ce sol qu'il détestait travailler. Je l'ai enterré loin de ma mère qui reposera à jamais seule dans le cimetière de Greenville. Elle m'aurait peut-être pardonné ça, mais lui non, je le savais. Je n'ai pas pleuré sa mort, pas comme j'ai pleuré celle de ma mère. De toute façon, il n'aurait pas voulu de mon chagrin, mais il aurait été bien qu'il y ait quelqu'un pour le regretter. Voilà ce que je me disais pendant que je balançais des pelletées de terre sur son cercueil : aucun de nous n'était vraiment en deuil de lui.

Quelques jours plus tard, j'ai perdu Jamie aussi. Il voulait à tout prix aller en Californie, alors que je lui avais clairement dit que, maintenant que les Jackson étaient partis, ça m'aurait bien arrangé qu'il m'aide quelques semaines de plus. Ça a été une terrible affaire, à la scierie, mais on ne peut pas dire que je n'avais pas prévenu ce garçon. Je me suis demandé ce qu'il avait fabriqué pour que ces hommes en viennent à le punir ainsi. Ce devait être un truc drôlement moche. Je pense que Jamie était au courant, mais quand je lui ai posé la question il s'est contenté de hausser les épaules et de me répondre : « C'est le Mississippi. Il n'y a pas besoin de raison. »

Malgré tout ce qui s'était passé, il allait me manquer, et je savais qu'il manquerait à Laura aussi. Je pensais qu'elle prendrait mal son départ, je croyais qu'elle se fâcherait contre moi pour ça. Mais quand on a fini par en parler – au lit, une fois la lumière éteinte –, tout ce qu'elle m'a dit, ça a été :

« Il faut qu'il parte d'ici.

— Et toi ? »

La question m'a échappé, et à peine m'était-elle sortie que j'ai senti que j'avais la bouche sèche. Et si elle m'annonçait qu'elle voulait s'en aller aussi, emmener les enfants et retourner dans sa famille à Memphis ? Je n'aurais jamais imaginé craindre pareille chose, pas de la part de Laura, mais elle avait changé depuis notre arrivée à la ferme, et pas dans le sens où je l'avais escompté.

« Ce qu'il me faut… »

Subitement, je n'ai pas eu envie d'entendre sa réponse.

« On va prendre une maison en ville après la cueillette, ai-je lâché. Et si tu ne peux pas attendre aussi longtemps, j'emprunterai à la banque. Je sais que ça a été dur pour toi ici, et je le regrette. Ce sera mieux quand on vivra en ville. Tu verras.

— Oh, Henry. »

Que voulait-elle dire au juste ? Il faisait nuit noire et je ne pouvais pas voir son visage. J'ai tendu le bras, mon cœur battait à tout rompre. Si elle me rejetait…

Mais non. Elle s'est tournée vers moi, a niché sa tête au creux de mon épaule.

« Ce qu'il me faut, je l'ai ici », m'a-t-elle dit.

Je l'ai prise dans mes bras et je l'ai serrée très fort.

Laura

Jamie nous a quittés trois jours après l'enterrement. Il partait pour Los Angeles, même s'il ne savait pas trop ce qu'il fabriquerait une fois sur place.

« Peut-être que j'irai faire un bout d'essai à Hollywood, a-t-il suggéré dans un éclat de rire. Donner du fil à retordre à Errol Flynn. Qu'en penses-tu ? »

Les bleus sur son visage commençaient à s'estomper, mais il avait toujours l'air défait. J'ai éprouvé une pointe d'inquiétude à l'idée qu'il se retrouve seul là-bas, sans personne pour veiller sur lui. Puis je me suis dit : *Il ne restera pas longtemps seul.* Jamie dénicherait quelqu'un pour l'aimer, une jolie fille pour lui mitonner ses plats préférés, repasser ses chemises et attendre qu'il vienne la rejoindre le soir. Il la cueillerait comme une pâquerette sur le bord de la route.

« Je pense que M. Errol Flynn n'a qu'à bien se tenir », ai-je affirmé.

La porte d'entrée s'est ouverte et Henry nous a rejoints sur le porche.

« Il faut qu'on y aille si tu veux avoir ton train, a-t-il dit.

— Je suis prêt », a répondu Jamie.

D'un geste, Henry a désigné les champs devant nous. « Attends un peu, frangin. Tout ça va te manquer. »

« Tout ça » était une vaste étendue de terres labourées se déployant de la maison à la rivière, et les sillons où était plantée la récolte pas encore poussée. Un moustique fraîchement éclos s'est posé sur le bras d'Henry qui l'a écrasé avec irritation. J'ai dissimulé un sourire, mais Jamie a déclaré d'un air sérieux :

« J'en suis sûr. »

Il s'est penché pour donner un baiser d'adieu aux filles. Bella a pleuré et s'est agrippée à lui. Doucement, il a dénoué ses bras et me l'a tendue.

« Je t'ai laissé quelque chose, m'a-t-il confié. Un cadeau.

— Quoi ?

— Ce n'est pas encore là, mais ça ne va pas tarder. Tu comprendras quand tu le verras.

— On ferait mieux d'y aller », a insisté Henry.

Jamie m'a embrassée rapidement, avec gaucherie.

« Au revoir. Merci pour tout. »

J'ai acquiescé, ne me sentant pas capable de parler. En espérant qu'il devinerait tout ce que renfermait ce petit signe de tête.

« Je serai de retour pour le dîner », m'a dit Henry.

Il m'a donné un baiser et puis Jamie a disparu, au bout de la route menant à Greenville et à la Californie.

Les jours suivants, les filles et moi avons cherché son cadeau partout. Sous les lits, dans les placards, dans la grange. Comment pouvait-il m'avoir laissé quelque chose qui n'était pas encore arrivé ? Mais, deux à trois semaines après son départ, j'ai découvert de quoi il s'agissait. Je désherbais le petit carré de légumes qu'il m'avait aidé à bêcher quand, sur le bord, j'ai repéré une touffe de jeunes plants. Il y en avait plusieurs dizaines, trop régulièrement espacées pour que ce soit de mauvaises herbes. J'ai deviné ce que c'était avant même d'avoir cassé un brin et de l'avoir senti.

Tout l'été, Henry et moi avons dormi dans des draps parfumés à la lavande.

Et nous voici maintenant à la fin de cette histoire – pour moi, en tout cas. Nous sommes début décembre et je me prépare à un long séjour à Memphis. Henry et moi avons décidé qu'il fallait que je retourne là-bas pour la naissance. Le bébé doit naître dans six semaines et, à mon âge, c'est trop risqué de rester ici à Tchula, à deux heures de route de l'hôpital le plus proche.

Nous nous sommes installés ici en octobre, juste après la cueillette. Notre maison n'est pas aussi bien que celle des Stokes qui nous est passée sous le nez à Marietta, et il n'y a pas de figuier dans le jardin de derrière, mais nous avons l'électricité, l'eau courante et des toilettes à l'intérieur, ce dont je suis très contente. Nos journées suivent un train-train plaisant. On se lève à l'aube, je prépare le petit déjeuner pour nous quatre ainsi que le déjeuner qu'Henry emporte à la ferme. Après son départ, j'habille les filles et on va à pied à l'école d'Amanda Leigh, huit pâtés de maisons plus loin. Quand Bella et moi rentrons à la maison, Viola, notre bonne noire, est là. Elle ne vient qu'à mi-temps ; il n'y a pas assez de travail pour l'employer à temps complet. Je passe la matinée à faire la lecture à Bella ou à m'occuper des courses. À trois heures, nous retournons chercher Amanda Leigh, puis je prépare le dîner. Nous dînons une demi-heure après le coucher du soleil, quand Henry rentre. Puis je tricote ou je couds pendant qu'on écoute la radio.

Notre vie ici est à des années-lumière de La Bourbière, alors que, sur la carte, on n'en est qu'à une quinzaine de kilomètres. Parfois, j'ai du mal à croire que cette autre vie et cet autre moi – le moi capable de fureur et de désir, de témérité, d'égoïsme et de trahison – ont existé. Puis je sens les coups de pied du bébé et ça me rappelle forcément l'existence de l'autre Laura. Le bébé de Jamie, j'en suis sûre et certaine ; j'ai perçu la minuscule flamme de sa conception cette fameuse nuit, quelques heures après qu'on avait été ensemble. Jamais je ne lui dirai que l'enfant est de lui, encore qu'il se posera peut-être la question. C'est une bribe de dignité que je peux rendre à Henry, lequel ignore que je l'en ai dépossédé. Je lui donne tout ce que je peux à présent, et pas seulement par culpabilité ou par devoir. C'est ça aimer quelqu'un : donner tout ce qu'on peut et prendre ce qu'il faut.

Jamie s'est marié en septembre. Nous n'avons pas été invités au mariage ; il nous en a informés après, dans une de ses lettres désinvoltes. Puis, une semaine plus tard, nous avons reçu une lettre presque identique qui nous redisait la nouvelle, comme s'il ne se rappelait pas nous l'avoir déjà annoncée. Henry et moi avons compris ce que ça signifiait, mais nous n'avons pas commenté la chose. Je prie pour que sa jeune femme l'aide à arrêter de boire, mais je sais aussi, contrairement à elle, combien de choses il a à oublier.

Moi, je n'aurai pas le loisir d'oublier. Le bébé y veillera. Ce sera un garçon qui deviendra un homme et que j'aimerai aussi intensément que Florence aime Ronsel. Et j'aurai beau toujours regretter d'avoir eu mon fils au prix d'une telle souffrance pour le sien, je ne regretterai pas de l'avoir eu. Mon amour pour lui ne me le permettra pas.

Je vais terminer là-dessus. Sur l'amour.

Ronsel

On est en plein jour, ou en pleine nuit. Je suis dans un char, coiffé d'un casque, à l'arrière d'une voiture qui roule, la tête couverte d'un sac en grosse toile, sur le plateau d'une carriole, un bout de tissu humide sur le front. Je suis entouré d'ennemis. La puanteur de leur haine me suffoque. Je suffoque, j'implore, je vous en prie, monsieur, je vous en prie, je me pisse dessus, je me noie dans mon propre sang. Je crie à Sam de faire feu, bon sang, tu vois pas qu'ils nous cernent, mais il m'entend pas. Je le repousse et prends sa place à la mitrailleuse avant, mais quand j'appuie sur la détente, l'arme s'enraye. J'ai une soif épouvantable. *De l'eau, s'il te plaît donne-moi de l'eau,* malheureusement Lilly May ne m'entend pas non plus, mes lèvres bougent mais rien n'en sort, rien.

Faut-il que mon histoire s'achève là, au fond de cette carriole tractée par un mulet ? Réduit au silence, délirant sous l'effet de la douleur et du Laudanum, vaincu ? Personne n'apprécierait ce dénouement, surtout pas moi. Néanmoins, pour que cette histoire prenne un tour différent, il faudrait que je surmonte beaucoup d'obstacles : la naissance, l'instruction, l'oppression, la peur, l'infirmité et la honte, chacun de ces handicaps suffisant à lui seul à vaincre un homme.

Il faudrait un homme extraordinaire, avec derrière lui une famille extraordinaire, pour avoir raison de tout ça. Il lui faudrait déjà se sevrer du Laudanum et cesser de s'apitoyer sur son sort. Sa maman l'y aiderait, mais ensuite il lui faudrait s'obliger à écrire à ses copains et à son ancien commandant pour leur raconter ce qu'on lui a infligé. Il écrirait cette lettre et la déchirerait, encore et encore, jusqu'au jour où il aurait rassemblé suffisamment de courage pour l'envoyer. Et quand les réponses lui parviendraient, il lui faudrait les lire et accepter l'aide offerte, les courriers adressés en son nom à la Fisk University, au Tuskegee Institute et au Morehouse College. Et quand le Morehouse lui offrirait une bourse d'études complète, il lui faudrait ravaler sa fierté et dire oui sans savoir si on le veut vraiment ou si on a pitié de lui. Il lui faudrait laisser sa famille à Greenwood et couvrir seul les six cent cinquante kilomètres le séparant d'Atlanta avec, dans sa poche, une petite carte spécifiant MUET. Avant de pouvoir commencer à se pencher sur les sujets qui l'intéressent, il lui faudrait bosser dur pour assimiler tout ce qu'on aurait dû lui apprendre et qu'on ne lui a pas appris. Il lui faudrait écouter ses camarades parler de concepts, de politiques et de femmes, choses qui ne se casent pas sur une petite ardoise. Il lui faudrait s'habituer à la solitude, parce qu'il met les autres mal à l'aise, parce qu'il leur rappelle ce qui peut encore arriver à n'importe lequel d'entre eux s'il dit la chose à ne pas dire au Blanc à qui il ne faut pas la dire. Après avoir obtenu son diplôme, il lui faudrait trouver une profession où son handicap ne risque pas de poser problème et un employeur qui lui donne sa chance, dans un journal noir éventuellement ou un syndicat noir. Il lui faudrait faire ses preuves, résister au désespoir, arrêter de boire en s'y reprenant à trois ou quatre fois avant de décrocher pour de bon.

Un homme pareil, s'il réussissait tout ça, pourrait un jour rencontrer une femme solide et aimante pour l'épouser et lui donner des enfants ; aiderait peut-être sa sœur et ses frères à faire quelque chose d'eux-mêmes ; défilerait peut-être dans les rues d'Atlanta, la tête haute, derrière le Dr King ; découvrirait peut-être quelque chose qui ressemblerait au bonheur.

C'est le dénouement que nous voulons, vous comme moi. Je vous accorde que c'est peu probable, mais c'est possible. S'il bosse suffisamment dur et prie suffisamment fort. S'il est aussi têtu que chanceux. S'il est vraiment brillant.

Remerciements

Si James Cañón ne s'était pas trouvé dans mon tout premier atelier d'écriture à Columbia, si on n'avait pas adoré ce qu'on écrivait l'un et l'autre, et si on ne s'était pas adorés l'un l'autre, s'il n'avait pas lu et critiqué chaque version de ce livre, sans compter les innombrables moutures de chaque chapitre, au cours des années qu'il m'a fallu pour l'écrire, s'il ne m'avait pas encouragée, aiguillonnée, incitée à ne pas lâcher, à me moquer de moi-même et montré l'exemple, *Mississippi* aurait été un livre très différent et je serais quelque part en train d'écrire ces remerciements du fond d'une chouette cellule capitonnée. Merci, chéri, pour tout ce que tu m'as donné. Je n'aurais pu avoir meilleur conseiller, ni ami plus authentique.

Toute ma reconnaissance également aux personnes, organisations et sources suivantes :

Jenn Epstein, ma grande amie appointée « méchante fliquesse », qui a toujours été prête à tout laisser tomber pour lire mon texte et dont les critiques rugueuses et incisives ont représenté une aide inestimable dans l'élaboration du récit.

Binnie Kirshenbaum et Victoria Redel, dont les conseils et l'enthousiasme m'ont permis de continuer ; Maureen Howard, amie et mentor, qui m'a dit que je ne devais pas avoir peur de mon livre ; et les nombreux autres membres de la section Écriture de la Columbia qui m'ont encouragée.

Chris Parris-Lamb, mon extraordinaire agent qui m'a soutenue et qui a vu ce que d'autres ne voyaient pas ; Sarah Burnes et toute l'équipe de Gernert Company, qui ont adopté *Mississippi* avec tant d'enthousiasme ; et Kathy Pories, de chez Algonquin, qui a cru au livre et l'a suivi avec tant de sérieux et de finesse.

Barbara Kingsolver pour la fabuleuse confiance qu'elle nous a témoignée, à moi et à *Mississippi* ; pour l'aide qu'elle m'a procurée et qui m'a permis de transformer cette histoire en un récit cohérent et captivant ; pour le soutien passionné qu'elle apporte à la littérature axée sur les changements sociaux ; et pour son prix généreux et plus qu'utile.

Le Virginia Center for the Creative Arts, La Napoule Foundation, la Fundación Valparaíso et la Stanwood Foundation for Starving Artists, qui m'ont offert le temps d'écrire et des cadres exquis pour le faire ; et la Columbia University Writing Division et l'American Association of University Women, pour leur aide financière.

Julie Currie, pour le prix d'un mulet en 1946 ainsi que pour d'autres données obscures ; Petra Spielhagen et Dan Renehan, qui m'ont aidée à ciseler le mauvais anglais de Resl ; et Sam Hoskins pour ses cours d'orthopédie.

All God's Dangers : The Life of Nate Shaw de Theodore Rosengarten ; *The Wild Blue* de Stephen Ambrose ;

Byron's War : I Never Will Be Young Again de Byron Lane ; *Liberators* de Lou Potter (ainsi que les séries sur le même sujet diffusées par PBS) ; *The 761st « Black Panther » Tank Battalion in World War II* de Joe Wilson, qui m'a permis de donner chair et crédibilité à mes métayers, bombardiers et tankistes.

Denise Benou Stires, Michael Caporusso, Pam Cunningham, Gary di Mauro, Charlotte Dixon, Mark Erwin, Marie Fisher, Doug Irving, Robert Lewis, Leslie McCall, Elizabeth Molsen, Katy Rees et Rick Rudik pour leur indéfectible amitié et leur confiance en moi, lesquelles m'ont plus portée que nul d'entre eux ne pourra jamais l'imaginer ; et Kathryn Windley pour tout ça et plus encore.

Et enfin ma famille : Anita Jordan et Michael Fuller ; Jan et Jaque Jordan ; mes frères, Jared et Erik ; et Gay et John Stanek. Aucun auteur n'a jamais été plus aimé et soutenu.

Collection « Littérature étrangère »

ADAMS Poppy
Le Temps des métamorphoses

ADDERSON Caroline
La Femme assise

AGUÉEV M.
Roman avec cocaïne

ALI Monica
Sept mers et treize rivières
Café Paraíso

ALLISON Dorothy
Retour à Cayro

ANDERSON Scott
Triage
Moonlight Hotel

ARPINO Giovanni
Une âme perdue

AUSLANDER Shalom
La Lamentation du prépuce
Attention Dieu méchant

BAXTER Charles
Festin d'amour

BENIOFF David
24 heures avant la nuit

BLOOM Amy
Ailleurs, plus loin

BROOKNER Anita
Hôtel du Lac
États seconds
La Vie, quelque part
Une chute très lente
Une trop longue attente
Fêlures
Le Dernier Voyage

BROOKS Geraldine
Le Livre d'Hanna

CABALLERO Antonio
Un mal sans remède

CAÑÓN James
Dans la ville des veuves intrépides

CONROY Pat
Le Prince des marées
Le Grand Santini

COURTENAY Bryce
La Puissance de l'Ange

CUNNINGHAM Michael
La Maison du bout du monde
Les Heures
De chair et de sang
Le Livre des jours

DORRESTEIN Renate
Vices cachés
Un cœur de pierre
Sans merci
Le Champ de fraises
Tant qu'il y a de la vie

DUNANT Sarah
La Courtisane de Venise

DUNMORE Helen
Un été vénéneux
Ils iraient jusqu'à la mer
Malgré la douleur
La Faim
Les Petits Avions de Mandelstam
La Maison des orphelins

EDELMAN Gwen
Dernier refuge avant la nuit

ELTON Ben
Nuit grave

FERRARIS Zoë
La Disparue du désert

FEUCHTWANGER Lion
Le Juif Süss
Le Diable en France

FLANAGAN Richard
La Fureur et l'Ennui

FREY James
Mille morceaux
Mon ami Leonard

FRY Stephen
L'Hippopotame
Mensonges, mensonges
L'Île du Dr Mallo

GALE Patrick
Chronique d'un été
Une douce obscurité
Tableaux d'une exposition

GARLAND Alex
Le Coma

GEE Maggie
Ma bonne

GEMMELL Nikki
Les Noces sauvages
Love Song

GILBERT David
Les Normaux
Les Marchands de vanité

HAGEN George
La Famille Lament
Les Grandes Espérances du jeune Bedlam

HOMES A. M.
Mauvaise mère

HOSSEINI Khaled
Les Cerfs-Volants de Kaboul
Mille soleils splendides

JOHNSTON Jennifer
Petite musique des adieux
Ceci n'est pas un roman
De grâce et de vérité
Un Noël en famille

JONES Kaylie
La fille d'un soldat ne pleure jamais
Dépendances

KAMINER Wladimir
Musique militaire
Voyage à Trulala

KANON Joseph
L'Ultime Trahison
L'Ami allemand
Alibi

KENNEDY Douglas
La Poursuite du bonheur
Rien ne va plus
Une relation dangereuse
L'homme qui voulait vivre sa vie
Les Désarrois de Ned Allen
Les Charmes discrets de la vie conjugale
Piège nuptial
La Femme du Ve
Quitter le monde

KLIMKO Hubert
La Maison de Róża

KNEALE Matthew
Les Passagers anglais
Douce Tamise
Cauchemar nippon
Petits crimes dans un âge d'abondance
Maman, ma sœur, Hermann et moi

LAMB Wally
Le Chant de Dolorès
La Puissance des vaincus
Le Chagrin et la Grâce

LAWSON Mary
Le Choix des Morrison
L'Autre Côté du pont

LEONI Giulio
La Conjuration du Troisième Ciel
La Conspiration des miroirs
La Croisade des ténèbres

LISCANO Carlos
La Route d'Ithaque
Le Fourgon des fous
Souvenirs de la guerre récente
L'Écrivain et l'Autre

LOTT Tim
Frankie Blue
Lames de fond
Les Secrets amoureux d'un don Juan
L'Affaire Seymour

MADDEN Deirdre
Authenticité

MARCIANO Francesca
L'Africaine
Casa Rossa
La Fin des bonnes manières

MCCANN Colum
Danseur
Les Saisons de la nuit
La Rivière de l'exil
Ailleurs, en ce pays
Le Chant du coyote
Zoli

MCCOURT Frank
Les Cendres d'Angela
C'est comment l'Amérique ?
Teacher Man, un jeune prof à New York

MCGARRY MORRIS Mary
Mélodie du temps ordinaire
Fiona Range
Un abri en ce monde
Une douloureuse absence

MERCURIO Jed
La Vie sexuelle d'un Américain sans reproche

MILLS Jenni
Le Murmure des pierres

MORTON Brian
Une fenêtre sur l'Hudson
Des liens trop fragiles

MURAKAMI Haruki
Au sud de la frontière, à l'ouest du soleil
Les Amants du Spoutnik
Kafka sur le rivage
Le Passage de la nuit
La Ballade de l'impossible
L'éléphant s'évapore
Saules aveugles, femme endormie
Autoportrait de l'auteur en coureur de fond

O'DELL Tawni
Le Temps de la colère
Retour à Coal Run
Le ciel n'attend pas

O'FARRELL Maggie
Quand tu es parti
La Maîtresse de mon amant
La Distance entre nous
L'Étrange Disparition d'Esme Lennox

OWENS Damien
Les Trottoirs de Dublin

PARLAND Henry
Déconstructions

PAYNE David
Le Dragon et le Tigre : confessions d'un taoïste à Wall Street
Le Monde perdu de Joey Madden
Le Phare d'un monde flottant
Wando Passo

PEARS Iain
Le Cercle de la Croix
Le Songe de Scipion
Le Portrait
La Chute de John Stone

PENNEY Stef
La Tendresse des loups

RADULESCU Domnica
Un train pour Trieste

RAVEL Edeet
Dix mille amants
Un mur de lumière

RAYMO Chet
Le Nain astronome
Valentin, une histoire d'amour

ROSEN Jonathan
La Pomme d'Ève

SANSOM C. J.
Dissolution
Les Larmes du diable
Sang royal
Un hiver à Madrid
Prophétie

SAVAGE Thomas
Le Pouvoir du chien
La Reine de l'Idaho
Rue du Pacifique

SCHWARTZ Leslie
Perdu dans les bois

SEWELL Kitty
Fleur de glace

SHARPE Tom
Fumiers et Cie
Panique à Porterhouse
Wilt 4
Le Gang des mégères inapprivoisées ou Comment kidnapper un mari quand on n'a rien pour plaire

SHREVE Anita
Le Poids de l'eau
Un seul amour
La Femme du pilote
Nostalgie d'amour
Ultime rencontre
La Maison du bord de mer
L'Objet de son désir
Une lumière sur la neige
Un amour volé
Un mariage en décembre
Le Tumulte des vagues

SHRIVER Lionel
Il faut qu'on parle de Kevin
La Double Vie d'Irina

SMITH Tom Rob
Enfant 44

SOLER Jordi
Les Exilés de la mémoire
La Dernière Heure du dernier jour

SWARUP Vikas
Les Fabuleuses Aventures d'un Indien malchanceux qui devint milliardaire

TOLTZ Steve
Une partie du tout

ULINICH Anya
La Folle Équipée de Sashenka Goldberg

UNSWORTH Barry
Le Nègre du paradis
La Folie Nelson

VALLEJO Fernando
La Vierge des tueurs
Le Feu secret
La Rambla paralela
Carlitos qui êtes aux cieux

VREELAND Susan
Jeune fille en bleu jacinthe

WATSON Larry
Sonja à la fenêtre

WELLS Rebecca
Fleurs de Ya-Ya

WEST Dorothy
Le Mariage

ZHANG Xianliang
La mort est une habitude
La moitié de l'homme, c'est la femme

ZWEIG Stefan
Le Monde d'hier. Souvenirs d'un Européen

Cet ouvrage a été imprimé en France par

CPI
Bussière

à Saint-Amand-Montrond (Cher)
en février 2010

Composition et mise en pages : FACOMPO, LISIEUX

N° d'édition : 4503. — N° d'impression : 100432/1.
Dépôt légal : mars 2010.